CLARA PEÑALVER es escritora y asesora creativa. Nació el 23 de abril de 1983 y se considera muy afortunada por celebrar su cumpleaños en el Día Internacional del Libro. Es licenciada en biología por la Universidad de Granada, ciudad en la que vive y de la que se declara fervientemente enamorada. Ha cultivado distintos géneros literarios, entre ellos el libro infantil, y entre su obra destaca la exitosa Trilogía de Ada Levy, compuesta por las novela negras *Cómo matar a una ninfa*, *El juego de los cementerios* y *La fractura del reloj de arena*.

Como buena mente inquieta, ha deambulado por muchos mundos, incluso el de la televisión, en el que fue presentadora de la sexta y séptima temporadas de *La Mitad Invisible*, un programa cultural de La 2 de TVE. Sin embargo, por mucho movimiento que haya en su cabeza, siempre acaba refugiándose en la escritura porque, como ella misma dice, es la mejor forma de vida que ha sido capaz de imaginar.

Papel certificado por el Forest Stewardship Council

Primera edición en B de Bolsillo: febrero de 2020

© 2018, Clara Peñalver
Esta edición se ha publicado gracias al acuerdo con Hanska Literary&Film
Agency, Barcelona, España
© 2018, 2020, Penguin Random House Grupo Editorial, S. A. U.
Travessera de Gràcia, 47-49. 08021 Barcelona

Penguin Random House Grupo Editorial apoya la protección del *copyright*.
El *copyright* estimula la creatividad, defiende la diversidad en el ámbito de las ideas
y el conocimiento, promueve la libre expresión y favorece una cultura viva.
Gracias por comprar una edición autorizada de este libro y por respetar las leyes del *copyright*
al no reproducir, escanear ni distribuir ninguna parte de esta obra por ningún medio sin permiso.
Al hacerlo está respaldando a los autores y permitiendo que PRHGE continúe publicando libros
para todos los lectores. Diríjase a CEDRO (Centro Español de Derechos Reprográficos,
http://www.cedro.org) si necesita fotocopiar o escanear algún fragmento de esta obra.

Printed in Spain – Impreso en España

ISBN: 978-84-1314-070-4
Depósito legal: B-342-2020

Impreso en Novoprint
Sant Andreu de la Barca (Barcelona)

BB 4 0 7 0 4

Penguin
Random House
Grupo Editorial

Las voces de Carol
===

CLARA PEÑALVER

*A mi madre, la única persona
a la que admiro de verdad*

La escritora camina con paso firme. Ya ha preparado todo lo que necesita para ocultarse del mundo durante unas semanas. Desde que ha vuelto a escuchar a sus voces, ha dejado de sentirse perdida. Tampoco tiene miedo. Su única inquietud en este momento es poner a salvo su legado. Avanza sobre las tablas de madera del puente que separa esa cáscara de hormigón y cristal carente de alma a la que llama «casa» de su verdadero hogar. Sólo necesita coger algo más. Es demasiado tarde para muchas cosas, pero puede que aún esté a tiempo de subsanar el error que ha cometido.

LÍNEA ROJA

Sus sentidos se ahogan en un torrente de estímulos del que es incapaz de escapar. El tictac de un reloj sonando incansable en una de las estancias del interior, el zumbido ininterrumpido del aire acondicionado, que mantiene la temperatura de la vivienda muy por debajo de lo normal en esta época del año, el trajín de Ramón y su compañera en una de las habitaciones del fondo... A lo lejos, fuera del edificio, se oye el insistente repiqueteo de gotas sobre lo que supone que debe de ser una superficie de plástico. El cielo, de un color gris angustioso, se derrama sin parar desde hace más de dos días. Carol detesta con todas sus fuerzas la lluvia. Y tiene motivos para odiarla. Un buen puñado de jodidos motivos.

Pero éste no es momento para ponerse a navegar por el pasado, así que sacude la cabeza y regresa al recibidor, donde su compañero y ella llevan más de diez minutos aguardando. Gabriel teclea algo en el teléfono; desde que existe WhatsApp, la comunicación con el equipo es mucho más fluida. También más exasperante.

—No hay huellas útiles en la bolsa. —La voz de Gabriel, crispada, cansada, se impone sobre el sonido ambiente—. Estoy harto de esperar, ¿tú no? ¡Eh! ¿Cuánto creéis que vais a tardar? —pregunta en voz alta, sin apenas apartar los ojos del móvil. Es Carol quien desplaza la mirada hacia el extremo opuesto del piso.

—¡Tendréis una ruta segura en unos tres cuartos de hora! —exclama Ramón.

Luego asoma medio cuerpo por el marco de una puerta; lleva puesto el gorro del equipo y una mascarilla que apenas le cubre la barba.

Carol asiente mientras Gabriel sigue con la nariz pegada al teléfono. De pronto, la inspectora se da cuenta de que esta escena le resulta familiar. El torso inclinado de Ramón al fondo del pasillo. Su cabeza oculta por la capucha de papel ceroso, las gafas de visión ultravioleta y la mascarilla. Su larga barba tratando de escapar de la prisión de celulosa en desordenados mechones pelirrojos. Su voz, más aguda de lo que cabría esperar en un hombre de su envergadura, describiendo el escenario.

«Aquí dentro ha habido una carnicería», reproduce Carol en su cabeza.

—Aquí dentro ha habido una carnicería —oye decir a Ramón, antes de verlo desaparecer hacia el interior.

«¿Qué está ocurriendo?», se pregunta Carol. Es como si estuviera experimentando un *déjà vu*, como si su conciencia hubiera roto la línea temporal y convertido su presente y su futuro inmediato en un desconcertante pasado rebobinado.

—¿Por qué no ganamos tiempo tratando de hablar con los vecinos? —propone Gabriel.

Todo le resulta demasiado familiar. Los apenas dos metros cuadrados en los que se mueven su compañero y ella, el contraste de las calzas blancas que cubren sus pies con el color gris grafito del suelo laminado, los pequeños conos amarillos que marcan con números los puntos en los que se han encontrado posibles pruebas de lo ocurrido. El paragüero rojo, vacío, que hay junto a la entrada; el amplio espejo que cubre la pared del suelo al techo y que le devuelve todos y cada uno de sus movimientos; los marcos de fotos que salpican sin orden los amplios huecos que hay entre las puertas a lo largo de todo el pasillo... Debe de ser eso, sí, un *déjà vu*.

—Tienes la piel de gallina.

—¿Qué?

—Y las manos heladas.

La inspectora siente un pinchazo en el estómago al notar el contacto. Gabriel le sostiene con delicadeza la mano derecha, dándole un ligero apretón antes de soltarla.

—Se han dejado el aire acondicionado puesto —responde ella con una sonrisa forzada y, de nuevo, siente que ya ha hecho este gesto, que ya ha pronunciado estas palabras.

—¿Estás bien, Carol? ¿Sigues enfadada?

—Estoy bien. Es sólo que...

¿Por qué no se ha dado cuenta de que tiene frío? ¿Lo tiene? Vuelve a sacudir la cabeza en un intento por recuperar las coordenadas de su realidad.

—Venga, va, Gabriel, salgamos a hablar con los vecinos —dice al fin—. Y deja el móvil tranquilo; nos llamarán si hay algo importante.

Cazadora bomber marrón, vaqueros oscuros y zapatillas de deporte azules, puede que negras. Cabeza afeitada, brillante. Al salir del piso, un hombre avanza a escasos metros de ellos en dirección a la escalera. Carol tiene la sensación de que acaba de darse la vuelta.

—¡Oiga! ¡Disculpe! —exclama Gabriel justo en el momento en que la puerta del piso se cierra a sus espaldas.

Acto seguido, el corazón de Carol le golpea con fuerza en la garganta. El primer disparo suena antes de que pueda gritar.

—¡Arma!

Y después todo ocurre en un instante. Un zumbido en su oído izquierdo, un ligero aroma a pólvora y su compañero desplomándose en el suelo de este estrecho pasillo que acaba de convertirse en una trampa mortal. La mano derecha de la inspectora desenfundando su arma.

—¡Gabriel! —chilla, pero no tiene tiempo de comprobar si su compañero está bien.

Ojos oscuros, cejas negras muy pobladas, ceño fruncido. El cañón del agresor apunta ahora a su cabeza. Carol quita el seguro, se echa hacia atrás y dispara.

Una.

Dos.

Tres.

Cuatro veces.

Su cuerpo impacta contra el suelo, pero Carol apenas nota el golpe seco de su cabeza contra el marco de la puerta. Sólo dispara.

Cinco.

Seis.

Siete.

Ocho.

Nueve balas.

Trata de compensar el retroceso de su HK, mantener firmes las manos mientras aprieta el gatillo una y otra vez, pero su brazo izquierdo se convierte en un peso muerto.

Diez.

Once.

Doce.

Trece.

Catorce...

Clic.

Clic.

Clic.

Clic...

Silencio.

De pronto la pistola le pesa demasiado.

Carol deja escapar un suspiro entrecortado. Después grita. Grita tan fuerte que se desgarra la garganta.

Zapatillas de deporte negras. Eran negras, sí. Agresor abatido.

—Gabriel.

Carol despega la vista del cuerpo inerte que yace a escasos metros de ella y se vuelve hacia su compañero.

—No —susurra—. No-no-no-no-no-no-no-no-no.

Está echado de costado, con el brazo derecho sepultado bajo el cuerpo y el izquierdo extendido hacia ella. Aún lleva en la mano el maldito móvil.

—Respira, por favor, respira. ¡Respira!

Sus ojos, vidriosos, estáticos, tienen las pupilas fijas en el rostro de Carol. Su boca, entreabierta, parece estar a punto de decir algo.

—Respira. Hazme caso, respira. No cierres los ojos por nada del mundo.

Carol se da cuenta de que no es Gabriel con quien habla. La cabeza le pende del cuello de un modo antinatural, y un hilo de sangre le recorre la cara desde el pequeño orificio que ha dejado la bala: sien, pómulo, cuenca del ojo, tabique nasal... Y luego la línea roja se quiebra en pequeñas gotas que van formando un manto carmesí en el suelo. No. Carol no habla con su compañero.

Gabriel ha muerto.

—No cierres los ojos.

Se habla a sí misma para evitar perderse en el dolor mordiente que le atenaza el hombro izquierdo y en la cálida humedad que emana de su vientre. Está acostada sobre un charco de sangre, envuelta en un creciente sopor que apaga sus sentidos poco a poco.

YO YA TENGO UN CASO

Carol respira hondo y recorre con la mirada las grietas que surcan el reposabrazos del viejo sofá Chesterfield sobre el que ha pasado la tarde, disipando el sopor de la cerveza. Tiene la mente aturdida por culpa de un sueño inquieto y la boca seca y pastosa por el efecto del jugo de malta. Agosto. Treinta grados en el exterior. Alrededor de dieciséis en el interior. El viejo aire acondicionado parece empeñado en congelar los huesos a la inspectora, a la vez que taladra sus tímpanos con un irritante sonido de tractor.

Su rodilla derecha se mueve sin parar, como siempre que empieza a perder la paciencia. Son casi las diez y media de la noche, y lo último que le apetece ahora es tener que salir a la calle, placa en mano.

Mira el móvil con desgana.

—Mierda —masculla.

El pequeño aparato podría pasar desapercibido en medio del caos que reina sobre la mesa: cinco botellines vacíos de Voll Damm Doble Malta, cuyas chapas se agrupan en torno a un abridor viejo y oxidado; una caja de pizza en la que sólo quedan un puñado de bordes mordisqueados; una bolsa de palomitas vacía y otra de patatas fritas a punto de expirar... Ah, sí, y servilletas. Una, dos, tres, cuatro servilletas, con restos de salsa de tomate y de grasa, estrujadas y desperdigadas aquí y allá. Parece mentira que lleve encerrada en su casa poco más de veinticuatro horas. Hasta donde alcanza su mirada, está todo hecho un asco.

Carol alarga una mano y coge el móvil otra vez. Lo sostiene, con la pantalla apagada, mientras trata de dar sentido a la llamada que ha recibido hace un instante. No entiende muy bien lo que ha pasado.

Mujer.

Entre treinta y cinco y cuarenta años.

Encontrada sin vida en su domicilio.

Al principio ha pensado que podría tratarse de un error.

—No estoy de servicio —ha objetado cuando, poco antes, el jefe de sala del 091 le ha explicado que estaban esperándola en una finca en la carretera de Colmenar, en pleno parque natural de los Montes de Málaga. Lo de «no estoy de servicio» ha sido un eufemismo. Hasta ese momento, la inspectora habría jurado que estaba cesada.

—Yo sólo cumplo las órdenes de su jefe de grupo —ha respondido su interlocutor.

Su jefe de grupo: Héctor Villalba. El mismo que la apartó de sus funciones alrededor de las seis de la tarde de ayer. El mismo que le sugirió que no regresara a la comisaría hasta que hubiera decidido cómo proceder ante lo que calificó de falta grave intolerable. La inspectora no se había roto de milagro los dedos meñique y anular de la mano derecha con esa «falta grave intolerable».

«¿Qué significa esto?», ha pensado Carol mientras el del 091 seguía al otro lado de la línea dándole indicaciones. Luego se ha perdido en la certeza de que Villalba no pensaba pasar por alto lo ocurrido. Ha decidido castigarla de la peor de las maneras: apartándola de su propio caso.

—Inspectora Medina, ¿sigue usted ahí?

Antes de responder, Carol se ha dicho que su interlocutor no tenía por qué tragarse la retahíla de quejas que se le estaban acumulando en la punta de la lengua, así que ha arrojado un cojín contra la pared, ha lanzado al aire un largo resoplido que le ha dejado secos los pulmones y, cuando ha vuelto a tomar oxígeno, se ha obligado a contestar:

—Está bien, voy para allá.

Pero han transcurrido ya cinco minutos desde la llamada y Carol permanece sentada aún en el sofá, con la mente algo nublada y la boca más seca que al despertar. Tiene sed, así que abandona el viejo Chesterfield y se dirige hacia la cocina con el móvil en la mano, dejando atrás el caos que reina en el salón. Al pasar delante del cuarto de baño, el espejo del lavamanos le muestra la imagen de una mujer con cara de malas pulgas, el pelo enmarañado y la camiseta blanca adornada con un buen manchurrón de salsa de tomate. Nada preocupante. Ha visto versiones peores de ella misma.

Pies descalzos.

El suelo de la cocina le da la bienvenida con unas cuantas migas de pan y rastros de suciedad.

Debe de quedar alguna botella de agua mineral en la pequeña despensa que hay junto al frigorífico.

Carol parece tomárselo con calma, pero por dentro le hierve la sangre. Está enfadada. Mucho. Aunque, para ser sincera, su verdadero objeto de ira no es sólo Villalba, también lo es ella misma. En el último mes se ha dejado la piel tratando de resolver un caso que la ha tenido en jaque desde el primer momento y, justo cuando parecía que había dado con una buena pista, no se le ha ocurrido otra cosa que meter la pata hasta el fondo. Sí, lo reconoce, tiene un problema con el control de sus impulsos, pero es que el muy imbécil se lo merecía.

Un crochet directo al pómulo.

Si le hubiera golpeado en condiciones, ese mafiosillo de tres al cuarto habría acabado con la cara partida y ella con la mano menos dolorida.

Nada en la despensa. Tampoco en el frigorífico. Las únicas botellas de agua mineral que encuentra están en el cubo de los envases para reciclar. Vacías.

A su modo de ver, tiene tres opciones. En primer lugar está la opción buena, al menos para su carrera profesional: tragarse el enfado, darse una ducha, meterse en el coche, conducir hasta dondequiera que tenga que hacer su trabajo y comportarse como si no hubiera pasado nada, como una inspectora ejemplar, capaz de estar por encima de su ego, demostrando a su jefe de grupo que sigue siendo digna de su confianza. En segundo lugar, la opción mala: llamar a Villalba, ponerlo a caer de un burro y exigirle que se aclare; en definitiva, dar rienda suelta a su orgullo y pelear por lo que cree que se ha ganado, tratando de obviar aquel mal golpe sin importancia, porque ella ya tiene un caso y se niega a renunciar a él. En tercer lugar, la última y la peor de las opciones: coger un par de cervezas de la nevera, encargar otra pizza —también, de paso, agua mineral— y regresar al sofá, sin importarle las consecuencias.

Su cuerpo le pide que elija la tercera opción. Su razón le da argumentos más que suficientes para que se decante por la primera. Pero su rabia clama a gritos que opte por la segunda, y no es un secreto que últimamente la inspectora no controla demasiado bien sus accesos de ira.

Acaba bebiendo directamente del grifo del fregadero, sin molestarse en coger un vaso. El agua de esta casa siempre le ha sabido a rayos. Luego permanece un momento apoyada en la encimera con la mirada clavada en alguna parte entre los restos de laca de uñas roja de sus pies y ese mundo borroso, paralelo a la realidad, que sólo se nutre de hilos de pensamiento.

Opción dos.

Carol desbloquea la pantalla del móvil y llama a Héctor Villalba con un discurso, cargado de reproches y alguna que otra maldición, listo para salir con energía de su boca. Segundos después, la inspectora descubre que tenía una cuarta opción: la regular.

Su llamada es rechazada a la tercera señal y, cuando va a pulsar de nuevo la tecla verde para insistir, el móvil vibra insolente en su mano. Son dos mensajes de WhatsApp al más puro estilo Villalba:

VILLALBA JUDICIAL: 36°48'38"N 4°23'07"W.

Las coordenadas del escenario.

VILLALBA JUDICIAL: Nuevo caso. Mañana hablamos.

Queda claro que su jefe de grupo no va a dejar que Carol siga metiendo la pata. Conoce a la inspectora mejor de lo que a ella le gustaría, y eso la irrita aún más si cabe.

CAROL: No quiero un nuevo caso.
CAROL: YO YA TENGO UN CASO.

La réplica de Villalba no se hace esperar:

VILLALBA JUDICIAL: 36º48'38"N 4º23'07"W.
VILLALBA JUDICIAL: Repito: mañana hablamos.

Carol deja el móvil sobre la encimera de granito y golpea la superficie con la palma de la mano. Un dolor agudo y persistente le recuerda de nuevo la «falta grave intolerable» que la ha llevado al punto en el que se encuentra. Tiene los dedos meñique y anular tiesos como palos y la inflamación está tomando un preocupante tono violáceo.

CLARAMENTE MUERTA

Después de recorrer algo más de veinte kilómetros por la estrecha carretera autonómica que discurre por los Montes de Málaga, Carol abandona la serpiente de asfalto para adentrarse en el camino de tierra que, según el GPS, la llevará hasta su destino. La luna, en avanzado cuarto menguante, sonríe con timidez desde un lugar discreto de la bóveda celeste. La noche es oscura y los faros del viejo Mazda MX5 apenas alcanzan a iluminar las irregularidades del terreno. Si la inspectora no se hubiera empeñado en conservar el coche de Max, su único vehículo en este momento, quizá ahora la diminuta joya japonesa estaría luciendo orgullosa en el garaje de algún coleccionista, en lugar de traqueteando y perdiendo su dignidad en esta vía atestada de piedras.

—Estás portándote bien, pequeño —dice Carol al pobre vehículo, consciente de que a la vuelta tendrá que hacer el mismo trayecto.

Sabe que lo mejor para que sus ánimos se serenen es

dejar pasar el tiempo. Esta noche sólo le han hecho falta cincuenta y cinco minutos, fraccionados en una ducha rápida pero reconfortante, un buen trago de la botella de agua mineral que ha comprado en una gasolinera y unos animados kilómetros de curvas, previos a este insufrible tramo sin asfaltar, por la sinuosa carretera de los Montes.

Apenas quedan ochocientos metros cuando Carol detecta movimiento en el margen izquierdo del camino y aminora la velocidad. Detiene el coche justo en el instante en que una pequeña manada de jabalíes cruza ante ella con parsimonia. Primero tres adultos de tamaño medio, luego seis jabatos de edades diversas, con su característico color caramelo y las líneas marrones oscuras surcando, paralelas, la longitud de sus cuerpos. Cierran la fila un macho de grandes dimensiones y una hembra con la panza abultada que parece lista para dar a luz antes del otoño.

Si lo piensa bien, esta tierra es más de ellos que de los humanos.

Mientras aguarda, intenta disfrutar del momento. Está más tranquila, y aunque sigue decidida a conservar su caso, ha asumido que no puede hacer nada hasta mañana, cuando se plante en el despacho de Villalba para defender su postura. Puede que también para disculparse. Mientras tanto, no le parece mala idea distraer su mente con el trabajo. Si ha sido capaz de descender a los infiernos en un solo día de «descanso», no quiere ni pensar qué habría pasado en su cabeza con un par de jornadas más de inactividad. Sus tres muertes tienen la mala costumbre de llamar a la puerta en cuanto Carol baja la guardia.

Cuando la inspectora emprende de nuevo la marcha le

parece atisbar en el cielo una lágrima de San Lorenzo extraviada. Max y ella solían ir a la playa cada año, algunas madrugadas de julio y agosto, a contemplar la lluvia de Perseidas. Se tumbaban juntos sobre la arena, él tan grande como un oso, ella tan pequeña como un ratón, a contar destellos en el cielo y a acumular deseos en un saco imaginario. Años más tarde, ese saco fue haciéndose jirones poco a poco.

—Basta ya —dice Carol en voz alta.

No hay nada en su pasado que pueda serle de utilidad en este momento, por eso se concentra en seguir adelante, evitando los baches y las piedras en la medida de lo posible.

Minutos más tarde, sabe que ha llegado a su destino porque un par de coches patrulla, con las luces laterales y los puentes ópticos encendidos, barran el paso. Aun así, Carol sigue avanzando hasta que un agente de Seguridad Ciudadana emerge desde detrás de uno de los zetas y le da el alto. Su cara, más cercana a la de un niño que a la de un hombre, no le suena, así que la inspectora se detiene y baja la ventanilla para identificarse.

—Carol Medina, de Homicidios.

—A sus órdenes —responde el chaval, que se queda plantado un par de segundos sin decir nada. Ojos claros, nariz puntiaguda, boca grande con dos delgadas líneas por labios. Después reacciona como si acabara de acordarse de que está haciendo algo importante. Carraspea—. Están esperándola, inspectora. Puede aparcar en la entrada, junto a la furgoneta de la policía científica.

Carol asiente y se apresura a subir la ventanilla para evitar que la nube de polvo que la persigue se cuele en el interior del viejo deportivo. Acto seguido reemprende la marcha y se dirige hacia donde el agente le ha indicado, colándose entre los zetas. Al contemplar la verja metálica y el muro de piedra, tiene la impresión de que incluso a plena luz del día la entrada a la finca pasaría desapercibida en medio de la espesura del bosque. Quien escogiera este lugar, sin duda otorgaba mucha importancia a la intimidad.

—La furgoneta está abierta, para que pueda equiparse —oye que una voz le dice en cuanto baja del coche. Es la del joven policía. El muchacho se acerca a ella dispuesto a cumplir a rajatabla con sus funciones: salvaguardar el lugar mientras llegan las unidades especializadas, asegurarse de que los miembros de esas unidades se protegen antes de entrar e impedir el acceso a todo aquel que no figure en su lista. Sólo los VIP están invitados a este tipo de fiestas, y Carol ya lleva muchas, suficientes para intuir la siguiente petición del agente novato—. Ejem... Necesitaré su nombre completo y el número de su licencia profesional para dejar constancia de su llegada.

Los labios de la inspectora moldean un amago de sonrisa. Se pregunta si es la primera vez que el poli novato se ha visto en una situación como ésta, pero en lugar de disipar sus dudas iniciando una conversación con él, se limita a entregarle la placa. Luego se dirige a la parte trasera del furgón, abre las puertas y trastea en uno de los cajones del laboratorio en miniatura hasta encontrar un equipo de la talla mediana. Se sienta sobre el suelo del maletero para introducir las piernas en el mono blanco. El roce del tejido siempre le ha dado dentera, así que se muerde los labios mientras la celulosa se desliza sobre sus vaqueros.

—¿No te falta un compañero? —pregunta Carol al

agente cuando logra librarse de la sensación desagradable. Le resulta extraño que sólo haya un hombre custodiando la entrada. Dos zetas. Mínimo, cuatro agentes.

—El subinspector Hernández —responde el aludido con cierta inquietud en la voz—. Ya lo he avisado, enseguida sale para informarla. Hay un buen trecho hasta la casa —añade, como si tuviera la necesidad de excusar a su superior. Luego estira el brazo para devolver la placa a la inspectora.

Aun así, a Carol le faltan dos agentes. Deduce que están ayudando a asegurar el lugar.

—¿Tú has estado dentro? ¿Sabes qué ha pasado?

—El subinspector y yo estábamos cerca. Llegamos a la finca alrededor de las nueve y media, casi a la vez que los del 061. El amigo de la dueña nos esperaba aquí fuera.

—¿Fue él quien llamó al 091?

—Al 112. Ellos nos avisaron a nosotros y al 061. —El policía se detiene un instante, como si quisiera borrar de su mente una imagen desagradable—. Estaba claramente muerta. Los del 061 ni siquiera intentaron reanimarla.

Carol decide obviar la amplia variedad de aspectos que puede presentar un cadáver que alguien ha descrito como «claramente muerto» y se centra en la única fuente de información viva con la que cuentan por ahora.

—¿El amigo os esperaba para entrar o él ya había encontrado a...? —Carol se interrumpe, consciente de que ignora cómo se llamaba la finada—. ¿Nombre?

—Joaquín.

—El tuyo no. Me refiero al del cadáver.

—Ah, sí, perdone.

Avergonzado, el agente echa mano de una pequeña libreta azul. Mientras localiza los datos que necesita, Carol sigue a lo suyo. Improvisa una trenza con su cabello y se la oculta debajo de la ropa. No se ajusta el gorro incorporado al mono, sino que lo deja colgando bajo su nuca. Se reserva en una mano las calzas, la mascarilla y un par de guantes, azules, de una talla que le viene grande, para ponérselo todo antes de acceder al lugar de los hechos. De repente tiene la sensación de haberse convertido en un palote blanco en medio de la negrura de la noche.

—Abril Martínez Melero —lee al fin el policía—. Uno de la científica ha dicho que es una escritora muy famosa, pero no recuerdo cómo la ha llamado... —Se queda pensando, tratando de recordar un dato que no está en su cuaderno.

En Carol empieza a brotar la impaciencia.

—Venga, continuemos. ¿El amigo de la escritora estaba esperándoos para entrar o ya la había encontrado muerta? —repite.

—¡Ya la había encontrado! —exclama alguien a lo lejos.

Un sonido de goznes metálicos desvía la atención de la inspectora hacia el lugar del que proviene la voz. La verja de entrada a la finca se abre. Instantes después, aparece el subinspector Hernández. Seguridad Ciudadana. Treinta años recorriendo las calles de Málaga.

—Dichosos los ojos, inspectora. Pensaba que habías decidido no venir.

El joven agente demuestra tener mucha más empatía que su superior porque, cuando percibe que Carol se envara en su funda blanca al oír esas palabras, se despide y regresa a su puesto junto a los coches patrulla. Antes de centrarse en la hiena que se aproxima, la inspectora siente una súbita y fugaz simpatía hacia el muchacho. Ya ha radiografiado y memorizado su rostro, incluyendo el hoyuelo de la barbilla y el modo en que alza la ceja derecha cuando algo lo incomoda.

Promete no olvidar su nombre.

Joaquín.

MUY MAL, INSPECTORA. MUY MAL

Cincuenta y tres años. Cuerpo robusto, tirando a rollizo, embutido en un metro setenta de altura, centímetro arriba, centímetro abajo.

Carol no es la mujer más sociable del mundo. Su naturaleza reservada y su necesidad de ir al grano siempre han marcado la relación con la gente que la rodea. Sin embargo, es extraño que sienta antipatía hacia alguien.

Calva amplia y reluciente, salpicada de puntiagudos pelos negros. Boca y dientes demasiado grandes, casi tanto como sus cejas. Ojos y nariz pequeños, como si se los hubiera robado a un crío de diez años. Una cara imposible. Como un Mr. Potato al que le hubieran cambiado algunas piezas.

Para que Carol llegue a sentir por alguien algo parecido al rechazo, la persona en cuestión tiene que acumular muchos puntos en su contra.

—Vaya, vaya, inspectora... ¿Te has pillado la mano con una puerta?

Jaime Hernández, el subinspector que ahora avanza junto a Carol hacia la entrada de la finca, con la mirada clavada en su mano derecha, es la única persona sobre la faz de la tierra que ella no soporta.

—¿O es que te has peleado con alguien? —añade la Hiena en un tono jocoso cercano a la inquina—. Eso tiene que doler.

La inspectora reprime el impulso de esconder la mano tras la espalda, dedica una mirada de aparente indiferencia a Hernández y se limita a seguir avanzando en dirección a la verja, si bien se le retuercen las tripas. Si la Hiena supiera lo del incidente, estaría restregándoselo por la cara. Puede que incluso empezara a darle por culo alegando que le parecía muy extraño que Carol no estuviera en su casa con una falta disciplinaria de las gordas. Pero por lo visto no lo sabe... «¿Y por qué no lo sabe? —se pregunta la inspectora—. ¿Es que nadie, aparte de Villalba, se ha enterado de lo ocurrido?»

De nuevo el sonido de los goznes.

Al otro lado de la cancela, un amplio camino de grava iluminado por focos solares cada pocos metros. Carol y la Hiena avanzan hacia la casa por el margen izquierdo, ciñéndose al espacio marcado por los dos surcos longitudinales que delimitan la ruta segura: un estrecho sendero de varios cientos de metros, señalado por el equipo de la policía científica para que el acceso al lugar sea lo menos invasivo posible.

—Entonces ¿qué? ¿Fue una pelea? ¡No me digas que te ha dado ahora por las artes marciales!

Cada vez que coincide con Hernández, Carol rememora la mala baba con la que el subinspector le dio la bienvenida el día que se incorporó al grupo de Homicidios y Desaparecidos de la Comisaría Provincial de Málaga, diez meses atrás: «¿Y cómo es que dejaste tu jefatura de grupo en Madrid para ponerte a las órdenes de un imbécil como Villalba? Si es que, ya se sabe, los jóvenes pensáis que vais a comeros el mundo hasta que pasa lo que pasa...».

«¿Qué pasa? —pensó Carol—. ¿Qué coño pasa?»

Estaban entonces en el escenario de su primer caso: un tipo muerto dentro de un contenedor. Minutos antes de oír por primera vez la voz del subinspector Hernández, Betina, la compañera de grupo con la que Carol había estado trabajando esa semana, la previno sobre él: «Ten cuidado, es un poco cotilla», fueron las palabras de la agente. Tras aquella primera experiencia con Hernández y con su nueva compañera, Carol les puso etiquetas mentales: «Betina: prudente en exceso, demasiado dulce con las palabras; parece que le corre poca sangre por las venas. Hernández: ¿cotilla? Ser cotilla parece el menor de sus problemas. Es un trepa. Un déspota. Un bocazas». En cuanto al tipo muerto del contenedor, días más tarde se demostró que había sido un ajuste de cuentas.

El suelo cruje bajo sus pies.

El lecho de grava es demasiado grueso, las piedrecitas blancas están demasiado sueltas. Pese a los múltiples surcos que recorren toda la longitud del camino, va a resultarles difícil encontrar huellas de neumáticos.

Hernández continúa con su perorata, visiblemente empeñado en sacar de sus casillas a la inspectora. Carol, por su parte, le deja hablar mientras examina el espacio que los rodea. El jardín parece extenderse varios cientos de metros a ambos lados. Más allá de los focos solares, el manto de la noche es demasiado espeso para poder analizarlo en detalle. Sí que intuye, a lo lejos, en el flanco derecho, una estructura curva. Tras ella, parece haber una pequeña construcción, mucho menor que la casa principal, pero demasiado grande para ser una simple caseta de jardín.

—Supongo que no ha dado tiempo de examinar el exterior —deduce Carol. Es la primera vez que dirige la palabra a Hernández desde que han cruzado la cancela.

—Supones bien. La noche estaba al caer cuando llegamos nosotros. Tu querido jefe y los de la Científica no aparecieron hasta las diez y cuarto. —Lo ha dicho como si la finca estuviera a tiro de piedra de la comisaría—. Carbonero ha dejado para mañana la inspección de todos los espacios que no cuenten con iluminación artificial.

La inspectora asiente discretamente al oír el nombre de Carbonero, un policía de la Científica. El tipo le cae bien, y es el mejor ejemplo de que en una brigada técnica como la suya la escala policial a la que pertenezcas —básica, subinspección, ejecutiva...— importa un bledo frente a la capacidad, el conocimiento y la experiencia. A Carbonero le apasiona su trabajo, lleva muchos años desempeñándolo y lo hace con la suficiente profesionalidad para que Lorenzo, su jefe de grupo, sepa que el escenario del crimen está en buenas manos con él.

—¿Sólo Carbonero de la Científica? —inquiere Carol.

—Lo acompaña un tal Gutiérrez.

Gutiérrez lleva unos cuatro meses en la brigada. Si su jefe lo ha dejado a cargo de Carbonero es porque el resto del equipo debe de andar liado con algo gordo.

Frente a ellos, cada vez más cerca, un edificio de dos plantas. En la fachada impera el vidrio. Sus amplias cristaleras y su forma rectangular, casi perfecta, confieren a la casa el aspecto de una pecera. Las escasas zonas sin ventanas son como un mosaico de hormigón y metal. Carol no termina de captar el encanto de ese tipo de construcciones.

—¿Quién se ha quedado de Homicidios? —La inspectora sabe que debería conocer esa información, pero estaba demasiado ocupada maldiciendo a Villalba cuando el jefe de sala del 091 le daba todos los detalles.

—Muy mal, inspectora. Muy mal —la regaña la Hiena.

A continuación, se saca el móvil del bolsillo del pantalón, desbloquea la pantalla y, después de propinarle siete u ocho golpes con un dedo, vuelve a guardárselo.

—Acabo de mandarte todo lo que tenemos hasta el momento en un archivo de texto.

Carol echa un vistazo rápido al documento. No consta el nombre de Celada, como cabía esperar.

Aunque le cuesta percibir al subinspector Hernández como algo más que un cincuentón correoso que lleva realmente mal que alguien joven, con preparación y además mujer pueda darle órdenes, Carol tiene que reconocer que hace bien su trabajo. El modo exhaustivo y ordenado en que comparte la información que recaba en los escenarios suele ser un buen punto de partida para las investigaciones, así como una gran ayuda en lo que para la inspectora constituye la parte más tediosa de su profesión: la redacción de los atestados. Desde este instante hasta que el escenario quede liberado, Carol sabe que irá recibiendo actualizaciones del documento cada vez que ocurra algo reseñable.

—Parece nervioso —observa Carol, más para sí misma que para su acompañante.

Hay tres personas a escasos metros de la puerta de entrada. Dos agentes uniformados —los que faltaban de Seguridad Ciudadana— y un hombre con pinta de sentirse incómodo dentro del traje que le ha tocado llevar. ¿Cuál será ese traje? ¿El de amante dolido? ¿El de amigo del alma? ¿El de «yo pasaba por aquí y me encontré un muerto»?

—Parece nervioso porque lo está —confirma Hernández.

—¿Su nombre?

—Ginés Lapedriza. Dice que es el asistente personal de la escritora desde hace años y que, como llevaba varios días sin saber de ella, ha decidido venir a ver si todo iba bien.

—¿Tiene llaves?

—Por lo visto sí. Según él, pasaba largas temporadas en la casa, sobre todo cuando ella se encerraba a trabajar.

Hernández mira de cuando en cuando el móvil para ir desglosando la información. Carol no pierde de vista al asistente. Además del nerviosismo, intuye en su rostro que empieza a vencerlo el cansancio.

—Nosotros hemos llegado casi a la vez que el 061. El testigo nos ha guiado hasta el dormitorio de la escritora y se ha quedado en la puerta mientras se confirmaba el deceso.

—Tu chico me ha dicho que no han intentado reanimarla.

—¿Para qué? Se había puesto hasta arriba de pastillas y, créeme, tenía pinta de muerta.

—¿Cómo? ¿Un suicidio?

—A ver, inspectora, la escritora está metidita en la cama, con un hilo de vómito saliéndole de la boca y una caja de pastillas vacía sobre la mesilla de noche. ¿Dos más dos?

Carol se olvida de repente de que Hernández es un bocazas, se deja envolver de nuevo por la mala leche y echa a andar a paso acelerado hacia la entrada de la casa, haciendo caso omiso de su testigo y de todo lo que ha aprendido en estos años sobre lo importante que es no precipitarse en un escenario. Se coloca las calzas antes de cruzar el umbral y se dirige hacia el dormitorio guiándose por las marcas de tiza que delimitan la ruta segura. Puerta principal, recibidor, escalera, pasillo. Es la habitación del fondo. Iván Castro, uno de sus compañeros de grupo, aguarda en el corredor, junto a la puerta.

—Dime que Villalba no me ha hecho venir hasta aquí por un suicidio —le suelta Carol mientras sigue avanzando con paso firme hacia el dormitorio.

Asoma la cabeza al interior sin esperar a que el oficial le dé una respuesta. Busca a alguien en concreto. El espacio es inmenso. Cama con dosel a la derecha. Sillón orejero, mesita de té y estantería atestada de libros a la izquierda. Dos puertas. ¿Baño? ¿Vestidor? A Carol no se le ocurren más opciones. Una hilera de paneles japoneses vela la inmensa cristalera. Carbonero está en la esquina opuesta a la puerta con la cámara de fotos en una mano. Al ver a la inspectora, su cara adopta una expresión indescifrable.

—Creo que deberías ver algo —dice, y señala con el dedo las líneas de tiza que recorren el contorno de la habitación hasta desembocar junto a la cama, donde una melena rubia se desparrama sobre el almohadón.

Carol se adentra en el dormitorio con la desagradable sensación de haber vuelto a meter la pata.

ERA UNA ESCUCHADORA DE VOCES

Abril Martínez Melero, Abril Zondervan para sus lectores, tiene uno de esos rostros que se quedan impresos para siempre en la retina. No sólo por su piel, de un tono ceniciento. Tampoco únicamente por sus labios, pequeños, resecos y cuarteados; ni por sus ojos, entreabiertos, que van perdiendo la transparencia poco a poco. Es por todo el conjunto, por cada milímetro de la pálida piel de la escritora, por cada uno de los contornos que definen su tez: la prominencia de los pómulos, el discreto y gracioso relieve de la nariz, la curva que dibuja su perfil desde la boca hasta la barbilla... Unas facciones marcadas por la fragilidad y la delgadez que, intuye Carol, deben de ser muy similares a las que tenía en vida.

—Las pupilas dilatadas concuerdan con la intoxicación.

La inspectora, ahora en el umbral del dormitorio, trabaja con la atención dividida. Una mitad la centra en el interior de la habitación, donde Ramiro Montes, el forense, enfundado en el equipo y con las manos enguantadas, examina el cadáver. Rigidez en cara y cuello. El perito calcula que lleva fallecida entre seis y diez horas; no se atreve a hacer una estimación más aproximada. Carbonero, junto a él, sigue todos sus movimientos, aprovechando para fotografiar lo que considera necesario. El otro compañero de la Científica, que ocupa un lugar discreto en la habitación, dibuja lo que parece ser un croquis del escenario.

La otra mitad de la atención de la inspectora es para Castro, un oficial veterano del grupo de Homicidios, que en este momento comparte con ella toda la información que ha recabado hasta ahora:

—Abril Martínez Melero. Soltera. Treinta y nueve años. Escritora de profesión. Encontrada cadáver alrededor de las nueve de la noche de hoy por su asistente personal, Ginés Lapedriza. Cuarenta y seis años. Soltero...

Hay más. Mucho más. Casi todo sin confirmar.

Carol va anotando en su pequeña Moleskine todo lo que le resulta relevante.

—¿Nota de suicidio? —pregunta a Castro cuando éste ha terminado.

El oficial niega con la cabeza.

Mientras, al otro lado de la habitación, las manos del forense apartan la sábana que cubre a la escritora. Su cuerpo, envuelto en un vestido azul celeste de tirantes, es tan menudo como un suspiro. Sus extremidades son delgadeces de piel, músculo estriado y hueso. Ramiro Montes localiza enseguida la razón por la que están tratando con sumo cuidado tanto el escenario como el cuerpo.

—Os daré más detalles cuando la examine a fondo

—indica, dedicando breves miradas a Carbonero y a Carol—, pero la doble lividez es patente.

—Ya me parecía a mí —comenta Carbonero. Acto seguido, se acerca a su maletín en busca de un par de sobres de tamaño folio y cinta de embalar.

—Así que era cierto —dice Ramiro mientras inspecciona la muñeca izquierda de la escritora. Cuando es consciente de que todos los presentes lo miran, continúa—: Se rumorea desde hace años que intentó suicidarse durante uno de sus ingresos, y estas dos cicatrices acaban de confirmarme que sin duda así fue. Pobre chiquilla...

A su llegada, Ramiro Montes, el forense más serio y distante que Carol haya conocido, se ha confesado abiertamente admirador de Abril Zondervan. Ha descrito sus libros como «pequeñas obras maestras» y, tras una letanía de alabanzas, ha concluido diciendo: «Lástima que su cabeza le jugara malas pasadas». Ahora contempla el delgado antebrazo de la escritora con un brillo de compasión detrás de los cristales de las gafas.

—Ramiro...

Carbonero interrumpe el extraño momento íntimo y ocupa el lugar del forense, junto a la cama. Éste envuelve las manos de la escritora con los sobres y utiliza la cinta de embalar, evitando cubrir con ella la piel, para asegurarse de que el envoltorio no va a desprenderse durante el traslado. Luego coge de nuevo la cámara para inmortalizar el momento.

La inspectora no ha intervenido todavía, consciente de que los protagonistas de esta escena de la película son los integrantes del grupo de la policía científica, el forense y la que, visto lo visto, tiene todas las papeletas de pasar a ser llamada «la víctima». Cuando Ramiro coge el teléfono para avisar de que pueden proceder al levantamiento del cadáver, Carol considera que ha llegado el momento de interpretar su propio papel. Escenario: el porche de la casa. Actores: Ginés Lapedriza, Iván Castro y Carol Medina. Figurantes: los dos agentes de Seguridad Ciudadana, puede que también la Hiena. De camino hacia la escalera, va repasando su guion. Enumera mentalmente los detalles que no concuerdan con una muerte autoinfligida para poder dar con las preguntas adecuadas. La ausencia de nota de suicidio. La posición del cuerpo, de cúbito supino, con los brazos cruzados sobre el pecho, más parecida a la de Blancanieves en su urna de cristal que a la que debería tener una persona que ha ingerido dos blísteres de haloperidol. Esos dos blísteres, treinta pastillas que, según los cálculos de Ramiro, no son suficientes para acabar con una vida. El aspecto de piel de serpiente en sus brazos, síntoma inequívoco de que alguien la cambió de posición horas después de fallecer, cuando la sangre ya había empezado a estancarse por acción de la gravedad. Son datos que no tiene por qué revelar ante el asistente de la escritora. Al menos, no hasta que el forense certifique que ha sido un homicidio.

—¿Estás bien? —le pregunta Castro a escasa distancia de su nuca.

Carol responde sin detenerse:

—¿Te importa que nos centremos en el caso? —Al instante se arrepiente de la sequedad de sus palabras. Castro no tiene la culpa de que su vida sea un desastre, sobre todo teniendo en cuenta que, pese a su edad y a sus años en Homicidios, siempre la ha tratado con cariño y respeto—. Perdona, he tenido un día para olvidar —se disculpa—. Si no te importa, prefiero que continuemos con esto —añade, esta vez en un tono más suave, señalando su libreta.

El oficial asiente. No dice nada más.

Castro es un tipo atlético y de facciones agradables. Si no fuera porque tiene el cuerpo cubierto de pelo entrecano desde la cabeza hasta las falanges de los dedos, nadie diría que está a punto de cumplir cincuenta y siete años. Carol se pregunta si, como Hernández, él tampoco se ha enterado de lo ocurrido el día anterior en la sala de interrogatorios.

Poco después de que hayan empezado a descender por la escalera, ambos se detienen para dar paso a dos trabajadores con uniforme del Instituto de Medicina Legal. Sobre la camilla metálica llevan ya preparada la bolsa para cadáveres: blanca, de celulosa impermeabilizada, con una larga cremallera que recorre toda su longitud. La escritora acabará en su interior en unos minutos. Abandonará para siempre su casa, el mundo de los vivos, y todo indica que se irá dejando una profunda huella. De las nueve personas que en este momento hay en la finca además de Carol y los dos operarios que acaban de llegar, al menos tres de ellas —cuatro, si se cuenta a Ginés Lapedriza, el asistente— conocían a Abril Zondervan. Carbonero tiene un par de novelas suyas en casa. Ramiro afirma que adora su obra y parece conocer bastantes detalles de su biografía. La Hiena sabe, como poco, que era una escritora muy famosa. Si la autopsia confirma las sospechas que flotan en el aire, este caso va a convertirse en el centro de atención mediática en los próximos días.

—Señor Lapedriza, soy Carol Medina, inspectora de la policía judicial. Supongo que ya conoce a mi compañero.

—Mmm... Sí, pero no recuerdo su nombre.

—Me llamo Iván... Iván Castro —aclara el oficial.

—Ante todo, quiero decirle que lamento su pérdida. Me han dicho que usted y Abril se conocían desde hace mucho tiempo. —Carol hace una pausa antes de continuar—. Sé que es un momento difícil, pero necesitamos hacerle algunas preguntas.

—Sí, por supuesto.

Lapedriza mira a Carol y a Castro, expectante.

—Vengan por aquí, por favor.

La inspectora se aleja de la entrada de la casa y se dirige hacia la mesa redonda que hay al otro lado del porche. Seis sillas. Los tres se sientan de tal modo que entre cada uno de ellos queda un asiento vacío. Castro abre su libreta y se prepara para tomar notas. Carol hace otro tanto. Luego arranca a hablar.

—Antes de nada, me gustaría que me describiera con precisión su relación con Abril Zondervan.

—Era su asistente personal. Desde hace siete años.

Una tímida farola ilumina el espacio en el que se encuentran. A Carol y a Ginés los separan alrededor de un metro y medio de acero forjado y cristal, una distancia más que suficiente para que la inspectora pueda analizar las reacciones de su testigo. Hasta el momento, Ginés le ha dedicado una mirada seria, cargada de intensidad. Tiene los ojos claros hundidos, anegados en cansancio. A Carol le llama la atención el color de su pelo: junto a un rubio, cualquiera habría afirmado que Lapedriza es pelirrojo; junto a un pelirrojo, habría ocurrido lo contrario. Lo lleva peinado hacia atrás, con la cantidad justa de gomina. Su aspecto desenfadado, desde el cabello hasta la puntera de los zapatos, parece fruto de una esmerada planificación.

—Y como asistente personal, ¿qué tipo de funciones desempeñaba?

Un instante de silencio.

Ginés tiene los antebrazos apoyados en la mesa. El pulgar de su mano derecha recorre en círculos concéntricos la palma de la izquierda. El aspecto de sus uñas, perfectamente recortadas y limadas, es mucho mejor que el de la inspectora.

—No sé muy bien cómo explicarle en qué consiste mi trabajo. En realidad, mis atribuciones cubren... —Ginés amaga una mueca de aflicción antes de continuar—. Mis atribuciones cubrían todo lo que Abril pudiera necesitar: llevaba su agenda; me encargaba de que su gestor tuviera la documentación al día; salvo excepciones, la acompañaba a reuniones, viajes y giras; le hacía la compra... —Los ojos se le enrojecen más a cada segundo que pasa—. En los meses de escritura, me ocupaba de que comiera bien y descansara.

—Eso va más allá de un trabajo corriente de asistente, ¿no cree? —El tono de voz de la inspectora ha sido menos agradable de lo que habría querido.

—No era su esclavo, si eso es lo que insinúa. Si quiere ponerle una etiqueta, puede pensar que era su sombra. —El tono de Ginés denota que está un poco molesto, y Carol se insta a recuperar el control de sus emociones—. Abril era un genio, tenía una cabeza privilegiada. Yo sólo cubría las necesidades vitales y laborales que ella simplemente olvidaba. Y puedo asegurarle que me pagaba un sueldo más que generoso por hacerlo.

—¿Se olvidaba de comer y de dormir? —Ahora sí que ha sonado a pregunta limpia.

—Cuando escribía se olvidaba de todo, salvo de escribir.

Carol abre el cuaderno y simula estar leyendo sus notas. Está pensando en lo que Ramiro Montes ha dicho sobre la escritora hace unos minutos en el dormitorio: «Lástima que su cabeza le jugara malas pasadas». De pronto siente la necesidad urgente de saber a qué se refería el forense.

—¿Notó a Abril preocupada o deprimida los últimos días?

—Hasta ayer no. He estado de vacaciones las últimas cuatro semanas, después de más de un año trabajando sin parar. A finales de junio envié a Julia las galeradas corregidas de la última novela de Abril y... Julia Moll es su agente, puedo darles su contacto, si lo necesitan —aclara Ginés al darse cuenta de que en su discurso faltaba información importante—. Envié a Julia las galeradas, después pasé unas semanas cerrando asuntos pendientes y luego, como Abril había pensado irse de vacaciones, decidí aprovechar para hacer lo mismo y descansar. Se suponía que ella regresaba a Málaga el sábado, pero ayer me pareció verla paseando por el Muelle Uno, en el puerto deportivo. Por eso la llamé.

—¿Qué sensación le dio cuando hablaron?

—La noté muy rara.

—¿Tanto como para presentarse en su casa?

—Sin duda. Su voz sonaba distante, permanecía callada

mucho rato, como si no me escuchara, y susurraba cosas que no fui capaz de entender.

—¿Cree que estaba con alguien? —pregunta Castro, con la atención a flor de piel de repente.

—No lo creo. Su cabeza era... especial.

—¿Cómo de especial?

Ginés apoya las palmas de las manos en el cristal de la mesa y su cara adopta un leve gesto de sorpresa.

—No habían oído hablar de ella, ¿verdad?

—Parece que no lo suficiente —responde Carol.

De repente, a lo lejos estalla una de las risotadas de Hernández. Carol supone que debe de estar dejando en ridículo al pobre agente de Seguridad Ciudadana que lo acompaña. O sacando a relucir las miserias de la mitad del cuerpo de policía de Málaga.

—Abril oía voces. Tan vívidas como la conversación que nosotros estamos teniendo en este momento.

Inspectora y oficial se dedican una breve mirada. Ginés permanece a la espera.

—¿Era esquizofrénica? —pregunta Carol, intentando encontrar sentido a sus palabras.

—No exactamente. Abril era una escuchadora de voces, sin más. Es cierto que al principio un psiquiatra le puso la etiqueta que usted acaba de pronunciar, pero de eso hace años. Por suerte, un día decidió que sus voces no eran síntoma de una enfermedad, sino una característica de su personalidad, así que aprendió a vivir con ellas —explica Ginés.

—¿Y cómo aprende uno a vivir con voces sin volverse loco?

Esta vez la pregunta la lanza Castro, que se ha quedado

con la punta del bolígrafo suspendida a dos centímetros de la libreta.

—No puedo darles muchos más detalles, no soy experto en la materia —explica Ginés, puede que para ahorrarse una retahíla de preguntas que no le apetece responder en este momento—. Quizá prefieran hablar de esto con Sonsoles, su terapeuta. Ella sabrá explicárselo mejor que yo. También puedo pasarles su contacto.

Carol anota mentalmente ese nombre y aprovecha para tachar una de las preguntas de su lista.

—¿Era ella quien se encargaba de su medicación?

—Abril llevaba años sin tomar pastillas. Quizá algún hipnótico para dormir de vez en cuando, pero nada más.

—En su mesilla de noche...

—Sí, ya sé lo que va a decir. —Ginés ha interrumpido a Carol antes de que pudiera acabar la frase—. Abril guardaba esa caja de haloperidol en el cajón de su mesilla de noche como recuerdo.

—¿Como recuerdo de qué?

La respuesta de Ginés es tajante.

—De un pasado al que no quería regresar.

—¿Y quién sabía de la existencia de esa caja?

—Yo, su agente, su psiquiatra y cualquiera que haya leído o visto por televisión algunas de las entrevistas y conferencias de Abril. No era ningún secreto.

—¿Hablaba abiertamente de ello?

—Abril era una de las máximas defensoras del movimiento Escuchadores de Voces en Europa, y en los últimos años ha dado numerosas charlas sobre el tema, tanto en España como en Holanda y Reino Unido.

Carol siente que este tema le viene grande por ahora, así que decide abandonarlo hasta haber tenido tiempo de documentarse lo suficiente. Antes de continuar, anota en su Moleskine: «Escuchadores de voces», «Abril, charlas, conferencias, entrevistas, caja de pastillas», «Sonsoles, psiquiatra», «Haloperidol».

—Ginés, ahora quiero que me aclare algo que no termino de entender. ¿Por qué motivo llamó en dos ocasiones al 112?

—Ya se lo he explicado antes a su compañero —dice posando los ojos en Castro—. Y también al policía que entró conmigo.

Se refiere a la Hiena.

—Ya... Pero ahora necesito que me lo cuente a mí.

El asistente empieza a impacientarse. Sus manos se mueven nerviosas sobre el cristal de la mesa, entrelaza los dedos con fuerza y frota entre sí las palmas con insistencia. A Carol le encantaría darle un manotazo para pararlo.

—Está bien. Si no hay más remedio... —acepta Ginés al fin. Antes de continuar, dedica unos instantes de su atención a los dos policías de Seguridad Ciudadana que charlan en voz baja al otro lado del porche. Luego explica—: Cuando llegué a la finca me fui directo hacia la cabaña, pensando que Abril estaba allí.

—¿Qué cabaña? —lo interrumpe Carol.

—Justo detrás de mí hay un sendero que lleva a la cabaña que Abril diseñó para escribir. Para llegar, hay que cruzar el puente que atraviesa la charca artificial.

La inspectora localiza enseguida, a espaldas de Ginés, una línea recta de baldosas de piedra que se pierde en la oscuridad unos metros más allá.

—¿Por qué creía que ella estaba allí?

—Los postigos de las ventanas estaban abiertos, como cuando se encerraba a escribir. El resto del tiempo, la cabaña permanecía cerrada a cal y canto. Cuando me asomé a la ventana que da a su escritorio, la luz estaba encendida. Llamé un par de veces a la puerta y, como no oí ruido alguno en el interior, decidí usar mi llave para entrar. Tengo juegos de llaves de la casa principal y de la cabaña, suelo pasar aquí bastante tiempo —explica, anticipándose a Carol.

—Y entonces saltó la alarma —comenta la inspectora.

—Tendría que haberme parado a desactivarla, pero en ese momento sólo podía pensar en encontrar a Abril —explica Ginés, que restriega sin parar las manos sobre la mesa—. Cuando comprobé que la cabaña estaba vacía, llamé al 112. Tuve la certeza de que algo iba mal.

—Luego transcurren siete minutos y vuelve a llamar —dice Carol, mirando sus notas.

—No sé con exactitud el tiempo que pasó entre una llamada y otra. Lo que sé es que no fui capaz de esperar a que llegara la policía, así que entré en la casa para comprobar que todo iba bien.

—¿La alarma de la casa no estaba activada? —cuestiona la inspectora.

—No. No lo estaba —responde Ginés. Permanece en silencio unos segundos. Al cabo, continúa en el punto en el que lo había dejado—. Recorrí la planta baja y, al encontrarla vacía, saqué el móvil de nuevo. Su teléfono no dio señal de llamada. Luego vi que estaba en el salón, apagado. Después... después subí la escalera y fui a su dormitorio. Estaba... estaba... ¡Dios mío! No entiendo cómo he permitido que pasara esto. ¿La han visto? ¿Han visto cómo estaba? Totalmente demacrada. ¡Estaba en los huesos! ¿Cómo ha podido llegar a ese estado en apenas cuatro semanas? ¿Cómo no me di cuenta?

La entereza con la que Ginés ha asumido hasta ahora las preguntas de Carol se desmorona en un instante. Golpea con fuerza el cristal y se levanta de golpe, incapaz de contener ya su nerviosismo en el medio metro cuadrado que delimita su asiento. El cansancio y la congoja se desbordan sin control.

—No lo entiendo... De verdad que no lo entiendo. Se suponía que ella también se iba de vacaciones.

Ahora habla muy rápido. Se frota con nerviosismo los ojos, como si quisiera apresar alguna lágrima furtiva. Su cara, de formas redondeadas, muestra un amago de puchero.

—Ginés, lo que ha ocurrido es muy triste, y lo lamento de verdad, pero necesito que se calme —lo interrumpe Carol de nuevo, con la voz más dulce que es capaz de sacar de sus cuerdas vocales—. ¿Quiere un poco de agua?

El hombre niega con la cabeza. Después se alisa con las manos varias veces la arrugada camisa de lino, respira hondo y vuelve a sentarse.

—Le busqué el pulso y no se lo encontré.

Carol y el oficial aguardan pacientemente a que se disuelva la imagen que acaba de dibujarse en la mente de Ginés. Cuando parece haberse calmado, la inspectora prosigue con las preguntas.

—¿Fue entonces cuando llamó por segunda vez al 112?

Él asiente con la cabeza. Parece hundido.

—Ha dicho que creía que ella estaba de vacaciones. ¿Dónde? ¿Fuera de Málaga?

—Sí, me dijo que se marchaba unas semanas a Holanda, a ver a su padre. Su padre le hacía mucho bien —responde Ginés con una sonrisa nostálgica en la boca.

—¿Sabe cómo podemos localizarlo?

—No, lo siento. No lo conozco y nunca he tenido contacto con él. Había una parcela privada en la vida de Abril en la que yo nunca entraba —explica con un tinte extraño en la voz que Carol es incapaz de catalogar.

—¿En esa parcela privada estaban las relaciones sentimentales?

—Si tenía o tuvo pareja, lo desconozco, lo siento —responde, esta vez en un tono más neutro.

—¿Qué me dice de su madre?

—Vive fuera, no sé dónde. Abril y ella llevaban años sin hablarse —responde—. ¿Hemos terminado ya? Estoy muy cansado, inspectora, y me temo que voy a tener que dedicar mis últimos días de vacaciones a preparar un entierro —explica.

Parece que no es muy consciente de que se ha quedado sin trabajo.

Carol dirige la mirada a Castro, por si él quiere añadir algo. El oficial hace un gesto para indicarle que no. Él también parece cansado, incluso un poco distraído. Lo más probable es que recibiera el aviso del 091 minutos antes de acabar su turno.

—Hemos terminado por ahora, señor Lapedriza. Pero antes de que se vaya tengo que pedirle dos cosas. En primer lugar, que no haga público el fallecimiento de Abril hasta que nosotros se lo indiquemos. En segundo lugar, me gustaría que anotara los teléfonos de Julia Moll, de Sonsoles...

—Martín.

—De Sonsoles Martín y de cualquier otra persona con la que crea que debemos hablar.

La inspectora arranca una hoja de su libreta y se la pasa a Ginés justo en el instante en que aparecen por la puerta los operarios del Instituto de Medicina Legal. Sobre la camilla, la bolsa blanca, marcada con una etiqueta identificativa, contiene ahora el cadáver de Abril Zondervan. Al darse cuenta de que los dos hombres del IML avanzan sin apenas esfuerzo, Carol no puede evitar pensar en la extrema delgadez de la escritora, en su aspecto frágil, casi evanescente, y en la pregunta que Ginés ha lanzado cuando ha perdido los nervios: «¿Cómo ha podido llegar a ese estado en apenas cuatro semanas?».

VETE DE AQUÍ

Carol detiene el motor del viejo Mazda cuando su reloj de pulsera está a punto de marcar las dos de la madrugada. A pesar de la hora que es, permanece aún unos minutos en el coche, tratando de poner orden en la vorágine de ideas y preguntas que se desboca en su cabeza. En cualquier otra muerte similar, la inspectora habría esperado hasta tener el informe forense para ponerse a indagar en la vida de la víctima o en las circunstancias que pudieran rodear su muerte. Pero hay algo en el caso de Abril Zondervan que está impidiéndole desconectar. Alarga el brazo para coger la pequeña Moleskine del asiento del copiloto.

—Veamos —susurra mientras abre la libreta en busca de las notas de esta noche.

Con la ayuda de la linterna del móvil, repasa detenidamente los puntos clave del testimonio del asistente personal de Abril hasta que su mirada se detiene en una línea concreta: «Escuchadores de voces». Sus siguientes anotaciones («Abril, charlas, conferencias, entrevistas, caja de pastillas»,

«Sonsoles, psiquiatra», «Haloperidol») giran en torno a la relación de la escritora con su... ¿Cómo llamarlo? ¿Su «peculiaridad»?

Según Ginés Lapedriza, la escritora era una «escuchadora de voces», un concepto que, por ahora, cabalga en la mente de Carol a medio camino entre la locura y el misticismo. Si mañana el forense dictamina que Abril ha sido asesinada, habrá que reconstruir sus últimas veinticuatro horas y buscar a un homicida. Mientras tanto, la inspectora decide invertir lo que queda de noche en saciar su curiosidad.

«Escuchadores de voces», teclea en el móvil. Un instante después, el buscador de internet le ofrece alrededor de trece mil seiscientos resultados. Noticias, reseñas de encuentros en España, algún que otro artículo de investigación... Nada que ofrezca información fácilmente comprensible para alguien que, como Carol, no tiene ni idea de salud mental. «Puede que no sea algo muy extendido en España», piensa, así que teclea lo mismo en inglés: «*Voice hearer*», y pulsa de nuevo la tecla BUSCAR. Cuatrocientos cuarenta y tres mil resultados. Entre ellos, un artículo que puede que no resulte demasiado fiable pero que, al menos, proporcionará a la inspectora un punto de partida. Título: *Hearing Voices Movement*. Fuente: Wikipedia.

Carol se baja del coche sin perder de vista la pantalla del móvil. Le pesa el cuerpo y su boca se abre en un largo bostezo. Aun así, lee con atención:

> El Movimiento Escuchadores de Voces ofrece una forma diferente de abordar la experiencia, alejándola del contexto

de la patología y dando importancia, no a las voces en sí, sino al modo en que la persona se relaciona con ellas.

Según el artículo, el Movimiento Escuchadores de Voces nació en Holanda e Inglaterra a finales de la década de 1980, a partir de los trabajos de dos psiquiatras, Marius Romme y Sandra Escher, que defienden que escuchar voces no tiene por qué ser sinónimo de enfermedad mental, sino una señal de que existe un problema. En opinión de ambos, los traumas vitales, sobre todo los infantiles, desempeñan un papel muy importante en las personas que acaban oyendo voces en algún momento de sus vidas.

El tintineo de las llaves rompe el silencio de la noche cuando la inspectora las saca del bolsillo de su pantalón. Después de leer unas líneas más y de tropezar un par de veces de camino a la puerta de la entrada, regresa a la página de inicio del buscador y escribe: *«Voice hearer Marius Romme»*. Enseguida aparecen numerosas publicaciones académicas y alguna que otra entrevista. También un libro, *Living with Voices: 50 Stories of Recovery.* No existe versión electrónica del mismo. Tampoco edición en castellano. Carol introduce la llave en la cerradura y, antes de girarla, pide el libro a través de su cuenta de Amazon. Espera tenerlo en casa el lunes.

Puerta abierta.

Más calor en el interior que en el exterior.

El pasillo de la entrada, que como siempre se extiende ante Carol repleto de recuerdos de infancia, le parece más desangelado que nunca. Avanza con el móvil en la mano, sin dejar de teclear, y abre una a una las ventanas de la planta baja para expulsar el aire viciado que parece haberse adueñado del espacio. En su deambular, evita mirar los desperfectos que la casa ha ido acumulando durante años. No quiere verlos porque a veces siente que con su dejadez está hiriendo la memoria de Max.

Mientras abre con la mano derecha la última ventana, termina de teclear con la izquierda su siguiente búsqueda: «*Voice hearer Abril Zondervan*». Más de once mil resultados. Llama su atención el primero: un vídeo de la plataforma TED.

—«*My voices and I,* by Abril Zondervan» —lee en voz alta el título de la charla.

Luego pulsa el enlace y se queda clavada junto a la ventana cuando ve, cuando oye por primera vez, a su escritora muerta:

«Yo cumplí el gran sueño de mi vida antes de saber lo que significaba "cumplir un sueño". Antes incluso de haber descubierto que aquél era el gran sueño de mi vida... A los diecisiete años, los escasos metros cuadrados que ocupaba mi dormitorio estaban repletos de diarios, libretas, trozos de papel y servilletas con las historias y las fantasías que había ido escribiendo de forma compulsiva desde la niñez. Lo guardaba todo con recelo, sin dejar que nadie lo tocara, porque para mí aquello era el tesoro más valioso que había sido capaz de crear. Pero un día algo cambió. Decidí llevar a mi profesora de Literatura el borrador de mi primera novela: trescientas cincuenta páginas escritas con una vieja y oxidada Olivetti, llenas de borrones y correcciones, que habían salido de mi cabeza como un vómito violento e incontrolable durante los veinte días de las vacaciones de Navidad. No recuerdo el instante exacto en que le entregué el manuscrito. Tampoco lo que le dije. Lo que sí recuerdo con nitidez es la poderosa pulsión que sentí al acabar aquella historia. Por primera vez en mi vida, necesitaba que alguien me leyera».

Carol deja de escuchar por un momento lo que cuenta la escritora y se pierde en la delicadeza de sus movimientos. Apenas gesticula. Apenas mueve los labios al hablar. Sin embargo, su voz, un suave vaivén de tonalidades, emerge de su boca con aplomo y seguridad. Sus rasgos, finos, afilados, eran aún más llamativos en vida, constata. Lleva puesto un vestido blanco y una rebeca celeste. «Sin duda —piensa la inspectora—, el azul cielo era su color.» Sus ojos, inmensos, brillantes, parecen acumular todo el peso de esos recuerdos que continúa desgranando:

«Pasados nueve meses tras haber desnudado mi alma a través de aquel manuscrito, una editorial importante publicó mi primera novela. Muy poco tiempo después, no recuerdo si fueron días o semanas, críticos literarios y lectores empezaron a hablar de mí como la joven promesa de la literatura española. Yo, una niña de diecisiete años, cargada de sensibilidad y demasiado pobre en experiencias, me convertí de la noche a la mañana en una de las escritoras más famosas del país. Más tarde llegaron las traducciones. Muchas. Diría que demasiadas, teniendo en cuenta mi escasa preparación. Un vuelo tras otro, innumerables trayectos en tren, incontables noches de hotel... Tuve que compaginar mis primeros meses en la universidad con viajes constantes e interminables ruedas de prensa para analizar en profundidad una historia que yo, su autora, no sabía cómo había llegado a escribir. Los periódicos decían cosas sobre mí que aún hoy soy incapaz de entender. Presentaciones, coloquios, sesiones de firmas... Todo ello, inmersa en una extraña mezcla de ilusión, miedo, esperanza y angustia que, casi sin darme cuenta, empezó a devorarme por dentro».

Batería a punto de agotarse. Carol no recuerda cuándo fue la última vez que puso a cargar el móvil. No quiere perderse ningún detalle importante del vídeo, así que lo para en el teléfono y se aleja de la ventana para coger el portátil. Al detenerse junto a la mesa del despacho se da cuenta de que aún lleva la pistola enfundada en la cintura, apenas disimulada por la longitud de la camiseta. «Un momento —se ordena—, suelta las cosas, pon el móvil a cargar, prepárate un café y después sigues.» No obedece del todo a sus pensamientos. Cuando se libra del peso del arma reglamentaria, abre uno de los cajones de la mesa, coge el cargador portátil del móvil, enchufa el aparato y se dirige a la cocina para hacerse ese café; si pretende pasar el resto de la madrugada en vela, necesitará un estimulante. La cafetera aún no se ha calentado cuando Carol regresa al vídeo de la escritora:

«Las oí por primera vez en una librería de Londres. Yo estaba sentada a una pequeña mesa, tenía un bolígrafo en la mano y me disponía a dedicar un ejemplar de mi libro a una lectora. Recuerdo que el rostro, los gestos, el timbre de voz de aquella mujer me recordaban mucho a los de alguien a quien no deseaba volver a ver. De pronto, empecé a sentirme fuera de lugar y quise salir corriendo de allí. El miedo venció a la ilusión y la angustia devoró a la esperanza. Todo a mi alrededor se convirtió en una espesa niebla que amenazaba con asfixiarme. Y entonces la escuché, tan nítida y clara como mi propia voz, tan aterrorizada como yo lo estaba por dentro. "Vete de aquí —me dijo—. Vete de aquí porque está a punto de llegar"».

NO TENEMOS MIEDO

Diecinueve de agosto. Nueve de la mañana.

Carol se acerca al quiosco que hay a espaldas de la comisaría con el cuerpo pesado y falto de descanso, después de toda una noche en vela delante del ordenador. El quiosquero le dedica el mismo saludo de siempre: un sonoro «buenos días» que no pasará a más. La reciben un inmenso surtido de chicles y caramelos, algún que otro juguete y las prometedoras cubiertas de incontables revistas y diarios. Carol recorre con la mirada las portadas de los periódicos del día. No le extraña lo que ve:

Los terroristas preparaban un atentado mayor con explosivos.

Casi cuarenta horas después de una tarde difícil de olvidar, toda la prensa habla de lo mismo:

Hay siete terroristas muertos y cuatro detenidos. Se cree que la célula estaba integrada por más miembros.

Los dedos meñique y anular de la mano derecha de la inspectora siguen envueltos en un incómodo dolor punzante y el entumecimiento no desiste, pese a la dosis extra de antiinflamatorios que ha tomado esta mañana. Pero no es la mano lo único que le duele. Lleva dos días con un complejo sentimiento de rechazo, tristeza e impotencia que nada tiene que ver con lo ocurrido hace dos días en la sala de interrogatorios. Es un sentimiento que comparte con millones de personas en todo el país y que ha abierto una profunda herida en el consciente colectivo que tardará mucho más que su mano en sanar.

La célula fabricaba explosivos para causar cientos de muertos.

El diecisiete de agosto a las cinco de la tarde, un malnacido a bordo de una furgoneta blanca decidió recorrer quinientos treinta metros del paseo de las Ramblas de Barcelona con el único ánimo de embestir a todo aquel que se le pusiera en medio. No tuvo que hacer grandes esfuerzos. Como siempre, las Ramblas eran un hervidero de personas, muchas de ellas turistas que recorrían su zona central atontadas por el calor y la humedad de la ciudad, a la caza de alguna foto o en busca de un refresco. Algunas lograron esquivar la embestida en el último instante. Otras no corrieron tanta suerte. Trece muertos en el acto. Numerosos heridos, muchos de ellos graves. Decenas de banderas de todo el mundo mancilladas en un único atentado terrorista.

En ese mismo intervalo de tiempo, mientras las calles de Barcelona se convertían en un laberinto de gritos, llantos, sirenas y confusión, en la otra punta del país, dentro de la Comisaría Provincial de Málaga, Carol lanzaba preguntas acusatorias y perdía los papeles con el único —y poco claro— sospechoso del homicidio y descuartizamiento de un varón sin identificar que, hasta ese momento, había sido su caso. Ni siquiera recuerda con nitidez lo ocurrido, ella que siempre se jacta de acordarse de todo. Sólo guarda en la memoria una imagen: la cara del tipo sonriendo con descaro, como si la cosa no fuera con él, mientras Celada, su compañero en el caso, permanecía sentado, impasible, con los brazos cruzados. Después, un arranque de ira incontrolable y un doloroso golpe: el de su puño contra la mejilla del sospechoso. Tras eso, un silencio de apenas dos segundos en el que todos en la sala se quedaron perplejos. Carol, con el cuerpo inclinado sobre la mesa y la mano izquierda apoyada en ella para facilitar el impacto, sintió de pronto un pinchazo en las tripas y, en un acto reflejo, miró en dirección al pasillo, siendo consciente de que el despacho de Villalba estaba a tan solo unos metros. Aguardó inútilmente una señal, un toque seco en la puerta, un «Carol, a mi despacho»... Pero no ocurrió nada. Todo permaneció en el más absoluto de los silencios hasta que el sospechoso empezó a gritar como un energúmeno con acento eslavo: «¡Quitadme de encima a esta loca!». Su siguiente recuerdo es el de los pasillos casi vacíos de la comisaría y la colección de salas y despachos cargados de tensión y sorpresa, ajenos a lo que la inspectora acababa de hacer.

Ojos pegados a pantallas de móvil o de televisión.

Presentadores de informativos y titulares de prensa online repitiendo una y otra vez las mismas palabras:

Atropello en Barcelona. Al menos una persona podría haber muerto y cerca de veinte han resultado heridas...

Atropello múltiple en Barcelona. Al menos tres muertos y una veintena de heridos en un atentado en las Ramblas...

Emergencias pide a los ciudadanos que se encuentren cerca de la plaza Catalunya que se queden donde están...

El atentado terrorista de Barcelona causa al menos trece muertos...

Las autoridades relacionan el ataque terrorista de Barcelona con la explosión de una casa en Alcanar...

Todas las estaciones de metro y tren de Barcelona, cerradas. También los comercios...

Carol tardó un buen rato en dar con su jefe de grupo. Villalba estaba en la cafetería de la comisaría, con la atención puesta en Barcelona y rodeado de decenas de policías con opiniones y sentimientos diferentes.

—Necesito hablar contigo —le dijo la inspectora nada más verlo. Su mano derecha palpitaba en un dolor creciente.

—¿No puede esperar? —preguntó Villalba por respuesta.

—De ésta nos suben a nivel cinco de alerta —afirmó alguien a sus espaldas.

Carol echó un breve vistazo a la pantalla del televisor, una amalgama de rótulos informativos e imágenes de gente desorientada.

—Espero que los revienten a tiros —oyó soltar a otro.

—Putos moros de mierda...

El ISIS acababa de confirmar que estaba tras los atentados y algunas voces, demasiadas, se permitieron dar rienda suelta a su asquerosa xenofobia.

—No. No puede esperar —insistió Carol en voz baja, sintiendo una mezcla de rabia y vergüenza que no había experimentado en años.

Hablaron en el pasillo, junto a los ascensores.

La reacción de Villalba fue inmediata.

—¿Eres consciente de que esto es una falta grave intolerable?

De nuevo, rabia y vergüenza a partes iguales.

—Sólo me ha visto Celada. Él dice que me cubre.

—¿Y el sospechoso? ¿Y tú? ¿Y tu conciencia? —Villalba golpeó con el puño la pared más cercana y se acercó tanto a Carol que la inspectora pensó que iba a comérsela—. Vete a casa.

—Pero...

—Y no regreses hasta nueva orden.

—Pero, Héctor, ¿qué pasa con...?

—Carol, lárgate de una puta vez.

En aquel momento, mientras la inspectora abandonaba la comisaría sumida en un ambiente atípico, no era del todo consciente de la suerte que había tenido. Es ahora, mientras aguarda a que el dueño del quiosco le dé el cambio de los diez euros con los que ha pagado su ejemplar semanal de *El Jueves*, cuando Carol se da cuenta de que hace dos días los atentados de Barcelona le salvaron el cuello. Es ahora cuando se avergüenza de haber tratado de aprovecharse de las circunstancias. Es ahora, a punto de volver a vérselas con Villalba, cuando siente el peso de la culpa. Su agresión a un sospechoso no ha trascendido porque todo el mundo está ocupado con un asunto mucho más importante.

NO TENIM POR!

«No tenemos miedo», gritan las portadas de los periódicos, en español y en catalán, a sus espaldas. Carol sí lo tiene. Por primera vez en su vida teme haber perdido el control de sus actos.

NO SE PUEDE SER INFIEL A UN MUERTO

«¿Y tú? ¿Y tu conciencia?»

Las palabras de Villalba rebotan con tanta fuerza en el interior de su cabeza que Carol apenas oye el sonido de sus pasos. Avanza por los oscuros pasillos de la comisaría con la sensación de estar arrastrando el alma. En este momento, no se tiene en mucha estima. Está cansada, abochornada por lo ocurrido y muy enfadada consigo misma. Para colmo, ahora no tiene ni idea de qué va a decirle a Villalba. Antes de «conocer» a la escritora, tenía muy claro que esta mañana iría directa al despacho de su jefe a exigirle que le devolviera el control de su anterior caso. Pero ahora, después de haberse pasado toda la noche despierta, obsesionada con Abril Zondervan y con sus voces, es incapaz de quitarse de la cabeza la imagen de su rostro inerte. No se puede ser infiel a un muerto; sin embargo, la inspectora tiene en la boca un desagradable regusto a traición.

—¡Hola, jefa! —La voz de Valentín Celada devuelve a la inspectora a la realidad. Iba tan absorta que no se ha dado cuenta de que también él espera el ascensor. Celada tiene aspecto descansado y la misma sonrisa de siempre plantada en la cara—. ¿Cómo estás?

«Harta de que en los corazones de todos mis compañeros reine siempre el buen humor», se queja en silencio.

Aun así, admite para sus adentros que le gusta tener cerca a Celada. El subinspector es el único integrante del grupo de Homicidios y Desaparecidos con quien Carol se siente cómoda trabajando. Tiene una gran facilidad para quitar peso a los problemas y centrarse en las soluciones, y su instinto en las investigaciones es increíble. Pero no es sólo por eso por lo que Carol aprecia su colaboración; es porque nunca mete las narices en los asuntos de los demás. Y porque es el único que jamás le ha preguntado por lo que ocurrió hace más de un año en Madrid.

—Hola, compañero —lo saluda Carol.

Mientras busca las palabras adecuadas con las que seguir, la inspectora siente el rubor apoderándose de su cara.

—Oye... Tengo que pedirte disculpas por lo que pasó la otra tarde. Ni siquiera sé cómo explicarlo, perdí el control y...

—Olvídalo. Yo ya lo he hecho.

—¿Cómo voy a olvidarlo? Se me fue la olla, y lo sabes. Jamás debí...

La conversación entra en pausa cuando ambos ven acercarse a dos agentes de Seguridad Ciudadana. Los policías saludan con respeto. Después, el silencio continúa hasta que llega el ascensor.

—¿Suben o bajan? —pregunta uno de los agentes de uniforme con timidez. Lleva los distintivos de prácticas y la cara de estar recién salido de la academia.

—Subimos —responde Celada.

—De acuerdo, esperamos al siguiente —dice el otro policía, un oficial al que Carol no había visto por la comisaría hasta este momento.

Una vez dentro del ascensor, la inspectora pulsa repetidas veces el botón de la segunda planta. Nunca ha tenido la paciencia suficiente para comprobar si este aparato se mueve pulsando una única vez. Cuando se cierran las puertas, Celada retoma la charla.

—Sí, se te fue la olla, como se nos puede ir a cualquiera. El caso de la maleta nos ha pasado factura a los dos. Llevábamos días sin descansar y...

—Y es posible que detuviéramos al tipo equivocado —añade Carol de pronto, siendo consciente de que lo que los llevó a él fueron sólo pruebas circunstanciales, nada de peso como para endilgarle un muerto.

—Eh, perdona. Puede que no se cargara a nuestro hombre, pero no es ningún santo, y lo sabes. Ese *Gólulev*, o como sea que se pronuncie —siempre se le ha resistido el apellido del detenido—, irá a la cárcel de todas formas.

A Celada no le falta razón. La mafia rusa tiene un inmenso poder en la Costa del Sol, y Yura Gólubev ha sido hasta ese momento una de sus muchas cabezas difíciles de cortar. Él nunca ha partido el bacalao, pero desempeña un papel importante como brazo ejecutor. Su especialidad son los ajustes de cuentas. Dicen las malas lenguas que también es aficionado a los cadáveres descuartizados en maletas, como el que aguarda desde hace semanas, sin cabeza ni manos, en una cámara frigorífica del Instituto de Medicina Legal, a que alguien dé con su asesino. Y, aunque el muy perro casi siempre se libra por falta de pruebas, en esta ocasión lo han pillado metido en algo de lo que no puede escapar. Celada cuenta a Carol que, en el registro efectuado el mismo día diecisiete en su domicilio, un chalé inmenso en Marbella, y en un yate a su nombre, encontraron varias armas largas de gran calibre, una considerable cantidad de dinero en efectivo y pruebas de blanqueo de capitales más que suficientes para engancharlo a él y a muchos otros mafiosos con perfil de guante blanco.

—Se lo quedan los de la UDYCO*, y nosotros a lo nuestro —añade Celada cuando las puertas del ascensor se abren de nuevo.

—Ya, pero eso no va a evitar que me denuncie por agresión —concluye Carol.

Caminan unos metros, hasta encontrar un punto en el pasillo lo suficientemente alejado de los despachos para que nadie los oiga. Celada se acerca a Carol, al parecer, más de la cuenta.

—Vaya, qué bien hueles. ¿Usas colonia de bebé? —suelta de pronto. Cuando nota que Carol lo mira con cara de pocos amigos, reconduce—. Hazme caso, jefa, no va a pasar nada. Te has hecho tú más daño del que le has hecho a él. Si ni siquiera tiene un rasguño en la cara —dice bajando la voz.

De pronto, la inspectora se siente ridícula. Para una vez que se le va la mano...

—¿Piensas hablar del tema con Villalba? —pregunta él.

—Sí, voy para su despacho. Pero no creo que me deje

---

* UDYCO: Unidad de Drogas y Crimen Organizado.

regresar al caso —explica Carol con un pellizco en el estómago. Ya no tiene tan claro que quiera volver al cadáver descuartizado, pero no se atreve a decírselo a Celada.

—¿Y entonces...?

—Anoche me puse a trabajar en otro homicidio. —La inspectora se sorprende al pronunciar la palabra «homicidio» tan a la ligera—. Una escritora apareció muerta en su casa, en una finca perdida en medio de los Montes de Málaga. Pretendían que pareciera un suicidio.

—¿Y no lo es?

—Aún tiene que confirmarlo el forense, pero creemos que no. La escena era como de cuento: ella estaba perfectamente colocada, con el pelo extendido a ambos lados de la cara. No había nota de suicidio y Carbonero encontró signos claros de que la habían movido horas después de morir.

Carol acaba de darse cuenta de que la voz le sale impregnada de un interés especial por ese caso, y Celada la conoce lo suficiente para notarlo.

—Me apunto —suelta de repente.

—¿Cómo?

—Que me apunto —repite—. Si te apartan del caso de la maleta, lo más seguro es que pongan al frente a Ovejero. Y, no me malinterpretes, es un buen tío y hace muy bien su trabajo, pero prefiero trabajar contigo.

La inspectora agradece la muestra de apoyo de Celada y se despide de él poniendo rumbo al despacho de su jefe, justo al final del pasillo. No se resiste a agarrarse la camiseta y olerla. ¿A qué ha venido eso de que huele bien? Sin embargo, Celada ha dado en el clavo: Carol utiliza colonia de bebé. A Max le encantaba. También a Gabriel.

Mientras la inspectora avanza, el móvil le vibra en el bolsillo del pantalón. Es un mensaje de Carbonero con la hora de la autopsia. La cita a las once y media en el IML. Ella responde enseguida.

>CAROL: OK. ¿Ya habéis acabado arriba?

>CARBONERO CIENTÍFICA: Aún no. El jefe se queda terminando la planta baja mientras otros dos compis inspeccionan el jardín. Esto es grande de la hostia.

A Carol siempre le ha extrañado que en la Científica de Málaga sólo haya hombres. Al parecer, no es un destino muy solicitado por las mujeres, y es una pena porque a la inspectora le parece uno de los grupos más apasionantes de la policía. De hecho, nunca le ha importado remangarse y echarles una mano cuando lo necesitan.

>CAROL: ¿Algo que deba saber?

>CARBONERO CIENTÍFICA: Hemos encontrado un buen puñado de huellas enguantadas por el salón.

Al contrario de lo que la mayoría de los mortales piensan, los guantes de látex no evitan por completo el rastro. Ya sea por el talco que suelen llevar, por la humedad del ambiente o por cualquier sustancia con la que hayan entrado en contacto, cuando se manipulan con ellos objetos de superficie lisa, sobre todo satinada, quedan marcas de huellas emborronadas allá donde los dedos se hayan posado.

Algo que, si bien no permite identificar al dueño de las manos, en casos como suicidios fingidos puede servir para dar un giro crucial a la investigación.

> CARBONERO CIENTÍFICA: Estanterías, tiradores de cajones, el pomo de la puerta de la calle...
> CARBONERO CIENTÍFICA: Parece que alguien ha registrado a conciencia la planta baja.

Carol se detiene a un par de metros del despacho de Villalba para leer de nuevo los mensajes del compañero de la Científica. Ya no necesita esperar a las conclusiones del forense: su instinto le dice a voces que si no es capaz de ver que la muerte de la escritora no ha sido un suicidio es que es imbécil. Su cabeza se convierte en un hervidero de dudas que, casi de inmediato, es aplastado por una avalancha de preguntas. ¿Qué se supone que hará cuando atraviese esa puerta? ¿Qué tipo de batalla plantará ante Villalba si ni siquiera tiene ganas de hablar del cadáver de la maleta? ¿Cómo va a sentirse culpable por desear con todas sus fuerzas el caso de Abril Zondervan si su anterior víctima carece aún de identidad y de un pasado que honrar?

Cuando la inspectora golpea con los nudillos de la mano izquierda la puerta del despacho de su jefe, se da cuenta de que no es que esté poniéndole los cuernos a un muerto, es que ha decidido romper con él para liarse con otro cadáver que, además de identidad y pasado, tiene una cabeza de lo más interesante.

SÓLO ES UNA MALA RACHA

El despacho de Héctor Villalba es un espacio diminuto en el que la enorme mesa en ele parece querer comerse todo lo demás. Sentado sobre su sillón, el jefe de grupo, tan grande como un armario, llena casi todo el hueco que queda desde su lado de la mesa hasta la ventana. En el lado opuesto, las visitas tienen que conformarse con dos sillas esmirriadas, encajonadas a dos centímetros de la pared, que apenas dejan hueco para las rodillas.

—¿Vas a contarme qué te está pasando?

Carol se ha quedado en el umbral, con el costado derecho apoyado en el marco de la puerta. Sabe que Villalba no necesita que le dé detalles sobre su ida de olla con el ruso, lo que él busca es mucho más complicado para ella que asumir que ha perdido los nervios en un interrogatorio, por eso no puede evitar que todo su cuerpo se tense y que su diestra acabe refugiándose detrás de su espalda en un acto reflejo.

—¿Qué quieres que te diga? Se me fue la mano —dice Carol, esquivando el verdadero trasfondo de la pregunta y siendo consciente de pronto de la irónica obviedad de sus palabras.

Villalba le dedica una de esas miradas, a medio camino entre amigo del alma y padre protector, que Carol conoce tan bien. De ésta no se escapa.

—Entra y siéntate. —Sus palabras no suenan a orden.

La inspectora cierra la puerta. Si va a verse obligada a hablar mínimamente de su pasado, no quiere que nadie pueda oírla.

—Carol, nos conocemos desde hace ya muchos años, suficientes para no andarnos con rodeos.

Después del prometedor arranque, Villalba hace una pausa demasiado larga. Llena de aire su enorme pecho de palomo y lo expulsa despacio y sin apartar sus ojos de los de la inspectora. Parece que no encuentra las palabras adecuadas o que, como suele ocurrirle, le cuesta atravesar la línea que separa la cordialidad amistosa de lo realmente personal.

—Sé que este último año ha sido muy duro para ti —retoma al fin su discurso, recurriendo a palabras manidas, nada que Carol no haya oído antes—. ¡Joder! No, no lo sé. Ni siquiera alcanzo a imaginar cómo me habría afectado a mí una cosa así —añade, y Carol piensa: «Vaya, esto sí que es nuevo». Hay algo que no ha cambiado: siempre que habla del tema, Villalba acaba señalando con la cabeza en algún momento el hombro izquierdo de la inspectora, como si la cicatriz del tamaño de una moneda de cinco céntimos que ésta esconde bajo la camiseta negra fuera el único recuerdo que ha quedado de aquel día—. Lo que trato de decirte, y, ¡maldita sea!, está costándome mucho más de lo que me gustaría, es que si no hablas conmigo no puedo ayudarte.

Esta vez la pausa es diferente.

Por un instante, Carol cree ver en la cara de Villalba a su antiguo compañero de academia, aquel joven grandullón de aspecto inocente y mente brillante con quien compartía horas interminables de estudio, cervezas y risas. Dos años en Ávila dan para mucho. Villalba tuvo tiempo de romper con su novia de toda la vida, de enamorarse hasta las trancas de una compañera de promoción y de casarse con ella dos meses después aprovechando un permiso. Como guinda final, tuvo las narices de obtener las mejores calificaciones de la escuela de inspectores. Carol no se complicó tanto en la esfera emocional. Se dedicó a estudiar como una mamona para pasar cada prueba con mejor nota que la anterior y, justo cuando Villalba andaba más distraído con sus líos amorosos, le tocó enterrar a Max, la única persona en el mundo hasta entonces por quien habría estado dispuesta a matar. Una insuficiencia cardíaca. De repente. Un puñado de horas en coma y... punto final. Como si su corazón hubiera decidido que ya no le apetecía seguir haciendo su trabajo. Su muerte la pilló tan de sorpresa que decidió no regresar a Málaga al salir de la academia. Así podría recordar siempre a su abuelo dentro de la escena perfecta: sentado en el garaje, preparándose para restaurar la moto de sus sueños, una vieja Scrambler del sesenta y ocho, mientras explicaba a Carol la suerte que había tenido al encontrar una reliquia como ésa con el chasis intacto. Villalba y su mujer siguen hoy juntos y tienen dos hijos; para que luego digan que los romances de academia no llegan a nada. En cuanto a la inspectora, estuvo varios años dando tumbos por Madrid —calles, bares, amantes, viviendas, brigadas y compañeros de trabajo— hasta que creyó haber encontrado su sitio en el grupo de Homicidios y Desaparecidos de la Jefatura Superior. Fue allí donde conoció a Gabriel, alguien por quien también estaba dispuesta a matar.

Y a morir.

—Si te soy sincero... —Villalba acaba rompiendo el hilo de sus recuerdos. Parece que él también ha dado un repaso a los viejos tiempos—. Echo de menos a la Carol cabezota y llena de vida de la academia. Y me gustaría recuperarla.

«Como si fuera tan fácil», piensa ella, que ha intentado de todas las formas posibles borrar de su mente aquella lluviosa tarde de marzo. De pronto, a la inspectora le escuece la mirada. Sus ojos y su garganta claman por un llanto. De rabia, de tristeza, de cansancio. Pero sabe que ese llanto no va a llegar porque se le secaron las lágrimas un día cualquiera de abril, semanas después de lo ocurrido, cuando despertó, sola y sin vida en el alma, en una cama de hospital.

—No... me hagas... esto ahora... —Las palabras han brotado entrecortadas de su boca—. Simplemente no puedo... No. No puedo...

El torrente emocional de la inspectora provoca una reacción automática en su jefe: se echa hacia atrás en el sillón y, simplemente, se bloquea. Villalba nunca ha sabido gestionar este tipo de desequilibrios. Ni en él ni en nadie. Jamás ha soportado ver llorar a alguien, y cuando la pena le toca de cerca se frustra por no saber qué hacer con ese algo incómodo que pretende apoderarse de su ánimo o del de quienes lo rodean. Carol, que lo conoce bien, se toma unos segundos para recobrar la compostura. Le tiembla todo el cuerpo, apenas es capaz de disimular los escalofríos que le recorren la espalda. Y lo peor de todo es que no entiende por qué ha vuelto a sentirse así, por qué ha vuelto a soñar una y otra vez con lo ocurrido, por qué no puede dejar de ver el rostro de Gabriel en cuanto cierra los ojos. La psicóloga del cuerpo de policía que la trató en Madrid le advirtió de que algo así podía sucederle, y añadió que, si ocurría, no dudara en pedir ayuda. Pero Carol ya está harta de que la rescaten de su propia vida. Está harta de que siempre le haga falta alguien que la ayude a sentir de nuevo que está viva. «Saldrás de ésta —se dice—. Saldrás de ésta», repite una y otra vez hasta que sus palabras silenciosas empiezan a calar poco a poco en el interior de su cabeza, despejan su mirada del llanto frustrado y liberan su garganta del yugo de la impotencia.

—Sólo es una mala racha —afirma, algo más repuesta—. Supongo que es porque se acerca el aniversario de la muerte de Max y será la primera vez que lo pase en su casa.

Su casa.

La casa de Max, el coche de Max, la taza de Max, el árbol de Max... Para Carol, todo lo que tenga que ver con el viejo y testarudo Max sigue perteneciéndole, a pesar de que él eligió casi todas esas cosas pensando en la mocosa huérfana que le había tocado criar. «¡Éste es el más chulo del mundo!», dijo Carol un día que vio una foto del MX5 en una revista de coches. Max andaba buscando un sustituto para su añeja y maltrecha furgoneta, algo práctico y cómodo que le sirviera para transportar tanto el chasis de una moto como a una niña con necesidades de niña: colegio, compras, médicos... No tardó ni una semana en decidirse por el Mazda, en un poco discreto color amarillo, el preferido de la cría. Aun así, decidió conservar su furgoneta para no perder del todo su visión práctica de la vida.

—Aunque estos últimos años no hemos mantenido demasiado el contacto —dice ahora Villalba, consciente de que cuando se enamoró en la academia él y Carol se distanciaron—, quiero que sepas que sigo estando aquí. Para lo que necesites.

Carol se traga el nudo antes de que vuelva a apoderarse de su garganta y decide que ya basta por hoy.

—Oído cocina —dice—. De todas formas, no volverá a pasar. No, si son éstas las consecuencias —añade mostrando la mano a Villalba. Parece buen momento para dejar que el jefe se eche unas risas a su costa.

—Pero ¿qué...? ¿De verdad eres tú la tía que nos tumbaba a todos en defensa personal? Por Dios, Carol, ¿no te había enseñado tu abuelo a pelear?

Sí, lo había hecho. Y muy bien, por cierto. Un boina verde retirado, experto en combate cuerpo a cuerpo, no podía limitarse a hacer moños y bizcochos a su nieta.

—Ya ves, parece que me he vuelto una blandita.

Ambos ríen unos segundos, pero la gracia se rompe cuando Carol cae en la cuenta de que queda algo importante por tratar.

—¿Sabes una cosa? Tenías razón. No se trataba de si me habían visto o no, se trataba de mí. Nunca debí golpearlo... Y estoy dispuesta a asumir las consecuencias.

Villalba sacude la mano como si ese tema ya estuviera olvidado.

—El ruso está ahora demasiado ocupado colaborando con los de la UDYCO para acordarse de tu golpe de princesa.

—Sí, algo me ha contado Celada. Pero eso no quita que mi comportamiento estuviera fuera de lugar... Sería injusto que me librara por un puñado de circunstancias favorables.

Villalba la mira fijamente. Esta conversación es más de su estilo. Acciones y consecuencias. Sucesos racionalmente evaluables. Catalogables.

—¿Por qué no te lo planteas de otro modo? En este caso no nos interesa valorar si la situación ha sido justa o injusta. La cagaste, Carol, pero se te ha dado una segunda oportunidad y te recomiendo que hagas todo lo posible por aprovecharla.

Si la inspectora está interpretando bien las palabras de Villalba, la idea es que se plantee cómo puede compensar su cagada. Y lo único que tiene claro en este momento es que el modo de hacerlo no es yendo a pedir disculpas al ruso, sino evitando meter la pata de nuevo y retomando las riendas de su trabajo; es decir, volviendo a ser una de las investigadoras con mayor índice de resolución de casos en Homicidios.

—Pero que te libre de una amonestación no significa que todo vaya a seguir igual —continúa Villalba—. Pasaré a Ovejero el caso de la maleta; Celada y tú lo pondréis al día de casi todo. —Carol entiende que el «casi» la exime de compartir con el inspector Ovejero el detalle de la agresión a un sospechoso—. Tú te encargarás de la escritora muerta, al menos hasta que el forense confirme que ha sido un suicidio; si es que lo ha sido, claro. Tendremos reunión de grupo el lunes a primera hora, así que vente con los deberes hechos.

La inspectora intenta ocultar la oleada de satisfacción que ha sentido al oír las palabras de su jefe.

—No creo que haya sido un suicidio. Y me da que tú tampoco lo crees —opina, privando de emoción sus palabras.

—Sabes que una doble lividez no confirma un homicidio. Y por lo que tengo entendido, la autopsia no es hasta dentro de un rato.

Carol asiente. Por fin la charla empieza a tener sustancia.

—Cierto. Aunque es posible que te interese saber que Carbonero ha encontrado huellas enguantadas en el salón. Parece que alguien que no quería dejar rastro lo registró a fondo.

Villalba permanece un segundo en silencio con el rostro serio. Sus ojos siempre han fascinado a Carol, unos enormes iris marrones enmarcados por dos hileras de largas y pobladas pestañas.

—Eso sí que es interesante... Pero no nos precipitemos —agrega, y la inspectora no se sorprende: esperaba una respuesta como ésa—. A ver qué dice el forense al respecto. Llévate a Castro al IML. Y di a Betina que va a serte de apoyo en este caso.

—¿Y Celada? Sabes que no me gusta trabajar sin él.

La sonrisa espontánea de Villalba es... ¿Esperanzadora? ¿Sarcástica?

—Por lo pronto, vete a la autopsia. Hablaremos a tu vuelta sobre el subinspector.

Minutos después, cuando Carol ya está en el ascensor rumbo al garaje de la comisaría, repara de repente en que hay algo que no cuadra. Villalba es una de las personas más normativas del cuerpo, jamás pasaría por alto una falta, por pequeña que fuera. Así que, si ha decidido saltarse el reglamento con ella, debe de tener un buen motivo para hacerlo.

MI DULCE MUÑEQUITA

Escalpelos de hoja grande y pequeña, pinzas, tijeras largas y cortas de punta roma y afilada, tijeras de disección, separadores...

A pesar de sus constantes visitas al Instituto de Medicina Legal, Carol no termina de sentirse cómoda en una sala de autopsias. Siempre le han parecido lugares a medio camino entre un quirófano y la zona de despiece de una carnicería.

Costótomos, enterótomos, fórceps, sondas y tubos de plástico, jeringas y agujas, botes para muestras...

Hoy hay mucho trabajo en los lúgubres sótanos de la Ciudad de la Justicia. Al asomarse al ojo de buey de la gran puerta de acero, la inspectora ha podido comprobar que la sala de Autopsias 1 tiene tres mesas ocupadas y, por el creciente sonido de ruedas que le llega desde otro lado del pasillo, parece que la cuarta está a punto de ser ocupada.

Sierra eléctrica, escoplo y martillo para la bóveda del cráneo, esponja para la superficie de los órganos...

El espacio es inmenso. Su aspecto, frío y aséptico. Una amplia estancia con paredes blancas y techo alto del que cuelgan, entre rejillas de ventilación y tubos fluorescentes, varias balanzas de pesaje de órganos, una junto a cada mesa de disección. El suelo, antideslizante y autodrenante, tiene dos desagües en el centro, por si es necesario hacer limpieza a golpe de manguera.

Carol se aparta de la puerta justo cuando un auxiliar accede al corredor, empujando al próximo inquilino temporal. Se queda a un lado para no estorbar, pero no pierde de vista la etiqueta identificativa de la bolsa.

No es Abril.

Cuatro mesas, cuatro cadáveres.

¿Dónde se supone que van a colocar a la escritora?

—Perdone. ¿Sabe dónde está el doctor Ramiro Montes? —pregunta al auxiliar.

A su llegada al IML, el forense la ha acompañado hacia el área de autopsias pero, justo antes de entrar, ha recibido una llamada importante y le ha pedido que espere donde está ahora, en medio del «camino del muerto», como lo llaman aquí. Han transcurrido más de cinco minutos y Montes aún no ha regresado.

—¿Inspectora Medina? —dice el enfermero, que se detiene junto a ella un instante sin separar las manos de la camilla. Alto, esmirriado, nariz grande y curvada. «Un buitre hecho persona», piensa Carol.

—Sí, soy yo.

—Montes me ha pedido que le diga que la autopsia será allí.

El hombre hace un gesto con la barbilla y Carol sigue

con los ojos la trayectoria para descubrir qué lugar es «allí». Es el portón corredizo que hay en medio del pasillo. Un cartel a la derecha reza: SALA DE DOCENCIA. Antes de que pueda darle las gracias, él acciona el pulsador que abre la puerta de Autopsias 1 y se pierde en el interior.

Cuando Carol atraviesa el umbral, Abril ya aguarda sobre la única mesa de acero que hay en la estancia. A su lado, localiza un carrito auxiliar con todo el material quirúrgico preparado. No hay nadie más, salvo ellas dos. Sin la sábana, el aspecto de la escritora es todavía más frágil. Su pelo, de color rubio ceniza, se extiende desordenado sobre la superficie de metal que la sostiene. Está en la misma posición que cuando la encontraron, con los brazos cruzados sobre el pecho, aunque los sobres que ahora envuelven sus manos confieren a la escena un aspecto aparatoso.

El vestido, azul celeste, de tirantes, le cubre el cuerpo casi hasta los pies. El tejido se aplana sobre el vientre y dibuja las crestas de las caderas y la protuberancia del pubis, luego recorre los muslos, dejando un canal en forma de uve entre ambas piernas y vuelve a ascender para adaptarse a los contornos de las rodillas. «Abril Martínez Melero», está escrito en la pulsera identificativa que envuelve su huesudo tobillo izquierdo. Carol dedica unos minutos a familiarizarse con la escritora ahora que ya sabe cómo era en vida. Tenía el rostro hierático, poco dado a mostrar emociones, algo que su cara inerte no cuenta, más allá de la falta de arrugas de expresión. Lo que sí advierte en su semblante son esas facciones de muñeca que la impresionaron desde el primer momento. Sus ojos grandes, ahora hundidos en las cuencas a causa de la deshidratación, se ocultan bajo la amplia curva de los párpados, levemente entreabiertos, y los contornos de su cara, cada vez más prominentes, parecen dibujar un corazón. Al leer el rostro de la escritora, Carol no puede evitar pensar en sus voces.

«¿Cómo podía llevar una vida normal teniendo todo eso en el coco?», se pregunta.

Abril explicaba en algunas conferencias y entrevistas que la mayor parte del tiempo oía sólo cuatro voces diferentes. Dos estaban dentro de su cabeza. Las otras dos, fuera. Cuando alguien le pedía que las etiquetara, ella decía que, a veces, únicamente a veces, dos de sus voces eran buenas y las otras dos eran malas. Unas tenían nombre, edad y sexo. Otras iban mutando incluso en tono y timbre. La que más había impresionado a Carol era la voz infantil. Según la escritora, estaba muy adentro en su mente y al principio le pareció reconocer en ella la voz de su niñez. También los profundos miedos y la ansiedad que marcaron su infancia. De hecho, en muchas ocasiones la escritora hablaba de ella como «la voz que hace aflorar mis inquietudes más profundas». Lloraba desconsoladamente cuando Abril reprimía su tristeza y gritaba sin parar si se negaba a escucharla o silenciaba sentimientos de ira o de rabia. Junto a la de la niña, la escritora oía una voz externa a su cabeza que, como un comentarista de televisión, iba relatando cada uno de sus pensamientos y sus acciones: «Abril acaba de despertarse», «Abril abandona la cama y se dirige al cuarto de baño», «Abril suelta un largo y silencioso bostezo», «Abril se mira en el espejo», «Abril está hecha un desastre», «Abril es una inútil», «Abril está volviéndose loca y no puede hacer nada para evitarlo».

Luego estaba el narrador. La escritora no daba demasiados detalles sobre esa voz, aunque sí que insistía a menudo en que jamás se habría recuperado sin su presencia. «Gracias al narrador, me reencontré con la escritora que siempre había llevado dentro», explicaba en una de las entrevistas. Carol se pregunta cómo es posible recibir ayuda de una alucinación y espera que la psiquiatra Sonsoles Martín sea capaz de explicárselo.

Por último, según la propia Abril, estaba la más temible y cruel de las voces. Una que no deja de rondar la mente de la inspectora desde que ha visto de cerca el rostro inerte de la escritora. Ella la describía como «la voz adulta y masculina, a veces aduladora, a veces terrorífica, que logró atormentarme durante casi diez años». Al parecer, solía decirle a modo de saludo: «Hola, mi dulce muñequita». Cuando sonaba, siempre fuera de la cabeza de la escritora, la amable y tierna voz infantil del interior de su mente mutaba en un poderoso e insoportable grito de terror.

—Dulce muñequita —susurra Carol, y aunque se expresa con cariño, de pronto percibe cierta suciedad en sus palabras.

Sacude la cabeza para eliminar la extraña sensación y decide que ha llegado el momento de prepararse para lo que viene: en breve, la escritora perderá su ropa, su identidad, su dignidad, para convertirse en el objeto de un concienzudo estudio. Algo que ahora Carol se toma con cierta naturalidad pero que, en sus inicios, supuso para ella un verdadero problema.

La primera vez que asistió a una autopsia no logró entender la frialdad con la que el forense atravesaba la piel del torso de la víctima con el bisturí y revolvía sus entrañas, obviando por completo que el cadáver que tenía entre manos había sido una persona con alma y sentimientos tan sólo unas horas antes. Jamás olvidará aquel caso. Se llamaba Catalina Domínguez, era estudiante de segundo curso de Arquitectura Técnica y tenía diecinueve años. Su hermana, Sofía, la había encontrado con la cabeza reventada a golpes en el modesto piso que la joven compartía con otras dos chicas. La familia estaba destrozada. El padre ni siquiera fue capaz de entrar a ver el cadáver, se quedó sentado en uno de los bancos del pasillo con la mirada extraviada, mientras la madre se deshacía en llantos y lamentaciones junto a su hija. Unas horas después, ese mismo día, cuando Carol vio a Catalina sobre la mesa de disección, no pudo evitar sentir una lástima infinita por ella y un desasosiego enorme hacia su pobre hermana, por haber tenido la mala suerte de encontrarla. Durante la autopsia, mientras la inspectora se dedicaba a odiar al forense por su falta de humanidad, él hacía su trabajo y encontraba, en una de las múltiples contusiones de la cabeza, restos de pintura del objeto con el que Catalina había sido golpeada hasta morir. Ese rastro llevó a la policía científica hasta un palo de hockey sobre hierba propiedad de la hermana menor de la joven. A pesar de que la asesina había intentado limpiarlo, se hallaron restos de sangre por casi toda su superficie. Sofía confesó de inmediato. No se sentía culpable: odiaba a su hermana por haberle robado a su mejor amiga. Dejando de lado sus prejuicios, Carol hubo de reconocer que finalmente resolvió su primer caso de homicidio gracias al meticuloso trabajo del forense. Fue entonces cuando se dio cuenta de la necesidad de cosificar a la víctima. Si el forense hubiera tratado con miramientos el cuerpo de Catalina, si hubiera tenido en mente los sueños truncados de la chica o la pena de su familia, habría corrido el riesgo de privar de la atención necesaria el verdadero objetivo de su trabajo: descubrir qué fue lo que la mató y encontrar pruebas que ayudaran a la policía a arrestar a la culpable.

—Usted siempre llega pronto —afirma a su espalda Ramiro Montes, que acaba de entrar en la sala seguido del auxiliar que suele acompañarlo.

—Me gusta llegar con antelación. —Carol mira la hora en el gran reloj de pared—. Y Carbonero debe de estar al caer —explica. Acaba de oír una risotada muy del estilo de su compañero de la Científica fuera de la sala. Lo que la inspectora no sabe es dónde se ha metido Castro.

Carbonero se despide de alguien y entra solo, cargando con su inmensa maleta negra y con una bolsa de plástico que desprende un ligero aroma a carne asada. Por su aspecto, diría que sólo le ha dado tiempo de pasar por casa para darse una ducha. Tiene la cara como si se hubiera pasado toda la noche de juerga, blanca como la de un fantasma y con sendos surcos violáceos bajo los ojos. A pesar del cansancio evidente, entra con el buen ánimo que lo caracteriza. ¡Venga! ¡Que siga la fiesta!

—¡No me digáis que soy el último en llegar! —exclama.

—No, no eres el último. Me falta Castro, no sé dónde se ha metido.

—Estaba hablando por teléfono en la entrada —aclara Carbonero en voz baja.

A Carol le resulta extraño, hace como veinte minutos

que el oficial fue al coche en busca del móvil y él no es de los que se escaquean. La llamada tiene que ser importante.

—Y a mí me falta Silvia —añade Ramiro elevando la voz.

—¡Ya voy! —oyen que alguien dice en el pasillo, junto con el característico sonido de unos zuecos de goma.

Un instante después, Silvia Montes, digna hija de su padre, aparece por la puerta equipada para la faena. Azul. Todo azul: bata quirúrgica, pantalones de quirófano, protectores de plástico para los brazos, gorro, delantal largo impermeable... La indumentaria, a falta de guantes y mascarilla, no oculta el increíble parecido físico que existe entre Ramiro y su hija, quienes, al lado de la escuchimizada fisonomía estilo *fraggle* del auxiliar, parecen dos enormes *goris*. Ambos son grandullones, con la cara redonda y el labio inferior prominente; la nariz ancha y los ojos ceñudos, ocultos tras los cristales de unas gafas, de montura al aire para él, de pasta de color violeta para ella. Salvando las distancias propias de la edad y la experiencia, Silvia es tan buena forense —puede que más— que su padre. Por suerte, hay algo en lo que se diferencian: ella es mucho más cercana, mucho más divertida. Aunque hoy parece que no tiene ganas de juerga.

—Hola, chicos. Perdonad que llegue tarde. Se suponía que iba a pasarme el día en la playa —se lamenta.

—¿Qué ocurre? ¿Ramiro ha pedido refuerzos? —pregunta Carbonero, en parte bromeando, en parte buscando una respuesta.

—Muy acertado, caballero —comenta Montes con la voz cavernosa que lo caracteriza, antes de que su hija pueda abrir la boca—. Éste es un caso delicado para mí, y prefiero trabajar sobre seguro. —Carol mira con un punto extra de respeto al forense. Acaba de reconocer de un modo muy interesante, casi entrañable, que Abril Zondervan le toca la fibra sensible—. También es porque sé que Silvia os gusta más que yo. —Esto último lo ha soltado en un tono tan serio que a Carol le resulta imposible saber si está de guasa o no.

—Bueno, ¿nos ponemos a trabajar? —sugiere Montes hija.

—A ti te falta alguien, ¿no, Carol? —dice Carbonero, y, tras dejar la bolsa sobre una de las sillas que hay junto a la entrada, se acerca con su maleta negra a la mesa.

—No os preocupéis, ya aparecerá —dice la inspectora—. Vamos a empezar, que se nos echa el tiempo encima.

¿SABEN CÓMO HA SIDO?

Esta mañana Carbonero no se ha traído apoyo, pero tiene la confianza suficiente con la inspectora para pedirle que lo ayude a rellenar la ficha de identificación mientras él sigue de cerca con la cámara de fotos los avances del equipo forense.

—Te pasaré la minuta correspondiente —bromea Carol.

COMISARÍA GENERAL DE POLICÍA CIENTÍFICA / SERVICIO CENTRAL DE IDENTIFICACIÓN / SECCIÓN DE ANTROPOLOGÍA, se lee en el membrete del tríptico de color rosa chicle que el compañero de la Científica acaba de pasarle a Carol. La inspectora repara en que Carbonero ya se ha encargado de rellenar la primera página. Ha marcado la casilla MUJER y ha escrito en mayúsculas con un bolígrafo de tinta negra el nombre completo —ABRIL MARTÍNEZ MELERO—, el lugar y la fecha de nacimiento —AMSTERDAM, 23/04/1978—. Hija de ELENA MARTÍNEZ MELERO y de padre DESCONOCIDO. Junto al documento de identidad, la nacionalidad: ESPAÑOLA. Carol saca su libreta y escribe: «¿Zondervan?». Se propone averiguar por qué motivo, pese a llevar en el carnet de identidad los apellidos de la madre y de haber optado por la nacionalidad española, Abril escogió un nombre artístico con apellido holandés para sus novelas. Luego decide usar la libreta como apoyo para rellenar la ficha, así podrá deambular por la sala con mayor libertad.

—¿Está la cámara encendida? —pregunta Silvia. Obtiene enseguida una respuesta afirmativa.

Carol manipula el tríptico hasta encontrar la primera sección a rellenar, justo cuando los forenses inician el reconocimiento externo del cadáver. DESCRIPCIÓN ROPA Y EFECTOS. Es Silvia quien se ocupa de comandar la tarea, Ramiro observa con atención, corrobora o matiza las conclusiones de su hija cuando lo cree conveniente e incluso se encarga de ir pasándole el material. El auxiliar, privado hoy del papel de ayudante que siempre desempeña con Montes padre, sigue a ambos peritos de cerca, cámara de vídeo en mano, para dejar constancia gráfica de todo lo que pueda descubrirse en la sesión. Carol entiende ahora por qué han escogido la sala de docencia: quieren trabajar sin distracciones, dedicar a esta autopsia todo el tiempo que sea necesario.

—Empezamos con la indumentaria. Vestido de tirantes. Color: azul celeste. Liso. Tejido... Por las arrugas, el tacto y la caída, parece lino cien por cien. Habrá que confirmarlo. También confirmaremos marca y talla cuando le hayamos quitado la prenda —dice Silvia, y la inspectora se salta el recuadro correspondiente—. Pies descalzos. Ausencia de joyas. Estatura...

Montes padre extiende la cinta métrica desde los pies

hasta la coronilla. Carol se da cuenta de que evita mirar al cadáver a la cara y se plantea cómo es posible llegar a sentir una fascinación semejante por alguien con quien no has hablado jamás.

—Un metro sesenta y ocho centímetros —anuncia.

—Un metro sesenta y ocho centímetros —repite Montes hija, para asegurarse de que la cámara registra el dato—. Pelo rubio... ¿Cómo se llama este tono?

—Creo que ceniza —señala Carol, que asiste a la escena a escaso metro y medio de distancia. Las suelas de goma de sus zapatos se adhieren al firme con cada paso que da.

—Pelo color rubio ceniza. No parece natural. Frente amplia, cejas arqueadas y poco pobladas de color castaño claro. Ojos... —Silvia se frena justo antes de apoyar el dedo pulgar en el párpado y mira a Carbonero—. Creo que sería mejor que hicieras tu parte antes de ponerme a toquetear el cuerpo.

Él asiente, y parece aliviado. Hoy no sólo pretende hacer el raspado bajo las uñas del cadáver y obtener la necrorreseña que, según la ley, es necesaria para confirmar la identificación. Carbonero tiene la nada descabellada teoría de que es posible extraer huellas de casi cualquier tipo de superficie, si se encuentra la forma adecuada de hacerlo. Lleva meses inmerso en pruebas sobre distintos tipos de piel, en especial de cerdo, la que más similitudes guarda con la humana. También ha utilizado como conejillos de Indias a incontables compañeros del cuerpo, Carol incluida. Después de probar la mayoría de los reveladores del mercado y de combinarlos con distintas longitudes de onda —teniendo en cuenta que la perdurabilidad de las huellas depende de factores como pH, cantidad de sebo en la piel o temperatura—, parece que por fin ha encontrado una buena metodología. El de la escritora es el primer caso que le da la oportunidad de demostrar su teoría. La doble lividez en los brazos, ya apenas perceptible, demuestra que, como mínimo, alguien reacomodó el cadáver entre seis y diez horas después de la muerte. La teoría más plausible es que en inicio los brazos estuvieron alineados al cuerpo, que descansaba sobre la cama o en algún otro lugar. Más tarde, alguien decidió cambiarlos de posición, bien con intención o por accidente, dejándolos cruzados sobre el pecho de la víctima, lo que provocó que la sangre, que ya había empezado a acumularse en la base del cuerpo por acción de la gravedad, volviera a desplazarse.

—Vamos primero a por las manos —dice Carbonero.

Para liberarlas de los sobres, Silvia ayuda con los brazos. El *rigor mortis* ha empezado a desaparecer, pero eso no significa que el cuerpo sea fácilmente manipulable.

—Intenta no tocar demasiado la piel, sobre todo bajo los codos —pide Carbonero.

«No puedo moverla mediante telequinesia», parece decir Silvia con la mirada.

La inspectora se aproxima un poco más para ver mejor, pero no llega a colarse en primera línea.

—Las uñas parecen limpias —comenta Ramiro cuando ambas manos quedan libres.

Mientras el forense manipula las falanges del cadáver, la inspectora puede observar, ahora de cerca, las marcadas cicatrices que recorren la cara interna de la muñeca izquierda. También en el antebrazo izquierdo, localiza algo que no había visto la pasada noche desde el umbral de la habitación: una larga colección de líneas paralelas y blanquecinas; cicatrices, pero con mucha menos presencia que las de las muñecas. Por un momento, el cadáver, que ha sido despojado de identidad para la autopsia, vuelve a convertirse en la escritora y cuenta sin palabras a Carol los extremos de una vida sobre la que la inspectora aún sabe muy poco. Por mucho que lo intenta, no puede evitar imaginarla encerrada en un cuarto pequeño, envuelta en la penumbra, arañando una y otra vez su piel con la hoja afilada de un cuchillo, intentando acallar con el dolor de su cuerpo el profundo sufrimiento que la atormenta por dentro. Puede que con ello tratara de silenciar sus voces y que, cuando no pudo soportarlo, cuando fue realmente consciente de que era imposible librarse de ellas, decidiera hacer mucho más profundos los cortes.

—Carol, ¿has oído?

La inspectora regresa a la realidad y repara en que ahora es ella el centro de atención. Parece que se ha quedado absorta mirando el cadáver y no se ha dado cuenta de que Iván espera en la entrada de la sala.

—Disculpadme —dice, un poco avergonzada, y se aleja de la mesa de disección para hablar con el oficial, que no tiene muy buen aspecto.

—Carol, lo siento mucho, pero debo irme.

Es imposible discernir qué emoción es la que marca sus facciones. Incluso parece que ha estado llorando.

—¿Todo bien? —se interesa ella.

—Aún no lo sé. Es un tema personal, si no te importa...

—No, claro, márchate. Yo me encargo de comentárselo a Villalba.

Cuando el oficial desaparece por el pasillo, Carol regresa a su puesto con la libreta y la ficha de identificación bajo el brazo y el bolígrafo en un bolsillo. Carbonero sigue a lo suyo. Ahora sujeta los dedos de la mano derecha uno a uno y raspa bajo las uñas utilizando el borde no cortante de un bisturí. Mientras lo hace, Silvia se encarga de que los posibles rastros caigan en el interior de un pequeño sobre blanco. A continuación, repiten el mismo procedimiento con la mano derecha. Luego Carbonero rotula cada sobre y lo deposita en la encimera que hay junto a la pared, donde poco a poco irán acumulándose el resto de las pruebas. Carol se pregunta si la forense habría hecho lo mismo por otro policía.

—¿Estuvisteis anoche en la feria? —pregunta mientras se quita los guantes y se agacha para sacar del maletín todo lo que necesita para hacer la necrorreseña—. Yo este año al final ni siquiera he podido pisarla.

—Yo sí me di una vuelta con mi hija —comenta Silvia—. Estaba todo hasta arriba de policía.

—Y a los que no viste de paisano. Con lo del atentado de Cataluña nos han hecho extremar las precauciones.

Se sumergen en una extraña conversación, mezcla de fiestas populares, folclore, historia, estados de alarma y terrorismo islámico. Carol permanece al margen la mayor parte del tiempo, dejando que su cabeza discurra entre breves líneas de pensamiento: una leve preocupación por Iván, las portadas de los periódicos, la reunión de esta mañana con su jefe de grupo, el antebrazo de la escritora, su propia mano maltrecha, los sigilosos movimientos y la parquedad de palabras del auxiliar...

—¿Habéis visto las imágenes de las Ramblas de Barcelona? Las están llenando con flores y velas —explica Silvia—. En situaciones como ésta, me siento orgullosa de pertenecer a la especie humana.

—En dos semanas se nos habrá olvidado y estaremos peleándonos de nuevo. El ser humano no tiene memoria —añade Ramiro en el tono hosco y en extremo realista que lo caracteriza.

Justo cuando Carbonero empieza a tomar las huellas al cadáver, la inspectora nota la vibración de su móvil en el bolsillo. Deja sobre la encimera lo que lleva en las manos y saca el teléfono. No conoce el número.

—Salgo un momento —anuncia. Pulsa la tecla verde antes de haber llegado al pasillo—. Inspectora Medina.

—Eh... Sí. Hola... ¿Es usted Carol?

Mujer. Acento catalán. Voz temblorosa. Respiración entrecortada. ¿Ansiedad?

—Sí, soy Carol. ¿Con quién hablo?

—¿Carol...? ¿La inspectora de policía?

—Sí. Carol Medina, inspectora de policía judicial.

—Perdone que la moleste en sábado, es que... Soy... Verá, Ginés me ha dado su teléfono y... Soy...

Definitivamente la mujer que hay al otro lado de la línea la ha llamado envuelta en un creciente ataque de ansiedad.

—¿Es usted Julia Moll? ¿La agente literaria de Abril? —inquiere Carol.

—Sí. ¿Cómo...? ¿Cómo lo sabe?

—Ginés Lapedriza me habló de usted anoche.

—Entonces... Es verdad. Entonces Abril está... está... ¿Está muerta?

Su respiración es cada vez más irregular. Carol imagina sus pulmones, clamando a gritos por un aporte constante de oxígeno, recibiendo en cambio insuficientes bocanadas de aire.

—Perdone. Perdóneme... Es que no puedo creerlo —se disculpa la mujer a duras penas.

—Señora Moll, ¿está usted acompañada? ¿Hay alguien a su lado que pueda ayudarla?

—No. No... Estoy sola en el hotel. Disculpe... Enseguida... enseguida se me pasa...

Pero la dificultad con la que habla, el llanto que se interpone entre sus palabras y el agónico ritmo de su respiración cuentan todo lo contrario.

—Julia, escúcheme, por favor. Preste mucha atención a mi voz. Active el manos libres del móvil y deje el aparato cerca para que podamos seguir hablando. ¿Lo ha hecho?

Una leve pausa.

Un golpe seco que llega a oídos de Carol a través del altavoz.

—Sí —logra responder la mujer después de unos instantes.

—¿Está sentada?

—Sí —repite.

—Bien. Pues escuche mi voz y haga lo que le digo —ordena Carol, dado que la respiración es cada vez más entrecortada—. Está sufriendo un ataque de ansiedad, Julia, pero todo va a ir bien. Concéntrese en mis palabras.

—Pero Abril... Pero ella...

—Ahora es usted la única que importa. Necesito que se relaje, que se concentre en lo que le digo, que atienda al ritmo de su respiración. —Carol es consciente de que está levantando la voz, de modo que abandona el ala de autopsias y se dirige hacia la zona de consultas y oficinas, un oscuro laberinto azul—. Inspire... Espire... Inspire... Espire... —Tras cada indicación, la inspectora inhala o exhala profundamente para que la mujer pueda oírla—. Note cómo su pecho va relajándose poco a poco. Cómo su cuerpo se libera de la tensión. Todo va a ir bien, Julia. Inspire... Espire... Inspire... Espire...

Tras unos minutos, la agente literaria consigue recuperar el control y habla con Carol, si bien con la voz aún sobrecogida.

—¿Saben cómo ha sido? —Suspira—. Ginés me ha contado que parecía un suicidio. ¿Es eso cierto?

—Siento no poder darle detalles en este momento, Julia. Aún estamos pendientes de la autopsia —explica la inspectora, que trata de encontrar en su memoria algunas de las preguntas que necesita hacer a la agente de la escritora—. ¿Cuánto hacía que no hablaban? —improvisa.

—Desde hace algo más de un mes. Creía que se había ido de vacaciones. Se lo merecía después de tantos meses de encierro con su última novela. —Es la primera frase que suelta de corrido—. No puede haberse suicidado —asevera de pronto y, por un instante, Carol piensa que su ansiedad va a volver a desatarse. Falsa alarma—. Puede sonarle extraño, teniendo en cuenta su pasado, pero le aseguro que Abril no se habría quitado la vida jamás.

—Ya le digo que hasta que tengamos los resultados de la autopsia no podemos saber nada con seguridad —esquiva de nuevo la inspectora—. ¿Notó usted extraña a Abril la última vez que habló con ella?

—No más que de costumbre. —Carol cree intuir un amago de sonrisa en las palabras de la agente—. Estaba todo lo distante que solía estar después de finalizar una obra.

Ahora que el volumen de la conversación ha recuperado niveles normales, Carol regresa a la zona de autopsias. El portón de la sala de docencia está entreabierto, por lo que puede ver a Carbonero terminando con la necrorreseña.

—Vale, ahora a cruzar los dedos —oye decir al compañero de la Científica, que se agacha de nuevo frente a su gran cofre negro.

Cuando vuelve a levantarse, tiene en las manos un bote que parece contener revelador fluorescente amarillo y una brocha limpia. Carol no quiere perderse lo que viene.

—Pensaba llamarla la próxima semana para concretar las fechas de su gira promocional. Su nueva novela se publica en noviembre y...

—Disculpe, Julia, ¿le importa que hablemos en otro momento? Estoy pendiente de algo importante —interrumpe Carol.

La mujer se descoloca un poco al oír la propuesta.

—No, claro —accede al fin.

—¿Puedo llamarla en un par de horas?

—Estoy fuera del país... De vacaciones. He comprado el primer billete de vuelta que he encontrado. Tomo el vuelo dentro de tres horas y no llegaré a España hasta mañana —explica—. Si cojo un AVE a primera hora del lunes, estaré en Málaga a mediodía. ¿Cree que podríamos vernos?

—Sí, por supuesto. El mismo lunes la llamo para confirmar hora y lugar.

La inspectora se despide a toda prisa de Julia Moll y, con el pecho algo inquieto tras la llamada, entra de nuevo en la sala de autopsias sin apartar los ojos de las manos de Carbonero. El compañero de la Científica empieza por los pies. Impregna la cimera del pincel con los polvos y recorre con delicadeza el contorno de los tobillos, haciendo girar con los dedos el extremo de la brocha. Luego levanta el vestido y hace lo mismo en los primeros centímetros de las piernas. Si alguien quisiera desplazar un cadáver, los tobillos serían un buen punto de agarre. Su siguiente parada son los brazos: extiende el marcador fluorescente sobre las muñecas, alrededor de los codos y en los hombros. Los forenses le facilitan la tarea. Finaliza en el rostro, con leves movimientos circulares sobre los párpados.

Cuando ha terminado, devuelve el bote y la brocha al cofre y regresa junto al cuerpo con una linterna en la mano a la que le ha colocado un filtro amarillo.

—Ahora hay que apagar la luz —anuncia.

El auxiliar, que ha estado grabándolo todo hasta este momento, suelta la cámara de vídeo un instante y va hacia los interruptores.

Al apagarse la luz, Carol se siente vulnerable en medio de la oscuridad. De repente, la sala es más fría que de costumbre. Los techos más altos. El suelo menos firme. Y no puede evitar que se le acelere el pulso, que sus pulmones contengan la respiración y que sus oídos se agudicen en busca de sonidos extraños. Que su mano vaya directa al arma, lista para desenfundar.

Cuando la inspectora localiza el foco de la linterna, en el centro de la sala, calcula que apenas han pasado tres segundos. Tres malditos, asfixiantes e interminables segundos. Vale, está claro que tiene un problema. Uno bastante gordo, si se permite caer en la cuenta de que ya ni siquiera recuerda cuánto tiempo lleva sin apagar las luces para dormir. Pero en lugar de detenerse a analizarlo, en lugar de plantearse que quizá necesita ayuda de verdad, decide acercarse a la mesa de disección justo cuando Carbonero exclama:

—¡*Habemus* huellas!

BRAGAS LIMPIAS

Al margen de que la autopsia desvele o no pruebas inequívocas de un homicidio, la muerte de Abril Zondervan acumula ya las suficientes notas discordantes para acabar en el juzgado de instrucción. Lo que significa que a Carol se le viene encima una avalancha de trabajo, y aún no tiene ni idea de cuál va a ser su apoyo. Por eso, justo después de que Carbonero haya aislado y fotografiado las tres huellas que ha encontrado sobre la piel del cadáver, la inspectora sale a hacer un par de llamadas. En primer lugar, queda con Ginés Lapedriza en la comisaría, a primera hora del domingo, para hacerle nuevas preguntas y para que lea, corrobore y firme la transcripción de su declaración de la noche anterior, mientras procedían al levantamiento del cadáver. Ya de paso, intentará que el asistente de la escritora acceda a que le tomen las huellas dactilares y una muestra de ADN, con el fin de ir adelantando trabajo y, por qué no, decidir si dejarlo en la lista de testigos o inaugurar con él la de sospechosos. En segundo lugar, llama a Villalba.

—O sea, que estoy sin equipo —escupe la inspectora al teléfono, con la voz cargada de mala leche, cuando su jefe de grupo le explica que no cree que sea buena idea retirar a Celada del caso de la maleta.

—Ovejero no está preparado todavía para llevar una investigación de estas características —argumenta Villalba, por si cae la breva de que Carol entienda el motivo de su decisión—. Además, aún tienes al agente con más experiencia del grupo —añade, en un vano intento de calmar la tormenta de su inspectora.

—El agente con más experiencia del grupo acaba de marcharse por un problema personal. Y parecía grave —replica ella, intentando no elevar demasiado la voz.

—Entiendo...

La marcha de Iván ha dejado muy preocupada a Carol. Algo le dice que no va a poder contar con el oficial a pleno rendimiento y, si su jefe no accede a devolverle a Celada, se quedará en cueros. Se supone que el grupo de Homicidios y Desaparecidos de Málaga cuenta en sus filas con tres inspectores, un subinspector, tres oficiales y dos policías. Sin embargo, este verano el grupo parece haber sufrido una hecatombe: entre vacaciones y bajas, de sus nueve integrantes, sólo cuatro están trabajando a pleno rendimiento. Y Villalba no es uno de ellos.

—¿Y si el novato y yo compartimos a Celada? —propone Carol como último recurso, aun siendo consciente de que el inspector Andrés Ovejero, casi recién salido de la academia, va a necesitar el apoyo más que ella.

—Si le pidiera eso no estaría siendo un buen jefe —arguye Villalba.

—¿Y por qué no dejas que lo decida él? Puedo proponérselo yo, si quieres. —Carol respira hondo, se está enervando demasiado y su jefe no suele reaccionar bien ante sus subidas de tono—. Sabes que va a ser una locura si sólo cuento con Betina —insiste, refiriéndose a la única policía básica en activo del grupo, muy dispuesta a recibir órdenes y a cumplir con su cometido pero sin las tablas ni la capacidad deductiva de su compañero habitual.

—Tampoco es que Ovejero y Celada vayan a estar en la gloria —replica Villalba—. Yo apoyaré ambas investigaciones.

—Ya...

No es que Carol dude de la palabra de su jefe de grupo, es que está segura de que no va a cumplir con lo que ha dicho. Villalba acaba de aprobar el examen de inspector jefe y muy pronto abandonará su puesto para ocupar un nuevo destino, nadie sabe aún donde, pero casi seguro que lejos de Málaga. Él sigue comandando la máquina, pero se nota desde hace días que su cabeza está ya más fuera que dentro.

—¿Y por qué no solicitamos refuerzos? —Carol prueba de nuevo con una estrategia distinta.

—Ahí sí que vamos listos. Con lo del atentado no hay ni un efectivo libre en la comisaría. Seguridad Ciudadana está hasta arriba con la maldita feria.

—Vale, pues lo intentamos cuando se acaben las fiestas. Sólo quedan dos días, ¿no?

Durante la discusión con Villalba, Carol se ha convertido en un continuo vaivén entre el pasillo y la sala de autopsias. Le urge solucionar el grave problema de personal que tiene, pero no quiere perder de vista lo que ocurre sobre la mesa de disección.

—Necesito que le levantes las caderas —oye decir a Silvia, que sostiene con ambas manos el vestido que cubre el cadáver y tira de él hacia arriba mientras Ramiro ayuda izando el cuerpo allá donde es necesario. La prenda se desliza por los contornos de la escritora hasta abandonarla por la cabeza, haciendo que la melena rubia se eleve en el aire unas décimas de segundo antes de volver a desparramarse sobre la mesa.

Carol se da la vuelta para recorrer de nuevo el pasillo en sentido opuesto a la sala. Se lleva consigo la imagen del torso desnudo y huesudo de la escritora, sus finas piernas de bailarina muerta de hambre. «¿Cómo ha podido llegar a ese estado en sólo cuatro semanas?» Recuerda de nuevo los lamentos de su asistente y, por unos instantes, deja de escuchar lo que llega al otro lado del teléfono. Si no se suicidó, si ella y Carbonero están en lo cierto y alguien decidió acabar con su vida, si el asistente dice la verdad y su aspecto era saludable cuando se despidió de ella antes de irse de vacaciones..., ¿qué coño hizo la escritora las semanas previas a su muerte? A la inspectora se le pasa por la cabeza que Abril hubiera estado los últimos días de su vida privada de libertad, pero eso no concuerda con el testimonio de Ginés Lapedriza: él creyó haberla visto paseando por el Muelle Uno el día diecisiete. ¿Entonces qué...?

—¿Carol? ¿Carol, estás ahí? —pregunta Villalba, que a saber qué ha estado contándole.

—Sí, aquí estoy —responde ella, justo cuando se asoma de nuevo a la sala. Todos parecen haberse quedado mudos al ver la ropa interior del cadáver—. Eh... Héctor, te llamo en un rato. Parece que hay novedades.

La inspectora llega junto a la mesa de disección a tiempo de oír la tímida voz del auxiliar.

—¿Están limpias? —Es la primera vez que se le oye decir algo hoy.

—Eso parece —responde el forense.

Ni un leve resto de orina o flujo vaginal. Ni un atisbo de aroma a intimidad femenina. Montes padre incluso se acerca la prenda a la nariz para confirmar lo que sospecha.

—Esto sólo huele a suavizante para la ropa —concluye.

—¿Qué probabilidad hay de que algo así ocurra? —pregunta Carol, que ya ha visto suficientes manifestaciones de los instantes previos a la muerte en la ropa interior de sus cadáveres para saber que esto no entra en lo normal.

Incluso ella se lo hizo encima cuando...

«Basta. Éste no es un buen momento», se dice.

—Muy pocas. Poquísimas. —Ramiro responde sin dejar de observar la sencilla prenda blanca—. Anoche ya me extrañó que no se hubiera orinado encima en el ínterin de la muerte.

Luego, una de dos, o la escritora vació su vejiga, se dio una ducha y se colocó unas bragas limpias justo antes de ponerse hasta arriba de pastillas para evitar dejar un cadáver envuelto en pis o alguien se encargó de cambiarla después de muerta.

—Silvia, ¿por qué no haces la exploración ginecológica, ya que estamos? —propone Montes padre.

La forense asiente.

—Flexiónale las rodillas, voy a por el espéculo.

La simple mención del instrumento provoca que a Carol se le retuerzan las entrañas. Y la cosa no mejora cuando descubre que el aparato que Silvia deposita sobre la mesa es de frío y contundente acero. En su lista «cosas más desagradables que pueden ocurrirte», revisada cada cierto tiempo por si hay que añadir o eliminar experiencias, el minuto con el espéculo de plástico abriéndole a la fuerza las paredes de la vagina, mientras su ginecólogo extrae una muestra para la citología, ocupa el cuarto lugar. Hace unas semanas, el «momento espéculo» fue desbancado del tercer puesto cuando descubrió que una simple lasca de pintura de la maltrecha puerta de su casa era capaz de clavársele en un instante hasta el mismo nacimiento de una de las uñas de su mano. Carol está casi segura de que, a menos que vuelva a estar al borde de la muerte y de que todo lo que rodee la experiencia sea aún más horrible que aquella vez, el primer puesto de su lista va a permanecer sin cambios por mucho tiempo.

—¿Ha sido agredida? —pregunta Carbonero.

Silvia niega con la cabeza.

—Lo que veo es normal —aclara bajo la atenta mirada de todos—. No se aprecian lesiones traumáticas genitales. Veamos dentro. —La forense echa mano del espéculo y, mientras se hace camino con él, Carol simula estar mirando algo en el móvil—. Vaya, vaya. Aquí sí que hay algo interesante —comenta Silvia mientras explora la vagina del cadáver—. Yo diría que esto es semen.

—¡No jodas! —exclama Carbonero.

—¿Salimos de dudas?

Una muestra en una turunda, oscuridad en la sala, una

linterna con la longitud de onda adecuada y unas gafas con filtro ámbar. Carbonero y Silvia intercambian las gafas y concluyen que la muestra es de semen. Algo que todavía concuerda menos con una ropa interior limpia, pero que proporciona, de golpe y porrazo, un posible sospechoso. Carol siente que una oleada de inquietud empieza a recorrerle las venas.

La forense vuelve a colarse entre las piernas flexionadas del cadáver en busca de muestras para el laboratorio y para la policía científica. Carbonero le da las gracias cuando recibe su parte y rellena las etiquetas correspondientes antes de llevar a la encimera, para ponerlas junto al resto de los indicios, las dos cajitas en las que ha guardado las puntas de las turundas.

—Aquí ya hemos terminado —dice Silvia dando por concluida la exploración genital.

Luego vuelve a colocar el cadáver con las piernas extendidas e inicia el reconocimiento externo del cuerpo mientras lo lava. Los restos del revelador fluorescente, que ha fijado las huellas dactilares sobre la piel, se desprenden al contacto con el agua y se pierden para siempre por el desagüe de la mesa.

—No se aprecian traumatismos ni hematomas recientes en el cuerpo. Sí que presenta dos lesiones cicatriciales, paralelas entre sí, de unos cuatro centímetros de longitud cada una y con unos tres milímetros de grosor en la cara ventral de la muñeca izquierda...

La forense describe en voz alta las cicatrices del antebrazo de Abril, seguida muy de cerca por Ramiro y por el objetivo de la cámara.

—Perdonad. ¿Podemos saber cuántas horas antes de morir practicó sexo? —interrumpe Carol, que aún sigue dando vueltas al tema.

Silvia se detiene un instante y responde sin necesidad de pensar en la respuesta.

—Eso habría que determinarlo con un informe del laboratorio. Pero, vamos, por la cantidad que hay, yo diría que no mucho tiempo antes.

No hay que ser forense, sólo mujer, para saber que, tras una sesión de sexo sin condón, la sensación de humedad posterior dura unas horas, incluso después de haberte dado una ducha. Pero sólo eso, unas horas. La fuerza de la gravedad es implacable y las paredes vaginales, eliminando posibles residuos, aún más. Los restos de semen se van expulsando poco a poco dejando un reguero, mucho más líquido que el del flujo femenino, por toda la braguita.

Carol no añade más preguntas, así que Silvia sigue a lo suyo. Tras completar la exploración de la parte anterior del cuerpo regresa a la cara, al mismo punto en que lo dejó cuando decidió dar paso a las labores de Carbonero.

—Ojos de color... —Levanta ambos párpados—. ¡Vaya! Tenías unos ojos preciosos —dice sin dejar de mirar el rostro del cadáver—. Ojos de color miel. Teniendo en cuenta los efectos del *rigor mortis*, la dilatación de las pupilas concuerda con una intoxicación. Veamos la cavidad oral. —Silvia tira de la mandíbula inferior hacia abajo y analiza el interior mientras Montes padre ilumina con una pequeña linterna. Todos esperan que describa primero la dentadura y el estado general de la boca, pero no se fija en nada de eso—. Restos de vómito en la cavidad oral. El esófago parece limpio. Ramiro, alúmbrame la nariz. —La forense jamás se dirige a él como «papá» en el trabajo—. Carbonero, ¿habéis encontrado en el escenario alguna proyección de vómito?

—Negativo.

—Qué raro. Todo indica que tuvo una emesis violenta —informa—. ¿Quién te limpió la carita, preciosa?

Para la inspectora, Silvia representa una de las grandes excepciones de la medicina forense. Puede que obvie el nombre y el pasado de los fallecidos que acaban sobre su mesa de autopsias para no olvidar el verdadero objetivo de su trabajo, pero habla con ellos como si pudieran contestarle. Los trata con un cariño especial.

—Voy a necesitar también muestras de vómito —especifica Carbonero.

Cuando la inspectora se fija en el compañero de la policía científica se da cuenta de que la cabeza le funciona a mil por hora. Su cara ha perdido de golpe esa mueca de buen rollo que siempre lo acompaña y ha quedado bañada por una extraña mezcla de preocupación y cansancio. Carol tampoco está quieta, ni dentro ni fuera de su cabeza. La postura del cadáver, la doble lividez, la ropa interior limpia, la ausencia en el escenario de restos de vómito, las huellas enguantadas en el salón... ¿Por qué? ¿Para qué? De pronto hay tanta información en su cerebro que siente la imperiosa necesidad de ir cerrando cosas antes incluso de haber empezado.

—Carbonero, necesitamos al dueño de ese esperma. Y no quiero tener que esperar a los resultados de ADN.

El compañero de la Científica sabe bien a qué se refiere

la inspectora. Sangre, cabello, epiteliales, semen... Una muestra biológica, da igual de qué clase sea, no tiene nada que ver con otro tipo de rastro. La policía científica no funciona en España como el CSI en Las Vegas, Miami o Nueva York. Una cosa son los datos obtenidos en los test de muestras biológicas, que apenas tardan quince minutos en estar listos, y otra muy distinta son los informes y las conclusiones que acompañan e interpretan cada uno de los resultados de las pruebas. Estos últimos, en casos preferentes y con mucha suerte, pueden estar disponibles al cabo de uno o dos meses. En casos sin preferencia y con mala suerte, es mejor cruzar los dedos para encontrar pruebas más agradecidas como huellas, mensajes de texto o grabaciones. No se trata de un problema de escasez de medios técnicos, sino de un déficit humano. Faltan manos suficientes para interpretar todo lo que se analiza en los laboratorios centrales del CNP.

—Espera, se me ha ocurrido algo.

Carbonero va en busca de su móvil, que descansa sobre la encimera junto al montoncito de pruebas. Luego sale de la sala, seguido de cerca por Carol. Los forenses siguen a lo suyo: dan la vuelta al cadáver para acabar con el reconocimiento externo; queda poco para que le llegue el turno al escalpelo.

—Mi jefe está allí ahora —explica Carbonero a Carol mientras aguarda a que le cojan el teléfono—. Hola, Lorenzo. Ya sé que tenéis que estar hasta los huevos, pero necesito que alguien vuelva al dormitorio y desmonte el cabecero de la cama para comprobar si hay huellas detrás. Aprovechad también para dar la vuelta a todo lo que se os ocurra:

el colchón, el somier, las mesillas de noche... Es posible que hayan limpiado el escenario. —Pequeña pausa—. Vale tío, muchas gracias. —Cuando cuelga, centra su atención en Carol—. Si le han cambiado las bragas y le han lavado la cara, ¿por qué no todo lo demás?

Carol suelta un bufido cuando lee el mensaje que Villalba acaba de enviarle por WhatsApp.

> **VILLALBA JUDICIAL:** Iván me ha pedido unos días de asuntos propios.

Ya está. Ni un «tranquila, pronto estará de vuelta», ni un «no te preocupes, lo solucionaremos». Así es el estilo Villalba. Tan seco y parco en palabras que siempre deja un reguero de dudas y preguntas allá por donde pasa. Tan predecible que Carol sabe bien que de nada servirá llamarlo en busca de explicaciones, porque si considera que no tiene nada más que añadir, ni siquiera va a molestarse en descolgar el teléfono. Un estilo que ha ido perfeccionando a lo largo de los años, pero que ya estaba en su código genético cuando la inspectora y él se conocieron en la academia.

—¿Todo bien? —pregunta Carbonero, que acaba de sentarse junto a ella con la bolsa de plástico en la mano.

—No, nada va bien. Pero ya me las apañaré —replica la inspectora, más como reafirmación de una actitud que como respuesta. Si no fuera porque tiene la mano derecha hecha polvo, le habría arreado un puñetazo a algo para desahogarse.

Mientras la forense hunde el escalpelo en el delgado torso del cadáver y dibuja con él una profunda incisión en Y a escasos cuatro metros de donde están sentados, el compañero de la policía científica saca su bocadillo y empieza a retirar el envoltorio de papel de aluminio. Lo hace despacio y con cuidado, como si quisiera sacar jugo a la inminente explosión de sabores que está a punto de desatarse en su boca.

—¿Quieres? Es de pollo asado y pimientos —le ofrece—. Aunque ahora que caigo, tendría que haberles pedido que le pusieran huevo a la plancha. Y también... ¿Qué? —dice de golpe cuando se da cuenta del modo en que la inspectora lo mira.

—Nada, yo no he dicho nada —se defiende ella con la misma sonrisa de incredulidad que asoma a su rostro cada vez que Carbonero se comporta de un modo tan rabiosamente cotidiano en un escenario como el que los rodea.

—Para tu información, llevo sin echarme nada al cuerpo desde las cinco de la tarde de ayer.

Un argumento de lo más comprensible si no tuvieran delante a dos forenses cortando los cartílagos costales del cadáver y extrayendo el armazón óseo con forma triangular que hasta ese momento protegía los órganos del tórax. Carbonero lanza un primer bocado que debe de parecerle un tanto seco porque, mientras mastica, desmonta el emparedado para aderezarlo con un sobre de mayonesa y otro de ketchup. La inspectora le da un suave codazo con el brazo izquierdo y sonríe de nuevo. Luego permanece atenta a lo que ocurre frente a ellos.

Unos minutos después, los forenses inspeccionan el contenido del estómago: una masa grumosa con un leve tono anaranjado que *a priori* concuerda con una intoxicación por haloperidol. Siguen dudando que una sola caja de treinta pastillas haya provocado la muerte de la escritora, de modo que habrá que esperar a tener el informe toxicológico.

—Si no encuentran nada más, nos va a tocar demostrar que esto no ha sido un suicidio. Lo tienes claro, ¿verdad? —comenta la inspectora al cabo de un rato, obviando ya el «momento bocadillo» de su compañero de la Científica.

Aunque el trabajo de la policía judicial consiste en recabar hechos probados, y no en tipificar delitos, la investigación es mucho más llevadera cuando encuentras un cordel resistente del que empezar a tirar. Con lo que tienen hasta ahora, la gama de posibilidades abarca todas las muertes imaginables: desde el suicidio, a secas, hasta el suicidio asistido —lo que cuadraría con la pulcritud de la escena y del cadáver—, pasando por el homicidio, involuntario o no, e incluso por el asesinato.

—Tenga paciencia, joven inspectora. Tenga paciencia —responde Carbonero.

No piensa añadir nada más. En su lugar, hace una bola con el papel de aluminio que envolvía su bocata y se levanta para echarla en la papelera más cercana. Cuando regresa a su asiento junto a Carol, Silvia enciende la sierra eléctrica y empieza a perforar la bóveda del cráneo de la escritora.

«Lástima que su cabeza le jugara malas pasadas», recuerda Carol las palabras del forense, que ahora observa con atención el proceso mientras sostiene en las manos el escoplo y el martillo.

UNA PEQUEÑA TORPEZA

Cuando vuelca el contenido de la enorme caja de cartón junto a la chimenea, encuentra algo que no debería estar ahí: un pequeño frasco de cristal marrón, casi vacío, cuya etiqueta reza: «Noctamid 2,5 mg/ml: Gotas orales en solución». Tendría que haberse quedado allí, sobre la mesilla de noche, junto a la caja de pastillas. Se golpea la cabeza varias veces intentando recordar en qué momento lo cogió.

—¡Planificación, planificación, planificación! —grita. ¡Ha roto su propia planificación!

Y, al hacerlo, ha cometido un error que no pasará inadvertido.

Deambula de un lado a otro frente al fuego, como una alimaña enjaulada, tratando de localizar en su memoria el preciso instante en que cogió el frasco y lo guardó. Puede que acabara oculto entre las sábanas. O envuelto en su ropa. Sí, quizá fue cuando cogió el vestido. Estaba hecho un guiñapo, y quizá el frasco estuviera a su lado en el suelo. No lo sabe. No lo sabe. No lo sabe. ¿Cómo es posible?

¡No lo sabe!

Se agarra del pelo con fuerza, y cuando parece que sería capaz de arrancárselo a tirones, de pronto, sin más razón que un giro espontáneo en su línea de pensamiento, se detiene, sacude levemente la cabeza y respira hondo para recuperar la calma. De nada sirve obsesionarse con un detalle, una pequeña torpeza, que ya no tiene remedio.

Lo mejor es seguir adelante, tal como había planeado.

A continuación, comienza a arrojar a las llamas todo lo que puede relacionarlo con el asesinato. Las sábanas y la funda del colchón, la pequeña alfombra que había junto a la cama, la ropa...

Ya se le ocurrirá qué hacer con el maldito frasco de cristal.

LA OSCURIDAD DE SU CRÁNEO

Tictac.
Tictac.
Tictac.

De nuevo este lugar. De nuevo el incesante sonido del reloj en una de las habitaciones del interior. De nuevo el zumbido del aire acondicionado. De nuevo el incansable lloriqueo del cielo en el exterior. De nuevo Gabriel, a su lado, acumulando impaciencia, mientras toquetea el móvil en busca de noticias frescas sobre el caso.

Lo recuerda bien.

El caso. El maldito caso que acabó robándoselo todo y dejando una profunda herida sangrante en lo más hondo de su alma.

Tres chicas asesinadas, despellejadas y desmembradas, abandonadas en descampados cercanos a la ciudad dentro de grandes sacos negros. Como si fueran basura. Los restos desechados, vacíos ya de divertimento para un psicópata con predilección por los instrumentos afilados.

«No quiero estar aquí», se dice, aun sabiendo que no hay escapatoria. Noche tras noche, a veces incluso cuando cree que no duerme, Carol se ve obligada por su cerebro masoquista a revivir, en una macabra suerte de bucle onírico, sus tres muertes.

—No hay huellas útiles en la bolsa —informa Gabriel, ajeno por completo a lo que está a punto de pasar. Carol aguarda a que pronuncie sus siguientes palabras—. Estoy harto de esperar. ¿Tú no? —Palabras que se repiten en la mente de la inspectora como un eco insoportable.

La voz crispada de Gabriel.

El cansancio que impregna su rostro.

Lo ha visto ya tantas veces...

—No, yo no —responde ella, en un intento de esquivar lo inevitable. Desesperada por escapar, aunque sólo sea una vez, del temido y doloroso desenlace. Pero sus palabras no surten efecto.

—¡Eh! ¿Cuánto creéis que vais a tardar? —pregunta él en voz alta, como siempre.

El pasillo.

Sabe quién está al fondo del pasillo.

Sabe que dentro de unos segundos Ramón asomará medio cuerpo a través de la puerta del fondo del pasillo. Llevará puesto el equipo. Su pomposa melena pelirroja embutida en el gorro. Los mechones de su barba escapando, díscolos, de la prisión de la mascarilla.

Esta vez, Carol no centra su atención en Ramón. Tampoco escucha lo que dice. No quiere saber nada de la ruta segura. No le interesa lo más mínimo si al fondo del corredor ha habido o no una carnicería. Sólo piensa en su compañero, en la cantidad de sentimientos y palabras inútiles que ha ido acumulando durante todo este tiempo, aun sabiendo que él ya no puede oírlas. Se pierde unos instantes en sus facciones. En la profunda arruga de expresión que divide en dos su entrecejo y se funde con las líneas horizontales de su frente. En sus ojos grises, pensativos, prisioneros aún de la pantalla del teléfono. En su nariz recta y en esa pequeña cicatriz que le quiebra la suave línea del tabique. En su perilla castaña rodeada por una barba de varios días. Y en su parte preferida...

Echa tanto de menos su boca y su sonrisa de dientes imperfectos...

Lo echa tanto de menos...

—Perdóname —dice. Y, como siempre, su disculpa cae en saco roto.

«Esto no es más que un sueño —se recuerda—. Sólo un sueño», se repite, intentando evitar que esta proyección interminable acabe minando por completo su cordura y su resistencia. Pero saber que es un sueño no la libera del dolor profundo e insoportable de su pérdida.

—¿Por qué no ganamos tiempo tratando de hablar con los vecinos? —propone Gabriel, sin alterar su diálogo ni un ápice—. Tienes la piel de gallina —añade tras una breve pausa.

Carol no dice nada. También esperaba esa frase.

—Y las manos heladas.

Eso sí que no lo esperaba. Aún no se acostumbra a este momento. Al modo en que Gabriel le sostiene con delicadeza la mano derecha y se la aprieta con cariño antes de soltársela.

De pronto se asfixia en los apenas dos metros cuadrados en que su compañero y ella se mueven. Se queda atrapada en el contraste de las calzas blancas que cubren sus pies con el tono grafito del suelo. Se pierde en los conos amarillos que marcan con números los vestigios. Se ahoga en su angustia mientras el tictac del reloj, el zumbido del aire acondicionado y la lluvia en el exterior vuelven a llenar el silencio por unos instantes.

Carol hace un esfuerzo dantesco y pronuncia la frase que le toca.

—Se han dejado el aire acondicionado puesto —responde al fin. Si no puede alterar el circo de los horrores, ¿por qué no seguir interpretando su papel? Intenta dibujar con su boca una sonrisa, pero es incapaz de hacerlo.

Tenía frío aquel día. Lo recuerda bien.

Ahora no lo siente, al menos no como entonces.

Quizá porque aquel día ya no existe, salvo en su mente.

Lo que sí permanece invariable en su memoria y en el poso de sus sensaciones son el agotamiento insoportable y la ansiedad por aquel caso.

También la bronca monumental con Gabriel, unas horas antes.

—¿Estás bien, Carol? ¿Sigues enfadada?

Al cabo de unos instantes, Gabriel pronuncia su penúltima frase y abre la puerta.

—Estoy bien. Es sólo que...

Tictac.

Tictac.

Tictac.

«Es sólo que...»

—¡Oiga! ¡Disculpe! —exclama Gabriel cuando ve al tipo que camina de espaldas a ellos por el pasillo.

La puerta se cierra.

«¡Es sólo que estamos a punto de morir!», aúlla Carol en su cabeza.

Otra vez.

—¡Arma! —grita ella.

Como siempre.

Y las tres muertes de Carol se suceden, una tras otra, envueltas en una nube de disparos. Abrigadas por un claustrofóbico pasillo convertido en tumba improvisada.

—Respira.

Huele a pólvora.

—Respira.

Y a muerte.

El ambiente suena a llanto rabioso y estertores.

—¡Por favor, respira!

Carol se prepara para lo que viene.

Está echada de costado junto a su compañero, con los ojos cerrados, dibujando en la oscuridad de su cráneo el instante en que sus charcos de sangre se entremezclan. El suyo, una marea desbocada. El de Gabriel, una tímida mancha.

—Respira. Hazme caso...

Ya apenas reconoce su voz.

—Respira.

Puede que ni siquiera sea su voz.

Los párpados le pesan tanto que sólo es capaz de bajarlos un instante. El suficiente para localizar la mano de Gabriel, que aprisiona el móvil contra el suelo.

—Ga...

Intenta decir su nombre, pero de su boca apenas sale un balbuceo.

Posa su mano en la de su compañero y permanece quieta. Éste será su último esfuerzo. Una caricia torpe. Las yemas de sus dedos, el contacto de unos nudillos que van tiñéndose de rojo.

Unos nudillos que empiezan a vibrar con insistencia.

Carol necesita unos segundos para darse cuenta de que no es la mano de Gabriel la que se agita, sino el móvil que hay debajo.

Intenta abrir los ojos de nuevo, pero la oscuridad se empeña en atraparla.

—Respira. No te duermas.

La voz se hace lejana.

También los tímidos gemidos de su garganta.

Sus sentidos se apagan poco a poco y todo queda reducido a la palma de su mano, a esa vibración que no cesa y que le impide disfrutar en paz de la cálida oscuridad. Carol quiere que se detenga. Que el maldito móvil la deje en paz. Que le permita abandonarse. Así que tantea con los dedos húmedos y pegajosos, aparta la mano de Gabriel, que pesa como si estuviera hecha de plomo, y sujeta sin fuerza el aparato en busca de un botón que no puede ver.

Recorre con torpeza la pantalla una y otra vez, mientras el endemoniado teléfono tiembla sin parar.

Hasta que...

Silencio.

Un silencio instantáneo que pronto se quiebra en una voz de mujer.

«¿Carol? Despierta, Carol.»

Una voz que le suena.

Una voz que no debería estar aquí.

La inspectora abre los ojos de golpe y encuentra frente a ella el rostro evanescente de la escritora muerta. Abril la mira de hito en hito con sus ojos grandes del color de la miel y una tímida sonrisa alojada en los labios. Su melena rubia se desparrama sobre el suelo y se extiende en mechones sobre el charco de sangre que emana de las heridas de Carol. De repente, aparece un profundo surco en su cabeza, como una delgada felpa carmesí, de aspecto húmedo y pegajoso, que le recorre la bóveda del cráneo de oreja a oreja. El cuero cabelludo se repliega hacia delante y hacia atrás, dejando al aire el hueso. Los mechones de cabello retroceden. La frente, los ojos, la nariz... El hermoso rostro de muñeca desaparece poco a poco bajo un pliegue de piel vuelta y capilares, una escena grotesca que pone al descubierto una de las claves de la muerte.

«¿Qué vas a hacer conmigo, Carol?»

TORNILLOS DESPERDIGADOS

Un golpe en la pierna.

Algo se hace añicos en el suelo.

—¡Joder! —grita la inspectora, que ahora parece más despierta que nunca—. Me cago en... ¡Joder! —gruñe de nuevo.

Carol necesita unos segundos para comprender lo que ha pasado. Siente un dolor insoportable en la espinilla y, a su alrededor, el suelo está cubierto de cristales. Ha tenido que dar el mismo respingo de pánico en el sofá del salón que en la maldita pesadilla, y parece que con la sacudida ha golpeado la mesa y una de las botellas de cerveza ha acabado rompiéndose en mil pedazos. Se echa un vistazo a los pies. Parece que no hay cortes.

¿Qué coño le pasa a su cabeza?

¿No tiene suficiente con atormentarla con el pasado?

¿Es necesario incluir en el juego a un personaje nuevo?

Carol expulsa el aire de los pulmones, acaba de darse cuenta de que ha estado conteniendo la respiración todo este tiempo. Tiene la boca seca, la garganta dolorida y los ojos como envueltos en un manto de alfileres. El viejo reloj de pared —tictac, tictac, tictac— dice que son las cinco de la madrugada. Se quedó dormida a eso de las dos.

Tres horas de sueño. Todo un récord para ella.

—Joder —repite, ahora más calmada—. Menudo susto.

Vestida con una vieja camiseta de los Doors, que apenas le cubre las bragas, y con las manos en alto, como tratando de calmar a un enemigo invisible, Carol intenta reírse de sí misma, de lo ridículo de la escena, pero no lo consigue del todo. Desde que salió del Instituto de Medicina Legal, hace ya un buen puñado de horas, es incapaz de borrar de su mente la imagen del cráneo abierto de la escritora. Recuerda su cuero cabelludo, plegado en dirección a la barbilla, cubriéndole parte de la cara. Exactamente igual que en su pesadilla. Recuerda las palabras de la forense: «Infiltrado hemorrágico. Edema cerebral». Recuerda el aspecto morado y brillante de la zona afectada por el golpe. El impacto no le causó la muerte, pero, según los forenses, sí que pudo dejarla sin sentido el tiempo suficiente para que su asesino aprovechara para envenenarla.

Pruebas contundentes de un homicidio.

Por fin.

Al menos, eso es lo que parece.

Cuando se agacha para recoger los cristales del suelo, nota el hombro entumecido. La cicatriz tiende a quejarse, tensando músculos y tendones, cuando Carol se queda dormida sobre el costado izquierdo. También cuando tiene frío; aunque hoy no es ése el motivo ya que tiene el cuerpo empapado en sudor. Encendió el aire acondicionado al llegar a casa y el maldito aparato volvió a taladrarle los tímpanos y a congelarle los huesos. Si no quiere coger una pulmonía en pleno mes de agosto va a tener que llamar a alguien para que lo arregle.

—A la mierda —se rinde.

Echa otro vistazo al caos del salón y decide que lo último que le apetece es ponerse a recoger los fragmentos de cristal. Después de todo, son un simple adorno si lo compara con el estado de la mesa, de toda la habitación, así que abandona la estancia, con los pies descalzos, y se va directa a la cocina, evitando encontrarse con su reflejo en el espejo al pasar por delante del baño.

Una, dos, tres...

Sus pies bailan sobre cinco baldosas sueltas.

Aún quedan dos tercios de Voll Damm Doble Malta en la nevera. Los coge. Con un poco de suerte, el sopor de la cerveza volverá a dejarla dormida. Sin embargo, lo piensa bien: no le apetece regresar al sofá. El aspecto actual del salón le recordaría lo deprimente que es su vida en este momento, así que da media vuelta y abre la puerta de la cocina que lleva a la selva descontrolada en la que se ha convertido el jardín.

Apenas se ve la pasarela de madera que conduce al garaje.

En torno al pequeño terreno que ocupa lo que un día consideró un hogar, más allá de los gruesos muros blancos de arena y cal que lo delimitan, Pedregalejo suena a descanso y a grillos. Si se esfuerza puede captar el sonido del tráfico en la calle principal, aunque no mucho más alto que el zureo de las palomas que dormitan en las oquedades de los tejados o el inquieto aleteo de los murciélagos que hacen piruetas sobre su cabeza a la caza de insectos. Este barrio siempre ha sido tranquilo, tanto que Carol a veces echa de menos el ruido y el caos de Madrid. Avanza con los pies desnudos sobre las maltrechas tablas, con los botellines de cerveza en la mano, mientras el frescor de la madrugada seca el sudor de su piel. Si se hubiera colocado unas simples sandalias de goma ahora no estaría caminando como una idiota para no hacerse daño. De hecho, no lleva la indumentaria adecuada para meterse en el lugar al que va, un rincón lleno de trastos y herramientas, con tuercas, arandelas y tornillos desperdigados por el suelo, ansiosos por dar la bienvenida a unos pies descalzos.

Pero no le importa.

Por alguna razón, siente que ahí va a estar mejor que en ningún sitio.

Hace una breve pausa para abrir uno de los botellines dando un golpe seco a la chapa contra el borde de la herrumbrosa mesa del jardín. Luego da un buen trago a la cerveza y sigue caminando. Carol lleva tanto tiempo sin abrir el portón del garaje que decide ignorar el botón que acciona el motorcillo; lo más probable es que no funcione, como tantas otras cosas en la casa. Óxido, pintura levantada, maderas carcomidas, baldosas sueltas... «Esta casa es una pobre ruina», piensa. Rodea el pequeño Mazda amarillo a fin de llegar a la puerta lateral y se acuclilla para buscar la llave. Está en su sitio: entre los tallos secos de una hortensia que hace tiempo que pasó a mejor vida. Cuando abre la puerta y pulsa el interruptor que hay justo a la derecha, una luz mortecina alumbra el interior. Se siente extraña aguardando sola bajo el marco de la puerta y no puede evitar rememorar una de las escenas preferidas de la película de su vida con Max: la última vez que lo vio.

Estaba justo ahí, a unos metros de la puerta, sentado sobre su banqueta, examinando satisfecho la Scrambler del sesenta y ocho que se disponía a restaurar. Su abuelo había invertido tanto tiempo buscando ese modelo de Ducati en unas condiciones aceptables que, cuando por fin encontró la moto adecuada, demoró durante meses su reparación. Se pasaba horas inspeccionándola, estructurando el proceso, imaginando el resultado... Decidió empezar a desmontarla justo aquel día, cuando Carol regresaba a la academia de inspectores tras su último permiso antes de jurar bandera. Ella no sabe si el recuerdo, tal cual lo guarda en su memoria, es real o si es una alteración de la realidad, un constructo creado por su mente para suavizar el impacto de tantas pérdidas. En el fondo le da igual. Lo que de verdad le importa es que, aquel día, a escasos minutos de despedirse de su nieta, Max parecía satisfecho. En paz.

De eso hace ya algún tiempo.

¿Cuánto? ¿Doce? ¿Trece años?

Sí. Casi trece años.

Poco antes de que, como suele decir la gente, su abuelo pasara a mejor vida.

Mejor vida...

¿Qué podía haber mejor para él que aquellos momentos encerrado en su pequeño taller haciendo lo que más le gustaba en el mundo?

Al plantearse esa sencilla pregunta, siente que su último recuerdo con Max empieza a enturbiarse. De pronto, la palabra «deuda» se dibuja en su cabeza como por arte de magia.

Aún sigue en deuda con él.

Carol da un largo trago a la cerveza mientras su mente navega por los ríos de la memoria.

Después de muchos años, Max había vuelto a enamorarse. Por supuesto, él no lo había expresado así. «Llevo meses saliendo con una mujer», había soltado de golpe a su nieta, muy serio, muy tieso, mientras la pescadera del mercado les preparaba medio quilo de espetos de sardinas para hacerlos a la brasa. Carol le habría dado un abrazo en ese momento en medio del olor a tripas de pescado, pero como Max nunca fue el típico abuelo mimoso, se limitó a darle la enhorabuena y a bromear un poco para hacerlo sentir incómodo.

No volvieron a tocar el tema hasta el último día de permiso de Carol. Max lo había estado evitando como un chiquillo de quince años que no quiere compartir sus intimidades con sus padres. Ella decidió concederle todo el tiempo que necesitara. Hasta que no pudo aguantar más, claro.

—¿Cuándo vas a presentármela? —le preguntó justo antes de marcharse. Estaba en el mismo sitio que ahora, bajo el marco de la puerta, sólo que, en lugar de una Voll Damm, sostenía en su mano izquierda la mochila de camuflaje que su abuelo le había regalado antes de empezar el primer curso en la academia de inspectores.

Al oír a su nieta, Max alejó su atención de la vieja moto y le dedicó una mirada azul desgastada por los años pero aún llena de fuerza. Carol descubrió sorpresa en sus ojos. En su rostro, rubor, y algo que ya había visto hacía muchísimo tiempo, cuando se conocieron en el hospital, dos días después del accidente que la dejó huérfana. Él, tan grande y tan temible, un boina verde retirado, capaz de cercenar una vida sin apenas inmutarse, tenía miedo.

—Prometo llevarla a tu jura —aseguró Max, con la voz ronca y ni un atisbo de sonrisa.

—Te tomo la palabra —respondió Carol.

En lugar de acercarse a su abuelo para pedirle el abrazo de oso que le habría gustado recibir como despedida, se limitó a colgarse la mochila al hombro y a decirle:

—Voy a echarte de menos.

Era una frase que, en aquel momento, estaba abierta a un sinfín de finales:

«Voy a echarte de menos estos meses».

O : «Voy a echarte de menos cuando salga de la academia y me sienta lo suficientemente mayor para tener mi propia casa».

O : «Voy a echarte de menos cuando prefieras quedar con tu novia antes que pasar un rato conmigo».

La única frase completa que su mente no fue capaz de estructurar fue la que ahora desearía haber pronunciado:

«Voy a echarte de menos cuando ya no estés».

La respuesta de Max llegó hasta sus oídos cuando la separaban varios metros de la puerta del garaje:

—Diviértete, pequeñaja.

Dos semanas después, Carol recibió una llamada. Supo enseguida a quién pertenecía aquel timbre de voz que vibraba nervioso al otro lado de la línea y que le pedía que regresara a Málaga cuanto antes. Al entrar en la habitación del hospital, también supo que aquella mujer de ojos claros y rostro cansado que sostenía la mano de su abuelo era la misma que tendría que haber ido con él a su jura de bandera.

Cuando vio a Max, tendido sobre la cama, inconsciente y lleno de tubos y cables, Carol decidió que nadie, salvo ella misma, tenía derecho a verlo en aquel estado. Apartó a la desconocida del lado de su abuelo, robándole la mano que había estado sujetando hasta ese momento y, cuando Max estaba a punto de abandonar el sueño comatoso en el que llevaba horas sumido, le ordenó que dejara la habitación para poder llorar su muerte a solas. Quería estar lejos de cualquiera que pudiera enturbiar los recuerdos que ellos, sólo ellos, habían construido durante años sin necesitar a nadie más.

Tras el entierro, Carol no volvió a ver a aquella mujer. Rebeca. Intentó olvidar su nombre, pero, por alguna razón, se repetía una y otra vez en su cabeza. Rebeca. Varios meses más tarde, cuando ya patrullaba por las calles de Madrid con su uniforme de prácticas, se tomó un fin de semana para viajar a Málaga y arreglar todos los papeles de Max que habían quedado pendientes. Lo encontró cuando trasteaba en los cajones de su abuelo en busca de unos documentos importantes. Estaba dentro de una caja pequeña de terciopelo negro que tenía su nombre grabado en la tapa. Rebeca. Quería casarse con ella.

«El resto de mi vida es para ti.»

Cuando sacó el anillo y leyó lo que su abuelo había encargado grabar en su interior, Carol se sintió la persona más rastrera del mundo. Después de un buen puñado de horas castigándose por haber defraudado a Max en el último momento, volvió a guardar el anillo en el mismo lugar en el que lo había encontrado. Aún sigue ahí, y Carol todavía tiene la esperanza de reunir algún día el valor suficiente para buscar a Rebeca, pedirle perdón por lo que le hizo y entregarle, junto con el anillo, esa porción del amor de Max que sabe desde hace años que no le pertenece.

En cuanto a su abuelo, Carol cree desde hace mucho tiempo que las personas mueren y ya está. Así que, si no hay nada más allá del encefalograma plano, el viejo boina verde se largó de este mundo sin ser consciente de lo que su nieta hizo con la mujer a la que quiso. De modo que, si hay alguien más, aparte de Rebeca, con quien Carol debe reconciliarse, es con ella misma. Lo malo es que no tiene ni idea de cómo hacerlo. Mientras lo descubre, el anillo sigue palpitando en el cajón, como el maldito corazón delator de Poe, recordándole desde que ha regresado a casa que, después de los años que Max le dedicó, después de los sacrificios que hizo por ella sin quejarse ni una sola vez, cuando Carol tuvo la oportunidad de saldar parte de esa deuda lo traicionó por puro egoísmo.

Un último trago a la botella. Luego la deja en el suelo junto a la entrada del garaje en la que lleva plantada una buena colección de minutos, observando como una idiota el pasado. Se pregunta qué se supone que tiene que hacer ahora.

¿Qué ha venido a buscar aquí?

¿Refugio?

¿El alma de Max?

¿Algo que dé sentido a su vida?

De pronto se siente un poco estúpida, incapaz de dar un paso adelante, temerosa de fragmentar con su contaminada presencia la magia de sus memorias.

Pero, si no va a entrar, ¿por qué no da media vuelta? ¿Por qué no regresa a la ruina en la que está convirtiéndose la casa en la que se crio e intenta tapar sus heridas con lo único que la ha mantenido hasta ahora alejada de sus demonios?

Su trabajo.

El cadáver de Abril Zondervan aguarda en una cámara frigorífica del IML a que la inspectora saque a la luz lo que le pasó. Sobre la mesa del salón, en medio de incontables cascos de cerveza, un par de cajas de pizza vacías y Dios sabe qué más, aguarda una carpeta con toda la información que tiene hasta el momento sobre el caso. Un sospechoso al que localizar. Varias coartadas que comprobar. Una psiquiatra a la que llamar. Y un par de libros de la escritora que no van a leerse solos. ¿Por qué no se da la vuelta y huye de la desesperación enterrando la cabeza en la investigación?

«Porque ya estoy harta», se responde con contundencia a las preguntas que van agolpándose en su cabeza.

También porque necesita sentirse protegida, aunque sólo sea por un rato, y, pese a esa deuda que aún tiene que saldar, no se le ocurre un lugar mejor que el rincón preferido de Max.

Harta de clavarse cachivaches de metal y plástico en las plantas de los pies, Carol agarra la escoba que aguarda desde hace años a que alguien se acuerde de ella, aunque sólo sea para quitarle las telarañas, y barre la porquería del garaje hacia la esquina más alejada. No hay ni rastro del recogedor, así que deja apoyado el cepillo en el montón de suciedad, deseando que aguante en ese rincón hasta que se decida a limpiar de verdad. El suelo es de cemento pulido. Cuando el polvo y los objetos puntiagudos han desaparecido, Carol siente una fresca suavidad bajo los pies. «Si sigues andando descalza por todas partes, nos tocará pasar la tarde en la enfermería», solía decirle Max con su marcado acento yanqui cuando Carol se ponía a corretear como una loca del jardín al taller y del taller al jardín o a encaramarse al viejo castaño como quien trepa por el grueso tallo de un cocotero. Lejos de ser un abuelo sobreprotector, Max se limitaba a informar un par de veces sobre las posibles consecuencias de determinados actos y, si la mocosa testaruda no atendía a sus advertencias, aguardaba a que ocurriera lo inevitable. «Mírame, Max, paseando descalza por tu taller», piensa ahora Carol, que aún recuerda aquella tarde de verano en el hospital, esperando pacientemente a que la enfermera de guardia le extrajera un clavo del pie derecho y le aguijoneara el brazo con la vacuna del tétanos. «Soy dura como una piedra», le dijo a su abuelo, mientras hacía lo imposible por no llorar. «Una piedra un poco tonta», respondió Max cuando todo hubo pasado. Aquel día descubrió en la cara de su abuelo una curiosa mezcla de enfado y temor.

Cuando Carol dirige la atención al centro del garaje, una súbita y extraña sorpresa la inunda por dentro. No recordaba esa lona verde, aunque está casi segura de lo que va a encontrar cuando la retire. Recupera su botellín de cerveza y avanza unos metros hacia el rectángulo de tela plastificada, luego se agacha y sujeta con la mano izquierda uno de los extremos. Retira la lona con cuidado, para que el bulto alargado que hay en el centro no acabe volcando. Poco a poco van quedando al descubierto pequeños montones de piezas y herramientas junto a la estructura a medio desmontar de una motocicleta.

—Vaya, así que sigues aquí esperando a que alguien te arregle —observa Carol en voz alta, analizando con atención el estado en el que se encuentra la máquina—. El viejo tenía razón, estás bastante bien para tu edad.

Max no avanzó demasiado en sus últimos días. El asiento, cubierto de una espesa capa de polvo, descansa sobre un pedazo de cartón junto al guardabarros delantero y la carcasa del filtro del aire. El depósito está unos centímetros más allá, apoyado sobre un periódico viejo. Junto a sus pies, Carol cree distinguir el cubrecárter. Nunca ha tenido grandes conocimientos de mecánica, pero cuando le daban ganas de ayudar a Max en alguna restauración, él siempre le dejaba desmontar las primeras piezas, las más sencillas, y el cubrecárter solía ser una de ellas. También los guardabarros y el asiento. Por lo que ve, su labor como ayudante de mecánico ya habría terminado con lo que hay desperdigado por el suelo. Lo siguiente era terreno de Max. Mientras su abuelo aseguraba la moto en la bancada y desarmaba el tren trasero, ella prestaba atención al proceso e iba limpiando con gasolina la suciedad de las piezas.

«Gasolina», piensa.

Tiene que haber gasolina por algún sitio.

Carol deja la botella de cerveza junto a la moto y se dirige hacia las estanterías de la pared que tiene justo a su derecha, donde Max guardaba todos los trastos que no usaba a diario. La llanta de una rueda, el carburador de una vieja Montesa, pistones, latas de aceite, trozos de tela manchados de grasa... Después de mucho trastear, localiza una garrafa a la que apenas le queda un culo de gasolina y un puñado de trapos que, tras varias sacudidas para eliminar el polvo, le parecen perfectos para la tarea.

Se sienta sobre una maltrecha silla de pesca, junto al taburete que Max solía usar. Acto seguido, destapa la garrafa y empapa uno de los trapos. Empieza con el guardabarros trasero. Curiosamente, el característico aroma y el grumoso y untuoso tacto de la suciedad al contacto con el líquido fósil no traen a su memoria más recuerdos de la infancia. Casi sin darse cuenta, la inspectora traslada su atención a la mañana que la espera. En menos de cuatro horas volverá a reunirse con el asistente personal de la escritora y necesita una buena estrategia para el interrogatorio.

EL CIRCO DE LA MUERTE

Domingo. Veinte de agosto. Comisaría Provincial de Málaga.

Carol sale a recibir a Ginés Lapedriza en la entrada de la comisaría. Quiere que se sienta cómodo, al menos al principio, así que le evita la parafernalia de tener que pasar por el arco detector y lo acompaña al mostrador principal para que le den una acreditación. El cordón naranja fluorescente del que pende la tarjeta destaca sobre la camisa de lino color caqui de su «invitado».

—Venga por aquí, por favor —le indica la inspectora, que camina junto a él con un sobre de tamaño folio en la mano y un guion bien estructurado en la cabeza.

Mientras avanzan, Carol, en un programado derroche de simpatía, aprovecha para dar un repaso al tiempo, al hervidero de turistas que ocupa estos días cada metro cuadrado de Málaga y al desierto en que se ha convertido la comisaría a causa de las vacaciones de verano. El asistente de la escritora mantiene una interesante desconexión ante sus comentarios y responde de forma escueta sólo cuando recibe una pregunta directa.

—¿Cuántos años lleva viviendo en Málaga?

—Desde 2009.

Parece cansado. También un poco desorientado. Su aspecto global dista mucho del de la noche del viernes. La barba incipiente y el pelo, libre de mejunjes que marquen su caída, sugieren que esta mañana no se ha demorado frente al espejo. Y la indumentaria —unos vaqueros demasiado gastados y una camisa que echa de menos la caricia de una plancha— denota que se ha puesto lo primero que ha encontrado en el armario.

—Si no le importa, vamos a quedarnos ahí afuera, estoy un poco harta del aire acondicionado. —Carol empuja la puerta que da al patio central de la comisaría y la sostiene para que Ginés pase delante de ella—. Nuestra zona de recreo —le informa, alzando la mano para que Ginés recorra con la mirada el espacio flanqueado por cuatro pisos envueltos en muros de arenisca y ladrillo visto salpicados de ventanas amarillas—. La verdad es que desde aquí el helipuerto impresiona bastante, ¿no cree?

A la derecha, a unos veinte metros sobre sus cabezas, emerge una buena porción del hexágono de hormigón y metal que sirve de base para el servicio de helicópteros.

—¿Adónde lleva? —pregunta Ginés, y señala la estructura elevada que atraviesa el patio de derecha, policía judicial, a izquierda, policía científica.

Carol intuye que el asistente está empezando a relajarse.

—Podríamos decir que es un atajo, aunque los compañeros suelen usar la pasarela como zona de fumadores.

Como para corroborar las palabras de la inspectora, sale por la puerta de la izquierda un agente con bata de laboratorio liándose un cigarro.

—Voy a sacar un refresco de la máquina. ¿Le apetece algo? —pregunta Carol al asistente, que sigue con el semblante serio—. ¿Agua, cola, un zumo...?

—Agua estará bien.

Un par de minutos más tarde, se sientan en el banco más discreto del patio, justo bajo la pasarela. Cada uno en un extremo, guardando las distancias. La botella de agua en el suelo, junto al pie derecho del asistente; el refresco de Carol sobre el banco, a escasos centímetros de ella.

—Antes de nada, me gustaría que leyera y firmara su declaración. —La inspectora extrae del sobre tres folios impresos a una sola cara—. Es sólo para cerciorarnos de que no falta nada.

Ginés se toma su tiempo, puede que demasiado. En los minutos que permanece leyendo las páginas, Carol no deja de preguntarse por qué le da tan mala espina este hombre. No puede negar que se lo ve afectado, aunque la inspectora ha aprendido a lo largo de los años que talantes como el suyo pueden ser síntoma de duelo, de culpa o de un papel muy bien estudiado.

—¿Sólo tengo que firmar?

—Sí. Aquí... Y aquí —indica la inspectora, señalando con el dedo cada sitio—. Y aquí, su nombre y su DNI.

Zanjado el papeleo, Carol devuelve la declaración al sobre y durante unos segundos fija la mirada en el asistente personal de la escritora.

Ha llegado el momento.

—Ginés, tengo una pregunta importante que hacerle.

—Dígame.

—¿Tocó usted en algún momento el cuerpo de Abril Zondervan?

De pronto, su costra de ausencia y cansancio desaparece para mostrar la superficie de un hombre diferente. Un hombre alerta. Un hombre incómodo.

«Mucho mejor así», piensa Carol.

—No, ¿por qué? —Un leve atisbo de alarma en su voz—. Lo único que hice fue comprobar que no tenía pulso.

—¿Cómo lo hizo?

—Le puse estos dos dedos en el cuello.

—¿Así? —Carol muestra el gesto, posando sus dedos índice y anular en su propio cuello, bajo la mandíbula. El asistente afirma con la cabeza, y ella continúa con el guion—. ¿Está usted seguro de que no tocó ni movió el cuerpo más allá de lo que acaba de decirme? —insiste. Ginés asiente, cercado por una entereza poco creíble—. ¿Sabe? Me apasiona la medicina forense. Es sorprendente lo que puede llegar a contar un cadáver horas después de su muerte —explica la inspectora, consciente de que ha llegado la hora del cuento.

El hombre responde con una mueca de desconcierto, luego mira a ambos lados, como si necesitara cerciorarse de que todo marcha bien a su alrededor. Salvo por la suave brisa caliente y por un puñado de macetas con palmeras y pilistras desperdigadas por el suelo, están solos en el patio.

—Cuando Abril falleció, en su cuerpo empezaron a ocurrir muchas cosas —continúa Carol—. Para empezar, como usted sabrá...

—Inspectora, no sé por qué tengo que saber nada —interrumpe el asistente, visiblemente molesto con el rumbo que acaba de tomar la conversación.

—Tranquilo, no estoy acusándole, si es lo que cree. —«Al menos no aún», se dice Carol para sus adentros—. Para empezar —insiste—, su corazón se detuvo y dejó de bombear sangre. Y, justo en ese instante, se desencadenó el circo de la muerte en su cuerpo. Su temperatura empezó a descender y su piel fue deshidratándose poco a poco. Seguro que recuerda lo hundidos que tenía los ojos y lo resecos que estaban sus labios. Era como una caricatura de la Abril de verdad.

La inspectora aguarda un instante para dar tiempo a que la mente de Ginés recupere de su memoria el rostro inerte de la escritora. Es consciente de que está siendo un poco cruel, pero necesita medir al asistente y, con lo poco que tiene hasta el momento, no se le ha ocurrido mejor forma de hacerlo.

—Otro de los fenómenos que ocurrieron en el cuerpo de Abril, y esto seguro que lo habrá visto en las series de televisión, es que todos sus músculos empezaron a tensarse, comenzando por la cara, la mandíbula y el cuello. —La inspectora recorre con las puntas de los dedos las partes que va nombrando—. Hasta que, unas trece horas más tarde, el *rigor mortis* la atenazó por completo. Y ahora viene lo bueno...

—¿Por qué me cuenta todo esto? —se queja Ginés, sin dirigir su mirada a la inspectora. Es como si aún estuviera envuelto en el amargo velo del recuerdo.

—Tenga paciencia. La historia no ha hecho más que empezar.

—¡Pero yo no tengo por qué escucharla! —exclama elevando la voz. Se levanta de golpe. Al comprobar que ahora varios agentes de uniforme están pendientes de la escena desde la puerta de la cafetería que da al patio, se relaja un poco antes de continuar—. No tengo por qué estar aquí más allá de la firma de esa declaración. ¿No es así?

En los instantes posteriores a la queja del asistente se produce un curioso reajuste de energías alrededor del banco. Carol, que hasta este momento ha mantenido una postura relajada, levemente inclinada hacia delante para transmitir sensación de cercanía, se levanta despacio, con la espalda recta y los hombros hacia atrás, y avanza hacia Ginés atornillándole los ojos con la mirada. La respuesta natural llega enseguida: el asistente abandona su actitud de desafío y, con los brazos cruzados, aguarda lo que la inspectora tenga que contarle.

—Tiene razón. No está obligado a escucharme. Tampoco está obligado a permanecer aquí, al menos en este instante —comienza Carol—. Sin embargo, ayer quedó confirmado que su jefa fue asesinada y, por ahora, tiene usted la mala suerte de ser la última persona que la vio con vida.

Ginés deja caer ambos brazos en peso muerto y regresa al banco para desplomarse en el mismo espacio en el que había estado sentado. Parece una piltrafa. Carol también vuelve a su sitio y reanuda su discurso, esta vez en un tono algo más suave.

—Lo único que pretendo es descartarle como sospechoso sin necesidad de hacerle pasar por una sala de interrogatorios. Por supuesto, es usted quien decide. La opción uno es dejar que termine mi historia y responder a un par de preguntas. —Hace una breve pausa antes de continuar para cerciorarse de que Ginés está prestándole atención—. La opción dos sería menos llevadera, créame.

Ginés la mira con los ojos entrecerrados. Puede que lo haga de manera inconsciente, pero no para de negar con la cabeza.

—Asesinada —suelta con un hilo de voz.

Se levanta de nuevo y, plegado sobre sí mismo, se aleja unos metros frotándose con insistencia una mano contra la otra. Segundos más tarde vuelve a sentarse, coge la botella del suelo, la abre y bebe un par de sorbos. Cuando por fin se dirige a la inspectora, tiene los ojos encharcados y su boca no deja de dibujar una y otra vez una horrible mueca.

—¿Cómo fue?

—Siento no poder darle detalles. Como comprenderá, la investigación está bajo secreto de sumario.

Carol esquiva un par de preguntas más antes de retomar su historia. ¿Por dónde iba? Ah, sí, estaba terminando de explicar los fenómenos cadavéricos.

Pero...

La inspectora tiene la desagradable sensación de que su guion se ha roto. De pronto, sus tripas le ruegan con un pellizco que no continúe con el cuento, que no siga quebrando los sentimientos de este hombre. Y precisamente es ese pellizco el que le recuerda por qué lleva ocho años en Homicidios: a veces, la verdad sale a la luz como resultado de una larga sesión de llantos y mocos.

«Controla tus emociones y sigue», exige la parte racional de su cerebro. Sin embargo, aunque recupera la hoja de ruta que se había marcado, lo hace en un tono más amable y evitando excederse más de lo necesario.

—Puede que esto no lo haya oído antes, Ginés —dice, y al oír su nombre el asistente parece regresar al mundo real—. A la vez que descendía la temperatura de Abril, se deshidrataban su piel y sus mucosas y se tensaban sus músculos, su sangre empezó a descender por acción de la gravedad al no tener ninguna bomba que la hiciera circular. Acabó formando un gran charco en la base del cuerpo, como si se hubiera convertido en una balsa. Y es aquí donde debemos detenernos porque, fíjese qué curioso... —La inspectora coge el sobre, que ha estado descansando entre los dos, y, mientras busca en su interior, continúa con el discurso—. Cuando el forense examinó el cadáver de su jefa, descubrió esto.

Carol saca una fotografía y la deposita sobre el banco, entre ella y el asistente.

—Ginés, ¿sabe lo que está viendo?

Él niega con la cabeza. El cordón naranja del que cuelga la tarjeta de visitante debe de resultarle incómodo alrededor del cuello porque tira de él para quitárselo. Sostiene la credencial en la mano unos segundos, luego empieza a doblar el plástico y a hacer nudos con la cuerdecita, sin apartar la vista de la imagen.

—Este conjunto de marcas con aspecto de piel de serpiente que ve aquí es lo que los forenses llaman «doble lividez». Demuestra que alguien movió a Abril horas después de su muerte —explica la inspectora—. ¿Sabe por qué ocurre?

—No —responde Ginés. Tiene los ojos enrojecidos y el gesto arrugado.

—La sangre que ya se ha estancado vuelve a reubicarse en las partes más bajas del cuerpo después de que lo hayan cambiado de posición. Ya sabe, la fuerza de la gravedad.

Por un momento, Carol no sabe si el asistente sigue escuchándola. Tiene la mirada perdida en algún punto de la fotografía.

—Voy a repetirle la pregunta: ¿movió usted en algún momento el cuerpo de su jefa? Le juro que no es por cabezonería. En realidad intento hacerle un favor porque, y esto sí que no lo sabe casi nadie, en Málaga contamos con un gran equipo de policía científica, capaz de extraer huellas hasta de la piel humana. Ginés, ¿son suyas las huellas dactilares que hemos encontrado en el cuerpo de Abril Zondervan?

—No... Sí... No sé. No estoy seguro —dice con la voz entrecortada—. Cuando llegué a su lado, cuando la vi... Oh, joder, creo que sí son mías.

Y entonces llegan el llanto y los mocos.

El asistente acaba cediendo a la presión de Carol y explicando que sí tocó el cuerpo, que incluso pudo haberlo cambiado de posición, aunque no está del todo seguro. Al comprobar que Abril no tenía pulso perdió los nervios y la zarandeó en un estúpido intento de que volviera a la vida.

—Puede que... Puede que la dejara en una postura diferente al soltarla —admite con una especie de balbuceo—. Cuando me di por vencido intenté cerrarle los ojos, pero fue inútil porque los párpados volvieron a abrirse casi al instante.

Su relato casa a la perfección con lo que el cadáver de Abril Zondervan ha contado sobre la mesa de autopsias, por lo que la inspectora decide aflojar la presión a la que ha sometido al asistente. Y, aunque para Carol sigue siendo el principal sospechoso del asesinato, Ginés Lapedriza acaba sumando varios puntos a su favor al permitir que le tomen las huellas y una muestra de ADN.

Como guinda para el pastel, pone sobre la mesa un nuevo sospechoso.

—¿Se le ocurre algo que pueda ayudarnos en la investigación? —pregunta Carol, muchos minutos después, casi al final del interrogatorio—. Lo que sea que le venga a la cabeza...

—Abril tenía un acosador —responde él con la voz aún afectada por el llanto.

DEDOS ENGUANTADOS

Lunes. Veintiuno de agosto. Comisaría Provincial de Málaga.

Cuando tienes sueño, el mundo discurre a tu alrededor envuelto en una neblina que transforma la realidad y la ralentiza. Cuando es el agotamiento el que se apodera de tu cuerpo y de tu alma, ese mundo se vuelve árido y hostil. Todo parece demasiado ruidoso, demasiado acelerado, demasiado molesto.

Sonido de vapor calentando jarras de leche, de tazas y platos entrechocando, de cucharillas ocupando su lugar junto a sobres de azúcar o de edulcorante. Aroma a pan tostado y a café.

Son las ocho y cinco de la mañana. Carol lleva ya cerca de media hora encadenando un café tras otro. Falta otro tanto para la reunión de grupo, y necesita sacudirse como sea el cansancio acumulado después de pasar tres largas noches prácticamente en vela. Mientras recupera el contacto con la realidad, la cafetería se viste con la rutina de cada día.

A sus espaldas, mesas y sillas se van llenando poco a poco con los compañeros salientes del turno de noche. A ambos lados de Carol, la barra se despeja tras las dosis fugaces de cafeína de quienes se preparan para el turno de mañana.

—Ahí va tu tercer largo —anuncia el camarero, un tipo grandullón de ojos saltones y labio inferior prominente, al servir una nueva taza humeante a la inspectora.

Solo, largo, semilargo, solo corto, mitad, entrecorto, corto, sombra, nube... Dicen que hay que hacer un máster para aprender a pedir un café en Málaga. Para Carol lo difícil fue encontrar la mezcla exacta de negro y blanco al abandonar su ciudad natal. Si se detiene a pensarlo, desde que regresó a la casa de Max, el café y la cerveza se han convertido en buena parte de su sustento vital. El burbujeante líquido ámbar la ayuda a desconectar; el marrón la despierta cuando hace falta. Quizá tendría que plantearse cambiarlo. Quizá podría también empezar a alimentarse con algo distinto a la comida basura. La lista de quizás es tan extensa, sobre todo en lo referente a mejorar su calidad de vida, que Carol se aburre de inmediato y vuelve a centrar su atención en el libro que descansa junto a ella sobre la barra.

«Inocencia.»

«Angustia.»

«Desesperación.»

Esas tres palabras han estado bailando en su mente desde que leyó la última frase de *Alma de juguete*. No hay que ser una experta en literatura para darse cuenta de que la primera novela de Abril Zondervan, una sórdida mezcla de realismo y fantasía, muy bien armada y aún mejor escrita, es una gran obra. Lo que no acaba de entender es cómo pudo ser capaz de crear algo así una adolescente de diecisiete años. Hay otro detalle importante que la descoloca: a lo largo de su lectura no ha localizado paralelismos evidentes con la vida de la escritora muerta. Carol esperaba encontrar una historia más autobiográfica, más cercana a lo que Abril relataba en sus charlas y entrevistas, un relato que pudiera explicar de algún modo por qué aquella joven empezó a oír voces. Ni siquiera el protagonista, un viejo fabricante de juguetes que acaba de perder a su mujer, se parece a ella. En absoluto.

Las ocho y veinte.

Diez minutos para la reunión.

Carol mira su móvil un par de veces. Sabe que es demasiado temprano para hacer la llamada que tiene en mente, pero necesita disipar ciertas dudas antes de hablar del tema con sus compañeros, de modo que coge el teléfono y busca en su agenda el contacto de Sonsoles Martín, la psiquiatra de Abril Zondervan. Antes de pulsar la tecla LLAMAR, vuelve a plantearse si son horas. Finalmente decide que sí.

Primer tono.

El periódico de ayer aún sigue sobre la barra.

Segundo tono.

En su portada, las novedades sobre los atentados de Cataluña comparten espacio con un titular que Carol ya conocía antes de ser publicado.

Tercer tono.

«Muere la escritora Abril Zondervan».

Cuarto tono.

El departamento de Prensa de la policía está haciéndolo

bien. La noticia es escueta: día, hora y lugar en el que fue encontrada.

Quinto tono.

Sobre las circunstancias de la muerte: «Aún a la espera del informe forense».

Sexto tono.

La idea es mantener a los periodistas al margen de la investigación el máximo tiempo posible.

Salta el contestador: «Hola. Soy la doctora Sonsoles Martín, en este momento no puedo atenderle. Deje un mensaje y le devolveré la llamada en cuando me sea posible».

Tras el pitido, Carol intenta resumir el motivo de su llamada.

—Buenos días, doctora Martín. Soy Carol Medina, inspectora de la policía judicial de Málaga. Siento haberla molestado tan temprano, pero necesito hablar con usted sobre... —Se detiene antes de pronunciar el nombre de la escritora. Lo más normal es que la psiquiatra sepa ya que ha fallecido, pero decide no nombrarla por si acaso—. Uno de sus pacientes. Llámeme cuando oiga este mensaje, por favor. Un saludo.

Tras el intento fallido, se bebe el café de un trago, pide la cuenta y, cuando coge todos sus bártulos para ir directa a la sala de reuniones, recuerda que tiene otra llamada pendiente.

Carbonero responde al segundo tono.

—Lo siento, pero no hay coincidencias —le comunica el compañero de la Científica desde el otro lado de la línea.

—¿Ni siquiera con el asistente?

—Negativo. Sus huellas están en lugares comunes: la

puerta del dormitorio, los muebles de la cocina, la entrada de la cabaña, huellas parciales en la alarma...

—Nada que no concuerde con su testimonio —reflexiona Carol.

Si Lapedriza pasaba largas temporadas en la casa de la víctima, no cabe extrañarse de que sus huellas estén por casi todas las superficies. Pero ahora no es el asistente personal de la escritora quien le preocupa. Después de haber llegado a la conclusión de que el asesino había limpiado a fondo el escenario, el equipo de la policía científica puso patas arriba el dormitorio de la víctima, vestidor y cuarto de baño incluidos. Tras varias horas, el trabajo acabó dando frutos. En primer lugar, hallaron pequeños restos de vómito en una de las rendijas de la mesilla de noche y bajo el somier de la cama, dos minúsculas gotas que habían escapado de milagro a la escrupulosa limpieza. Eso no sólo confirmaba la teoría de la emesis violenta a la que los forenses se habían referido, sino que, además, hizo sospechar a los compañeros de la Científica que, dada la ausencia de restos entre las tablas de madera del suelo, faltaba una alfombra junto a la cama. En segundo lugar, extrajeron varios juegos de huellas de varón de la parte trasera del cabecero. Carol se apostaría el pescuezo a que pertenecen al amante de la escritora.

—Necesitamos al dueño de ese semen, Carbonero —reclama la inspectora.

—Eso ya lo sé, pero no puedo hacer mucho más.

—¿Y si no es español? La víctima pasaba mucho tiempo fuera del país, puede que recibiera la visita de un extranjero.

—¿Lanzo las huellas a Europol, por si suena la flauta?

—Desde luego no perdemos nada intentándolo. Por cierto, ¿has acabado ya con el móvil?

—Afirmativo. Tenía una mezcla interesante: las huellas de la escritora, de su asistente personal y...

—Dedos enguantados —interrumpe la inspectora, que ya lo daba por hecho.

—Exacto. Quienquiera que la matara dio un buen repaso al móvil y a la casa.

Para Carol, un homicidio no es más que el desenlace de una historia, a veces muy compleja, en la que el personaje principal no es la víctima, sino su verdugo. El juego en cada nuevo caso consiste en apresar al culpable, encontrando todos y cada uno de los ingredientes que faltan al relato. Por ahora, la inspectora intuye que quedan por desvelar demasiados detalles, aunque está casi segura de que el móvil del asesinato se esconde tras esas huellas, desdibujadas por unos guantes de látex, que cubren las superficies del salón, la biblioteca y todos los lugares susceptibles de servir como escondite. Pero ¿escondite de qué, para qué? ¿Qué podría ocultar una mujer como Abril Zondervan?

—Carbonero, ¿habéis hallado algo que se salga de lo común?

—Negativo. Aparte del móvil, el vaso de agua y la caja de pastillas, lo único que nos hemos llevado del escenario son las sábanas, limpias como una patena, las cortinas, las toallas del baño, la papelera y algunas cosas de aseo. Ningún objeto extraño.

—Tiene que haber algo. ¿Y en la cabaña?

—Nada que reseñar. Bueno, sí, el sitio es guapísimo, la verdad.

Carol mira la hora. Luego echa un vistazo a su libreta. Está pensando de qué forma puede colar una nueva inspección a la casa en el día de hoy, pero no quiere precipitarse. Tras la reunión, la espera una cita ineludible con la redacción del atestado. Después tiene pendiente un encuentro con la agente literaria de Abril y una visita a su otro sospechoso, si es que logran localizarlo.

—Oye, te llamo más tarde. Es posible que tengamos que volver a entrar a buscar una cosa.

—¿Qué cosa?

—Aún no lo sé. Pero pienso averiguarlo —asegura Carol a escasos metros de la sala de reuniones.

MENUDO TESORO

Todo el mundo sabe que el marrón y el amarillo combinan bastante bien, al menos es lo que Carol había oído siempre. Lo malo es cuando se decide utilizar esa ingeniosa mezcla cromática en un espacio de trabajo en el que las mentes necesitan estar lo más despejadas y abiertas posible. Suelos pardos. Puertas de color marrón chocolate —sin leche— con marcos tirando a un tono mostaza, como las ventanas. Paredes beige, claramente oscurecidas por el paso de los años.

—¡Hola, jefa!

Carol no puede evitar dar un respingo al oír la voz de Celada. Llevaba cinco minutos aguardando a solas e intentando mantener con vida su atención. Si los estrechos pasillos de la comisaría resultan tristes y desalentadores, el aspecto de la sala de reuniones en la que Villalba ha citado al grupo se acerca bastante a lo deprimente: la estancia es tan inmensa como oscura y lúgubre. La iluminación, estilo club de jazz, invita a apagar los sentidos y a dejarse envolver por el sopor. La mesa, un gigantesco tablero rectangular de color caoba, no ayuda en absoluto a mantener centradas las ideas, y los sillones que la rodean, de cuero, con la espuma mullida, son como agujeros negros. Si no fuera por la sobredosis de cafeína, la inspectora habría caído ya en un profundo sueño.

—Joder, tienes un aspecto horrible —añade Celada a su saludo. Como siempre, es todo sonrisa, todo buen rollo.

—¿Te he dicho alguna vez que me encanta tu sinceridad? —pregunta irónicamente ella que, pese al sobresalto, aún nota la poderosa fuerza de atracción de su asiento.

Antes de ocupar el sillón contiguo al de la inspectora, Celada deposita sobre la mesa una carpeta con el escudo del Cuerpo Nacional de Policía, su querido iPad y un vaso desechable sin tapa con lo que parece un solo largo. Carol está tan empachada de café que siente nauseas al percibir el aroma que desprende.

—¿Qué ha pasado con la escritora?

—Homicidio. Pero no te emociones, me temo que te tocará trabajar con el novato.

Justo cuando Carol pronuncia la última palabra, el joven inspector Ovejero aparece por la puerta de la sala. Ojos pequeños, nariz aguileña, barbilla puntiaguda. Pelo castaño y lacio, tez muy morena. Carol se plantea que, dentro de algún tiempo, cuando ya no haya motivos para llamarlo «novato», podrían apodarlo inspector Ketama.

Celada se acerca a ella para susurrarle algo al oído.

—Seguro que te has dado cuenta de que se parece a...

—Anda, calla, que va a oírte —lo corta Carol, a quien no dejan de sorprenderle estas extrañas conexiones suyas con el subinspector. Cuando ella piensa una gilipollez, él la verbaliza enseguida. Como si le leyera la mente. A veces, muy pocas, también les ocurre con asuntos importantes.

Ovejero escoge un asiento frente a ellos y saluda, como siempre, con ese aire de perrillo apaleado que lo caracteriza. En cuanto Carol lo vio por primera vez, se dio cuenta de que el cráneo del novato encerraba un cerebro bien armado. Lástima que aún no haya tenido la oportunidad de lucirlo; hasta ahora, los casos del novato se reducen a muertes violentas con homicidas fácilmente identificables o decesos naturales con cadáveres encontrados en sus domicilios tras meses de putrefacción.

Instantes después entra Betina. Sus inmensos ojos verdes y su melosa sonrisa suavizan por un instante la oscuridad de la sala.

—Buenos días —saluda con la dulzura que la caracteriza.

Carol siempre ha pensado que, en su tiempo libre, Betina, fuente inagotable de candor e ilusión, debe de vivir en el país de las maravillas. Jamás se enfada por nada, a ella todo parece sentarle bien, ya encuentre en su camino un gato bromista, una oruga que fuma en pipa o una malvada reina desquiciada.

—Veo que estamos todos —comenta Villalba al atravesar el umbral. Luego va directo a su lugar, presidiendo la mesa.

¿Está cabreado o es que ha decidido de pronto que dar los buenos días está sobrevalorado?

—Como sabéis, tenemos dos casos importantes sobre la mesa y el grupo no va sobrado en lo que a personal se refiere, así que, atendiendo a la petición de Medina, el sábado solicité refuerzos temporales.

—¿Y...? —dice Carol.

—Nos ceden a dos agentes de Seguridad Ciudadana el tiempo que duren nuestras investigaciones, siempre y cuando no los necesiten con urgencia en su brigada. De hecho, tienen que estar al caer.

—¿Así de fácil? ¿Sin poner ni una pega? —inquiere la inspectora, que descubre en los rostros de sus compañeros distintos grados de sorpresa.

—Así de fácil —afirma el jefe.

¿Qué está pasando? Teniendo en cuenta que ya había dado por sentado que no iban a mandarles ningún tipo de apoyo, que cedan a dos agentes debería ser una gran noticia para el grupo. Sin embargo, Carol localiza en el gesto de Villalba algo que no le gusta en absoluto. Parece incómodo con la noticia.

—¿Sabemos quiénes son? —se interesa Celada.

—Nos encargaremos de ellos cuando aparezcan. Mientras tanto, vamos a empezar con el caso de la maleta. Celada, ponnos al día, por favor. Y no omitas detalles.

—¿No prefieres que lo haga Medina? —cuestiona Celada, incómodo.

La mirada inquisitorial del jefe de grupo deja claro que no.

Sí que hablaba en serio Villalba con lo de apartar a Carol del caso. Ni siquiera le ha dado la oportunidad de exponer sus averiguaciones antes de cambiarlo de manos. Aunque, si es sincera consigo misma, el escozor que siente no es más que su orgullo herido. ¿Quién mejor que ella, la inspectora que dirigió la investigación desde el principio, para pasar el testigo? ¿Quién mejor que ella, que permaneció noches enteras sin dormir imaginando cómo sería la cara de aquel hombre descuartizado sin manos ni cabeza? ¿Quién mejor que ella, que ya barajó la posibilidad de un crimen pasional, de un ajuste de cuentas, de una broma que salió mal...? ¿Quién mejor que ella? Sin duda Celada. Él estuvo a su lado desde el principio y, aunque la inspectora tiene claro que su compañero no malgastó sus noches imaginando el rostro de un muerto, sobre todo porque él sí tiene una intensa vida fuera de la profesión, lo cierto es que estuvo al pie del cañón en todo momento. Y seguirá estándolo.

—¿Quieres que relate los hechos desde el principio? —duda Celada que, ante la respuesta afirmativa del jefe de grupo, abre la carpeta y empieza a hablar—. Como ya sabéis, el quince de julio una vecina del barrio de Perchel Sur encontró abandonada una maleta con ruedas en perfecto estado junto a los contenedores de basura de la calle Eguiluz, a espaldas de la estación de autobuses. Pensando que alguien la había olvidado, decidió llevársela antes de que el propietario notara su pérdida. Tras subir tres pisos de escalones tirando de la maleta, la mujer se metió con ella en su casa y la abrió para descubrir su botín.

—Menudo tesoro —comenta Ovejero en voz baja mientras Celada muestra en su tableta las fotografías del cadáver.

Carol no mira la pantalla, recuerda al detalle cada foto. Y su pituitaria aún guarda fresca en su memoria la mezcla de olores que desprendían aquellos pedazos humanos: sangre, grasa, desinfectante... Antes de descuartizarlo, habían lavado a conciencia el cadáver con un producto de limpieza de uso común en laboratorios y quirófanos. ¿Con qué fin? ¿Para eliminar posibles rastros del asesino o para ocultar alguna pista importante? Mientras Celada continúa relatando los escasos hechos probados que pudieron corroborar y la infinita lista de posibilidades en torno a esa muerte, la inspectora siente la desagradable sensación de haber fallado a su víctima sin nombre. Desde que trabaja en Homicidios, ha tenido que archivar más de un caso por falta de pruebas, pero jamás ha abandonado una investigación en curso. Hasta ahora.

—La causa de la muerte es aún un enigma y suponemos que seguirá siéndolo, a menos que logremos encontrar la cabeza y las manos. Lo que sí asegura la forense es que fue descuartizado *post mortem*.

De repente, una intrusión.

El móvil de la inspectora empieza a vibrar sobre la mesa. Carol echa un ojo a la pantalla y se levanta de inmediato.

—Tengo que contestar, es importante —se disculpa.

Villalba asiente. Luego pide a Celada que continúe.

—Inspectora Medina —responde Carol mientras atraviesa la sala en dirección al pasillo.

—Buenos días, soy Sonsoles Martín, acabo de escuchar su mensaje. Supongo que quiere hablar sobre Abril.

Su voz es firme y su tono neutro, así que la inspectora no es capaz de discernir qué emociones se esconden tras sus palabras. Es la primera vez que le toca hablar con una psiquiatra sobre una víctima, y algo le dice que no le resultará fácil obtener la información que necesita. Aunque ha hecho los deberes durante el fin de semana y se ha informado a fondo sobre las excepciones que podrían romper la confidencialidad médico-paciente, hay un pequeño detalle que corre el riesgo de convertirse en una barrera infranqueable: el secreto profesional perdura más allá de la muerte del paciente.

—Así es —responde Carol—. No sé cómo de unidas estaban pero...

La psiquiatra interrumpe a la inspectora justo en el instante en que ésta va a lamentar la pérdida de la escritora.

—Estábamos todo lo unidas que una psiquiatra y una paciente pueden estarlo al cabo de más de diez años de terapia.

Los «más de diez años» a los que se refiere podrían haber dado a entender que tenían un vínculo especial. Sin embargo, obviar en la frase el verdadero nombre de la escritora e incluir la palabra «terapia»... Lo mismo podían ser amigas del alma que tener una cordial relación loca-loquera. Carol decide lanzarse de cabeza a por preguntas más directas.

—Sonsoles, ¿cuándo fue la última vez que vio a Abril?

—Si me pregunta por la última vez que la señora Zondervan estuvo en mi consulta, no puedo darle esa información a menos que tenga una orden judicial. Supongo que entiende que, ahora más que nunca, debo respetar su memoria.

«Ya estamos, y sólo acabamos de empezar», piensa Carol, que se rasca la frente con impaciencia. No puede permitir, bajo ningún concepto, que la persona que mejor conocía a la escritora se mantenga al margen.

—Doctora, sé lo que hizo por ella. En realidad, todo el mundo lo sabe. Abril jamás pronunció su nombre, pero hablaba una y otra vez de aquella terapeuta diferente que le regaló sus primeras alas. Incluso explicó en una entrevista que a veces confiaba en usted más que en ella misma, así que permítame que dude de esa imagen de psiquiatra fría y distante con sus pacientes que pretende darme. Siente su pérdida mucho más de lo que estaría dispuesta a admitir.

La doctora Martín permanece unos segundos en silencio al otro lado de la línea. Carol aguarda, llena de impaciencia, a que reaccione de un modo u otro, pero se demora demasiado, así que la inspectora lo intenta de nuevo.

—¿Sabe? Yo no tenía ni idea de quién era Abril hasta que la vi el viernes, tumbada sobre su cama. Me la presentó el forense de guardia, uno de los hombres más distantes y secos que he conocido jamás. Sin embargo, sólo tuvo para ella palabras de admiración y cariño. Luego su asistente me contó lo especial que era su cabeza, me habló de sus voces y del modo tan peculiar en que se relacionaba con la realidad. Por alguna razón, cuando ese mismo día se la llevaron hacia el Instituto de Medicina Legal, yo regresé a casa con la imagen nítida de su rostro y con la extraña certeza de que aquella mujer no debía estar en una bolsa para cadáveres. Creo que Abril no merecía morir, pero para estar segura de ello necesito que me ayude a entender algunas cosas.

—¿Está sugiriendo que fue asesinada?

La inspectora no tenía intención de tocar aún el tema, pero puede que sea el mejor momento.

—Sí —responde, y espera que sea suficiente con la afirmación.

—No voy a hablar de ella por teléfono —resuelve al fin la doctora Martín—. Inspectora, esta tarde tengo a un par de pacientes que ahora necesitan más mi ayuda que Abril. Si puede esperar hasta mañana, estaré en Málaga a eso de las diez.

«Vaya, sí que ha habido cambio de actitud.» Carol ha tenido conversaciones similares suficientes veces para saber que no ha sido tan contundente, por lo que empieza a sospechar que la psiquiatra de Abril sabe algo importante acerca de su muerte.

—Sonsoles, una última pregunta antes de aplazar la conversación hasta mañana.

—Dígame.

—Cuando Abril hablaba de sus voces, solía decir que su primera novela había abierto su propia caja de Pandora; en cambio, no he encontrado ningún paralelismo con ella en la historia.

—Hay veces que no encontramos porque no sabemos qué estamos buscando —explica la psiquiatra—. Abril era realmente buena enterrando sus propios sentimientos y experiencias, ya fuera en lo más profundo de su cabeza o entre las palabras de sus novelas. Siempre he pensado que *Alma de juguete* es una fiel reproducción de su niñez, aunque me temo que ahora no estoy en disposición de explicarle el porqué. Nos llevaría demasiado tiempo, y mi siguiente paciente acaba de llegar.

A su regreso a la oscura sala de reuniones, el reporte sobre el caso de la maleta parece estar llegando a su fin.

—Ovejero, de ahora en adelante dirigirás esta investigación. El subinspector Celada será tu principal apoyo —explica el jefe de grupo—. Pero que estés al mando no quiere decir que tengas permiso para hacer el imbécil. Celada tiene mucha más experiencia que tú, así que abre bien las orejas cuando tenga algo que decir. ¿Entendido?

La cara del novato se convierte en una estúpida mezcla de

sorpresa, satisfacción y canguelo. Mira a Celada con interés renovado, como si de repente lo sintiera más cerca. En cambio, el subinspector, nada contento con la noticia, no se mueve ni un ápice de su sitio junto a Carol. El jefe guarda silencio hasta que los dos hombres confirman que se han enterado.

—Entendido —responden al unísono.

—Bien, cambiemos de tema. Como sabéis, el pasado viernes fue hallado el cadáver de la escritora Abril Zondervan en su finca de los Montes de Málaga. ¿Qué tenemos hasta ahora, Medina?

La inspectora no tiene oportunidad de empezar con el relato de los hechos. Un golpe seco en la puerta. Tras él, una voz que Carol reconoce enseguida.

—Tranquilos, ya llegan los refuerzos.

La Hiena y su mala baba entran en la sala, seguidos por el joven policía que le dio el alto la noche que llegó al lugar de los hechos.

—Me cago en la puta —suelta Carol en un impulso. Cabe la posibilidad de que los recién llegados no la hayan oído. Quien sí se ha enterado es Villalba, que acaba de lanzarle una de sus miradas asesinas.

—Esa boca, jefa —la regaña Celada en voz baja—. Aunque, pensándolo bien, menudo marrón acaba de caerte. ¿Quién es el chico?

La inspectora recupera de sus archivos mentales lo que tiene almacenado sobre el agente. El hoyuelo en la barbilla, el modo en que arqueaba la ceja cuando se sentía incómodo, justo como está haciendo ahora, la mandíbula estilo *horsy*... La verdad es que se da un aire a Billy Elliot. ¡Joaquín! Se llama Joaquín. Aunque, qué más da como se llame, Carol tiene más que claro que a ella va a tocarle el tarugo de Jaime Hernández.

—Adelante, tomad asiento —les indica Villalba, visiblemente incómodo tras el comentario de Carol.

—Supongo que todos conocéis al subinspector Jaime Hernández, de Seguridad Ciudadana, uno de nuestros agentes más veteranos. A su lado, la incorporación más reciente de la brigada, Joaquín Ruibal. Van a echarnos un cable mientras andemos bajos de personal.

«Que no lo diga, que no lo diga, que no lo diga...», se repite Carol como un mantra protector, intentando evitar lo inevitable.

—Ovejero, Ruibal es para vosotros, y me da igual que esté recién llegado, ponedlo a trabajar como a uno más. Medina, te quedas con Hernández.

Lo ha dicho.

Al subinspector se le llena la cara con una sonrisa de labios morados y dientes amarillos. Está disfrutando con la reacción de Carol, sabe perfectamente que la inspectora preferiría estar tragando chinchetas antes que trabajar con él.

—No puedo con tanta emoción, inspectora —le suelta al oído cuando pasa tras ella para sentarse en su lado de la mesa. Su aliento avinagrado se queda flotando en el ambiente.

Carol siente la explosión de bilis en su interior y, justo cuando está a punto de saltar, vuelve a vibrarle el móvil. Es un mensaje de WhatsApp de Julia Moll avisando de que se retrasa, pero nadie más que ella y Celada pueden ver la pantalla del teléfono.

—Disculpad, otra llamada importante.

Se levanta lanzando el sillón hacia atrás y sale escopetada en dirección al pasillo, simulando responder la llamada.

—Inspectora Medina.

Por un instante siente el impulso de echar a correr gritando como una jodida loca. ¿Cómo se supone que va a hacer bien su trabajo teniendo al lado al ser más deleznable que ha conocido jamás?

«Menudo apoyo», piensa, y levanta el puño derecho para golpear la pared en un desesperado intento de librarse de la ira que la envenena, pero, en el último instante, sus maltrechos dedos morados le recuerdan que, si no quiere acabar con un brazo en cabestrillo, debería dejar de lanzar el puño sin ton ni son. Respira hondo, se golpea la cabeza varias veces para obligar a su cerebro a centrarse y, cuando considera que ha dejado de parecer una energúmena, se asoma al interior de la sala con el móvil pegado a la oreja, como si todo marchara con naturalidad.

—Villalba, ¿puedes salir? —Le muestra el teléfono, para indicar que es el motivo de su llamada.

Segundos después, la mala leche de Carol se escapa de la liviana alfombra bajo la que la había escondido.

—Que se vaya —le suelta a su jefe de grupo cuando están a varios metros de la puerta—. Di a los de Seguridad Ciudadana que ya no necesitamos a nadie, que lo tenemos todo controlado.

—Sabes que no pienso hacer eso.

—Ya lo conoces. Se pasa el puto día sacando de quicio a todo el mundo y tiene un grave problema con la autoridad.

—Vaya, parece que tenéis mucho en común —suelta Villalba en tono irónico.

Carol recibe el comentario como un golpe directo al orgullo y nota que se le enciende la cara en una mezcla de rubor y rabia.

—No pienso trabajar con él —afirma, con los brazos cruzados y la barbilla muy alta. Si sus ojos no echan chispas, poco les falta.

—Lo harás. Trabajarás con él, resolverás el caso y te comportarás al fin como la inspectora que eres en realidad —ordena su jefe, ahora también con el rostro encendido. Ella acaba de darse cuenta de que ha estado a punto de sacar la peor versión de Villalba—. Carol, he apostado mi última mano por ti. No me hagas quedar mal.

Antes de que la inspectora pueda decir nada, Villalba regresa a la sala.

«¿Qué coño ha querido decir con lo de haber apostado su última mano por mí?», se pregunta Carol, que empieza a mosquearse con el extraño comportamiento de su jefe.

Tras un par de minutos en los que intenta encontrar las ventajas de tener a un veterano desagradable y tocapelotas como Jaime Hernández en un caso tan delicado como el de la muerte de Abril Zondervan, la inspectora regresa a la sala sin un solo pro en su lista, pero algo más calmada.

—¿Continuamos? —pregunta Villalba, suspicaz.

Carol asiente.

—Hernández, ¿empiezas tú relatando lo que os encontrasteis al llegar a la finca? —solicita la inspectora, indicando que acaba de encender la pipa de la paz.

¿ALCOHÓLICA?

Mientras aguarda a que Julia Moll atienda su tercer «De verdad que lo siento, es una llamada muy importante» de los últimos treinta minutos, Carol deambula por la terraza del hotel AC Málaga Palacio sumida en la sensación de estar haciendo un viaje en el tiempo con la mirada: de la catedral de estilo renacentista que emerge a su derecha, en pleno casco histórico de la ciudad, a los modernos Muelle Uno y Dos del puerto, que se extienden a su izquierda, ganando terreno al mar. Se pregunta si hace veinte años Málaga era tan luminosa como lo es ahora. El clima y las horas de sol son los mismos que atrajeron en su día a extranjeros de todo el globo. No obstante, la chiquilla que sigue llevando dentro siente que ahora vive en una urbe completamente distinta. La ciudad de su infancia, algo más apagada, algo más de andar por casa, ha crecido sin parar, no sólo en habitantes. Lo que Carol contempla en este momento, lo que ve cada día desde que regresó de Madrid, es una ciudad cosmopolita que se ha lavado el gris de la cara para vestirse a todo color. Las playas ya no huelen únicamente a aceite Johnson's Baby y a Nivea Solar, ahora también desprenden aroma a coco, a vainilla, a frambuesa, a mojito... Los chiringuitos dan de comer durante el día, se convierten en sofisticados *chill-outs* al atardecer y alimentan las ganas de fiesta por las noches. Pero no es eso lo único que ha cambiado. Málaga ya no es sólo una ciudad de sol y playa. Ahora es también turismo de museos para los más culturetas, gastronomía para quienes viajan con el paladar, flamenco para los amantes de la tradición... Como bien podría opinar la chica que lleva más de cinco minutos tratando de hacerse el *selfie* perfecto para poder subirlo a las redes sociales: «Málaga es una ciudad de lo más *instagrameable*».

—Lo entiendo, pero me parece demasiado precipitado —oye decir a la agente literaria, que ahora deambula a sus espaldas. Cuando la inspectora se vuelve, Julia le hace un gesto con los dedos índice y pulgar, indicando que está a punto de terminar—. ¿Y si preparamos una edición comentada de *Alma de juguete* para septiembre y adelantamos la publicación de su nueva novela a la segunda semana de octubre? Así no tendremos que ir con tantas prisas y seguiremos cubriendo la campaña de Navidad. —Pausa breve—. ¿Cómo? ¿Una edición ilustrada? Esa idea me gusta mucho más.

Cuerpo curvilíneo, vestido con estampado retro en colores manzana, plátano y fresa, sandalias de esparto. Piel muy morena, varios tonos por encima de su aspecto en las fotos que Carol ha descargado de su página web. Melena castaña, corte estilo Cleopatra. ¿Cuántos años puede tener? ¿Cuarenta y cinco? ¿Cincuenta? Su imagen no se corresponde con nada de lo que la inspectora habría podido esperar. Tampoco su comportamiento. ¿Dónde coño está la mujer que la llamó el sábado en medio de un ataque de ansiedad?

Julia vuelve a alejarse, barajando posibles ilustradores para la nueva y sorprendentemente oportunista edición de la primera obra de Abril Zondervan. «Ryden mejor que Lacombe»; «¿Y por qué no Gianluca Folí? A Abril le gustaba mucho Folí»; «Ni hablar de Michael Kutsche, está demasiado marcado por Tim Burton»...

—Qué asco, joder —masculla la inspectora, que no logra entender cómo es posible que la agente literaria esté haciendo planes para monetizar la muerte de Abril Zondervan. Ni siquiera ha dado tiempo a incinerar su cuerpo.

De nuevo la pierde de vista tras la inmensa pecera que alberga el restaurante del hotel. Ella, harta de cocerse bajo el sol, busca una mesa a la sombra y se sienta. Tiene la espalda chorreando por culpa del calor y deduce que se ha quemado porque le escuecen un poco la nariz y los pómulos. Antes de centrarse en su libreta, echa otro vistazo a su alrededor. Hasta ahora no se había dado cuenta de la cantidad de gente que hay bebiendo y bronceándose la piel en torno a la piscina. Las mesas del restaurante también están a tope de clientes que apuran los platos principales y se lanzan a por postres y cafés. Son las cuatro y media de la tarde y la inspectora aún no ha tenido tiempo de comer.

—¿Va a tomar algo? —le pregunta un camarero, aprovechando la parada para limpiar la mesa contigua. Mientras se esmera con la bayeta, la manga del polo blanco que lleva puesto sube y baja unos centímetros con el movimiento, dejando al aire por momentos el marcado contraste entre el intenso moreno de casi toda la longitud del brazo y el blanco nuclear del trozo que cubre la camiseta. Debe de pasar muchas horas trabajando en este solarium con vistas a la ciudad.

—Una cerveza sin alcohol, por favor. Y unas aceitunas.

El camarero se aleja con la sencilla comanda en la memoria. Carol coge su libreta y, antes de que pueda echar un vistazo a sus notas, su móvil vibra sobre la mesa por un mensaje de WhatsApp.

> CARBONERO CIENTÍFICA: Di a Betina que recoja el móvil en Informática cuando quiera, ya han terminado con la copia de seguridad.

> CAROL: ¿Has tenido tiempo de llevarlo al IML?

La forma más rápida —y casi la única— de desbloquear un teléfono de última generación es usando directamente el dedo del muerto.

> CARBONERO CIENTÍFICA: Mandé a un compañero esta mañana, en cuanto terminé de procesarlo. Por cierto, no hemos podido quitarle la identificación por huella porque el móvil pide una clave de seis dígitos, así que hemos desactivado el bloqueo automático.

> CAROL: Vale, lo tendremos en cuenta.

> CARBONERO CIENTÍFICA: De todas formas, estamos preparando una impresión en 3D de la huella de la víctima, por si hiciera falta.

CAROL: ¿Funcionará?

CARBONERO CIENTÍFICA: Eso espero. En principio la receta es sencilla: una huella, tinta magnética e impresora 3D. ¿Qué puede fallar?

Se despide del compañero y escribe un mensaje para Betina:

CAROL: Acércate a Informática en cuanto puedas para recoger el móvil de la víctima.

A la inspectora le gustaría estar en este momento en la comisaría para poder examinar ella misma el aparato. Ginés Lapedriza declaró haber llamado y escrito a su jefa en numerosas ocasiones antes de encontrar su cadáver, y el móvil puede decirles si lo que contó es cierto. Su coartada es la más débil de todas, y Carol piensa analizar de forma escrupulosa todo lo relacionado con él. Pero ése no es el verdadero motivo de su urgencia. El gusto de Abril Zondervan por la soledad y el aislamiento están haciendo un flaco favor a la investigación, y Carol tiene la esperanza de poder reconstruir con el contenido del teléfono al menos una parte de sus últimos movimientos antes de morir.

BETINA JUDICIAL: Hola, Carol. ¿Qué tal llevas la mañana? Iba a llamarte ahora mismo, tengo algunas novedades.

La inspectora abandona la aplicación para llamar directamente a la agente.

—¿Tenemos cámaras? —pregunta sin detenerse a saludar. Frente a ella, el motivo de su inquietud: el Muelle Uno, donde Ginés creyó haber visto a la escritora el día antes de su muerte.

—Por ahora sólo contamos con la autorización para ver las grabaciones, pero no tendremos nada hasta mañana.

—Mierda —se queja la inspectora, aunque ya suponía que algo así iba a pasar. Por mucho que le cueste admitirlo, hay determinados pasos en el transcurso de una investigación que llevan su tiempo—. Dime que sabemos algo de los padres.

Ginés también mencionó en su primera declaración que Abril y su madre llevaban años sin hablarse, así que la inspectora se plantea si el problema que había entre ellas pudo haber acabado en homicidio. Betina elimina esa posibilidad en un santiamén.

—La madre, Elena Martínez Melero, murió de una cirrosis hepática en 2016, a los cincuenta y tres años.

—¿Alcohólica?

—Parece que sí. Pobre mujer —se lamenta Betina, que siempre tiene hueco en su corazón para los despojos humanos—. Ojalá tuvieran tiempo de reconciliarse antes de su muerte.

A la inspectora le parece una idiotez el comentario, sobre todo porque hasta ahora no tienen ni idea de por qué madre e hija estaban distanciadas. Sin embargo, no puede evitar mirar atrás para escarbar en el pasado. Casi todos los muertos de su vida se marcharon dejando algún cabo suelto. Max, Gabriel, sus padres... Todos ellos desaparecieron de golpe, sin que ella pudiera prepararse, sin darle la oportunidad de cerrar conversaciones inacabadas o pendientes. Quizá por eso sus ausencias siguen golpeando el alma de Carol con frases cuyo peso se hace cada día más insoportable.

«Siento haberla cagado.»

«Te quiero.»

«Sí que os echo de menos.»

Antes de continuar con la conversación, la inspectora carraspea para librarse de la súbita emoción que le atenaza la garganta.

—¿El padre?

—Espera, Carol, tengo algo más sobre la madre. Desde 2006 había una orden de alejamiento contra ella por agresión física y amenazas a su hija.

—¿Y sabiendo eso te preguntas si Abril y su madre llegaron a reconciliarse?

—¿Qué quieres que te diga? Soy fan de los finales felices —explica la policía, con esa voz azucarada que la caracteriza.

Carol recuerda lo que la escritora contaba en la charla para la plataforma TED sobre la primera vez que escuchó sus voces. Se encontraba en una librería de Londres, firmando ejemplares de su ópera prima, cuando se le acercó una mujer que le recordó a alguien de su pasado a quien no quería volver a ver. ¿Hablaba de su madre? ¿Pudo ser ella el detonante de las voces? Por lo que la inspectora ha leído hasta ahora sobre ese curioso trastorno mental, su principal causa suele ser un trauma, casi siempre infantil. Si está en lo cierto y fue su madre la causante, ¿qué pudo haberle hecho a Abril para marcar su infancia de un modo tan profundo? Carol piensa de nuevo en la psiquiatra, en la cantidad de información que debe de tener sobre la escritora muerta, y se pregunta hasta qué punto Sonsoles querrá compartir con ella datos que no guarden relación directa con el homicidio. Porque, más allá de su curiosidad en torno a la cabeza de Abril Zondervan, su madre, una vez fallecida, queda fuera de la ecuación.

A no ser que...

—¿Estamos seguros de que Abril era hija única?

—Según el registro civil, sí.

La inspectora levanta la vista de su libreta, donde ha estado haciendo constantes anotaciones y borrones, al darse cuenta de que la llamada ha logrado evadirla del entorno en el que se encuentra. Recorre con la mirada la terraza y el interior del restaurante. No hay rastro de la agente literaria y la espera ya empieza a parecerle excesiva. Las que sí han llegado son la cerveza y las aceitunas. Se echa al gaznate un largo trago y va dando buena cuenta de las olivas mientras continúa hablando con la policía.

—¿Y alguien cercano a la madre que pudiera guardar rencor a nuestra víctima?

—Puedo comprobarlo, si quieres —se ofrece Betina.

—Sí, hazlo, por favor. ¿Y sobre el padre? ¿Tenemos algo?

La mezcla de sal y vinagre del aperitivo acaban de recordar a su estómago que está muerto de hambre.

—No he encontrado ni rastro de él. Si vas a ver a su agente literaria, ¿podrías preguntarle por qué escogió el apellido Zondervan? Estoy empezando a creer que no tiene nada que ver con el padre.

—Descuida, en cuanto consiga hablar con ella se lo pregunto. —Lo anota en su libreta, antes de pasar al último punto de la charla—. ¿Qué sabemos del acosador?

Tras el mal trago que le hizo pasar a Ginés Lapedriza el sábado por la tarde, la inspectora decidió encauzar la charla hacia asuntos más centrados en la vida de la escritora.

Tema: amistades y gente cercana. Respuesta: «Por lo que sé, su círculo era muy reducido. Aunque Abril era tan reservada que no podría darle nombres de gente con la que mantenía contacto habitual, más allá de Julia, de su psiquiatra y de mí».

Tema: aficiones. Respuesta: «Leer, escuchar música, pasear al aire libre... Evitaba bajar a la ciudad, el exceso de estímulos la bloqueaba. Sus viajes de placer siempre eran a lugares tranquilos, sin aglomeraciones de turistas».

Tema: posibles enemigos. Fragmento de su respuesta: «Se notaba que el chico estaba desequilibrado. Se pasó meses siguiéndola a todas partes —presentaciones, charlas, ponencias...—, siempre estaba ahí. Ella insistía en quitarle importancia, aseguraba que era inofensivo. Hasta que un día la acorraló en un ascensor y no la dejó salir».

—Lo que el asistente personal de la escritora te contó es cierto. Raúl Cobo Agüero fue detenido en febrero de 2016 por encerrarse en el ascensor de un hotel durante más de diez minutos con la víctima. El propio Lapedriza le puso una denuncia por acoso... y la retiró al día siguiente —añade Betina—. Raro, ¿no?

El asistente explicó a Carol que acabó retirando la denuncia por petición expresa de la escritora. Después de aquello, el tal Raúl siguió asistiendo a todos los eventos cercanos a Málaga en los que Abril participaba, pero se mantenía a distancia. Cuando Carol le preguntó por qué creía que había cambiado el comportamiento del acosador, Lapedriza respondió que no tenía ni idea.

—Betina, ¿has podido localizarlo?

—Lo siento, ya no vive en la dirección que figura en su DNI. Pero tiene una cuenta de Facebook activa y no del todo privada.

—Benditas redes sociales.

—En realidad, no son tan buenas noticias. Lleva cerca de dos años y medio sin utilizarla.

—Más o menos desde la fecha en que empezó a seguir a la escritora —apunta Carol—. ¿Y no hay nada que pueda servirnos?

—Según su biografía, se unió a Facebook en septiembre de 2010, es estudiante de Medicina en la Universidad de Málaga y... El resto está en blanco. Sí que hay varias fotos en las que se lo ve bien.

—Algo es algo. Envíame las imágenes. Diré a Hernández que se pase por la facultad en cuanto acabe lo que está haciendo. Y vete a por el móvil. Mándame un mensaje si encuentras algo importante. —Cuando la inspectora hace una pausa para organizar sus ideas y decidir si puede dar por zanjada la conversación, ve a Julia Moll acercándose a ella, por fin, con el móvil lejos de la oreja—. Betina, tengo que colgar. Llama tú a Hernández para explicarle lo de ese chico, Raúl Cobo.

—Disculpe, mi teléfono no ha dejado de sonar desde que se hizo pública la noticia —explica la agente literaria a su llegada a la mesa. Los rasgos de su cara dibujan un efímero gesto de profunda tristeza que, de inmediato, es barrido por una sonrisa un tanto desquiciada. Antes de tomar asiento, eleva el brazo para llamar al camarero—. ¿Te importa que te tutee?

EL PUZLE DE LA AGENTE LITERARIA

¿Por qué no se larga? ¿Por qué no manda a tomar por culo a Julia Moll de una vez por todas? Si lleva bien las cuentas, la agente literaria está atendiendo ahora su quinta llamada importante y, por alguna razón, la inspectora aún no la ha dejado plantada. En cualquier otra situación, con cualquier otra persona, no habría aguantado ni la mitad de esta... ¿falta de respeto? ¿Ausencia total de interés por la muerte de alguien cercano? ¿Indiferencia pura y dura?

Necesita un respiro y no se le ocurre un mejor refugio que el aseo.

Carol cierra con el pestillo la puerta y se queda plantada frente al espejo. Tiene los ojos hundidos por el cansancio, la cara llena de pecas tras el baño de sol y su trenza, medio deshecha, parece un nido de espigas. Le vendría bien una ducha de agua fría para eliminar la pátina pegajosa que cubre su piel. Y para calmar los humos que le nublan la cabeza.

Lleva en la terraza de este hotel una hora y cuarto, setenta y cinco largos y calurosos minutos de los que apenas ha invertido diez en hablar con la agente literaria de Abril Zondervan. Hasta ahora sólo ha podido averiguar que su relación laboral empezó en 2004, que no solían verse o hablar con frecuencia cuando Abril no estaba inmersa en una obra, que llevaba sin tener contacto con la escritora desde la entrega de su último manuscrito y que cuenta con una buena coartada: ha pasado sus últimos veinte días en el Caribe, en uno de esos *resorts* de pulserita. No tiene ni idea de quién podría querer hacer daño a una mujer como Abril, pero sí que está convencida de que su muerte no fue un suicidio. «Si la hubieras conocido, sabrías que para ella el suicidio no era una opción», ha sido su seca respuesta cuando la inspectora le ha preguntado cómo podía estar tan segura.

Carol abre el grifo y deja que el agua corra unos segundos. Luego se quita la amplia camiseta de algodón, de un blanco envejecido por el uso, y la estrecha faja negra de la que cuelga su HK a la altura de la cintura, un artilugio algo incómodo pero que le permite llevar oculta el arma bajo la ropa. Deja ambas cosas sobre el extremo de la encimera del lavabo y pone las manos debajo del chorro de agua. A continuación, empieza a refrescarse el torso con las palmas, evitando mojarse el sujetador. Nuca, brazos, pecho, abdomen... Esquiva con la mirada las cicatrices, pero las yemas de sus dedos las localizan sin querer: una en el hombro izquierdo, otra en el vientre. Huellas imborrables de sus tres muertes. Tres. En apenas unos instantes.

—¿Qué es lo que no cuadra? —se cuestiona, esta vez en voz alta, justo antes de humedecerse la cara.

Piensa en Julia Moll, en las incoherencias de su personaje, en su forma, casi aberrante, de cambiar de registro comportamental. Del papel de agente literaria agresiva y oportunista, capaz de cerrar en tiempo récord negociaciones multilingües, al de amiga del alma que recorre, con una perfecta mezcla de júbilo y ternura, sus mejores momentos con Abril y que se enfrenta a su muerte con ataques impredecibles de histérica tristeza.

Esa mujer es como un puzle cuyas piezas no encajan.
Inconsistente.
Impredecible.
Y, sin embargo, auténtica. De un modo que la inspectora no es capaz de explicar.

Un perfil complejo e incongruente que la tiene fascinada e irritada a partes iguales. Por eso no se ha ido todavía. A pesar de que su instinto le dice que Julia no va a aportar pistas que la ayuden a resolver el homicidio de Abril, no piensa marcharse sin encontrar la pieza maestra de su rompecabezas.

Aún con las manos húmedas, Carol deshace la trenza y se desenreda el pelo con los dedos. Luego manipula su larga melena castaña y se la recoge en un moño alto improvisado. Cuando va a coger la camiseta y la pistola, el móvil empieza a vibrarle en el bolsillo trasero de los vaqueros. Descuelga sin mirar en la pantalla quién la llama.

—Carol Medina.

—Vaya, vaya, inspectora. ¡Por fin das señales de vida! —La voz de la Hiena suena al otro lado tan desagradable como siempre.

—Hola, Hernández. Me pillas en medio de algo, ¿puedo llamarte en un rato o es importante?

—No, tranquila. Mientras tú acabas con ese «algo», yo

me tomo un café con vistas al mar. Por cierto, creo que estoy viendo a alguien a quien conoces. ¿Cómo se llamaba? Ah, sí. Moll. Julia Moll. —Su voz aguardentosa entona el nombre de la agente literaria como lo haría el mismísimo 007.

—¿Estás en el hotel? —pregunta Carol, irritada.

—Pues sí, aquí ando, disfrutando del solecito.

—¿Y no se te ha ocurrido llamarme primero?

—Venga, inspectora, no te enfades, que ya he hecho todos mis deberes —explica con sorna la Hiena—. Betina me ha dicho que andabas por aquí, así que se me ha ocurrido darte una sorpresa e invitarte a un café antes de ir a hablar con nuestro sospechoso.

Se lo tiene bien merecido. Lo único que la inspectora ha hecho desde que se enteró esta mañana de que Hernández iba a formar parte de su equipo ha sido encargarle trabajos lo más alejados posible de ella: interrogar a los comerciantes del Muelle Uno por si alguno de ellos vio allí a Abril el día diecisiete, visitar la finca de la escritora y sus alrededores en busca de testigos que pudieran haber visto algo extraño, seguir el rastro del acosador desde la facultad de Medicina hasta donde lo llevara... Y si Carbonero no hubiera sido tan eficiente, también lo habría mandado al Instituto de Medicina Legal para desbloquear el móvil de la escritora.

—¿Has localizado al tal Raúl?

—Pues claro, inspectora. Te he mandado toda la información en un archivo de texto.

—Espera, estoy en el aseo... Salgo dentro de un momento —dice Carol mientras acaba de ceñirse a la cintura la funda de la pistola, para, acto seguido, ponerse la camiseta.

El puzle de la agente literaria va a tener que esperar.

GRILLETES DE LAZO

Fuera, el día sigue vibrando. Aquí dentro, en cambio, parece reinar una noche perpetua. A la izquierda del local, la tenue luz del techo se derrama con timidez sobre una hilera de mesas altas y banquetas maltrechas que aguardan, vacías, a que alguien las llene de vida. A la derecha, la larga barra de madera, deslucida por años de codos y jarras de cerveza, languidece ante la ausencia de clientes. Hernández saluda a la inspectora desde el extremo más alejado de la puerta. Su móvil descansa junto a una copa vacía y un plato con una montaña amorfa y amarillenta que parece ser una tapa de ensaladilla rusa. Málaga está plagada de lugares como éste. Para Carol no son más que bares rancios con aroma a bayeta sucia y a cocina llena de años de grasa. Para muchos otros, tanto extranjeros como nativos, son rincones familiares donde los delantales desgastados y las camisas, finas como papel de fumar tras miles de lavados, representan el verdadero significado de la tradición.

—¿Cerveza? —pregunta el subinspector.

—Sin alcohol.

—¿Sin alcohol?

—Estamos trabajando —responde Carol, evitando así tener que explicar el efecto soporífero que le produce el jarabe de malta.

—Está bien —acepta él de mala gana—. ¡Dos jarras de cerveza sin alcohol y una tapa de queso! —pide a la camarera—. Métele a la ensaladilla, que te estás quedando en los huesos.

—¿Está aquí? —pregunta Carol al tiempo que aparta el plato.

Cuando la Hiena afirmó por teléfono haber encontrado al acosador de la escritora, omitió decir que el chico no estaba en un lugar concreto del mapa, sino en algún punto indeterminado de los cuatrocientos ochenta mil metros cuadrados que ocupa el centro histórico de la ciudad. Y lo mejor de todo es que sólo contaban con una pista de dudosa fiabilidad para dar con él: «Durante el verano, Raúl trabaja en la taberna de su tía para pagar la matrícula de la universidad». La fuente: una antigua compañera de clase con la que Hernández se había topado por casualidad. El motivo de la dudosa fiabilidad: además de eso, la chica explicó que Raúl no había aparecido por la facultad en todo el año lectivo. Resultado: cerca de cuatro horas de caminata por el casco histórico de Málaga en busca del local de la tía del acosador.

—Trabaja aquí —especifica el subinspector mientras se hurga una muela con un palillo de dientes—. La camarera casi no lo conoce porque es nueva. Sólo lleva trabajando en el local una semana, pero está casi segura de que el que sale en las fotos es el tío raro que entra en el turno de las diez.

Carol mira la hora. Las nueve y veinticinco. Treinta y cinco minutos en compañía de la Hiena. ¿Acaso puede pedir más? Cuando les sirven las cervezas y la tapa de queso, se trasladan a la mesa del fondo del local.

Jarra y media después, a Carol han dejado de resultarle aberrantes los rasgos de su colega. Ahora sólo le parecen inquietantemente desagradables, lo que puede ser síntoma de dos cosas. Una: la cerveza no era sin alcohol. Dos: del mismo modo que las fosas nasales acaban acostumbrándose a un olor repugnante, sus ojos se han acomodado a la imagen del tipo con fisonomía de cilindro y cara imposible que no para de engullir cerveza y escupe restos de frutos secos mientras cuenta a la inspectora batallitas de tiempos pasados en los que al cuerpo únicamente entraban «policías de los de verdad». En este rato, Carol no sólo ha podido certificar la misoginia del subinspector, sino que además ha intuido niveles considerables de xenofobia en sus venas y se ha dado cuenta de que, aparte de tener el grado de experto sacando de quicio a todo aquel que se pone a su alcance, también se lo pasa en grande tergiversando conversaciones que en realidad le dan igual.

Carol respira hondo y mira la hora. Las diez y veinte.

El tal Raúl no va a aparecer.

—Esta tarde he descubierto algo curioso —comenta la Hiena.

La inspectora prefiere no preguntar, por si vuelve a la carga con sus chanzas de viejo amargado.

—¿No quieres saber lo que he descubierto?

—Estoy segura de que vas a contármelo de todas formas.

Hernández le dedica una de sus mejores sonrisas de dientes grandes y amarillos y asiente.

—¿A que aún no sabes lo que significa el apellido Zondervan?

Su pregunta activa de inmediato la atención de Carol, ahora que ya sabe, por boca de la agente literaria, que el padre de Abril no existe, que lo único que la escritora llegó a averiguar sobre él era su origen holandés. «Solía viajar a los Países Bajos a menudo en un intento de comprender esa mitad de sus raíces», le ha explicado Julia Moll en el hotel durante una de sus brevísimas charlas entre una llamada y otra. El subinspector se percata del interés de Carol y permanece en silencio una buena colección de segundos para crispar su impaciencia.

—¿Me lo cuentas o no?

—Sin apellido —responde él, satisfecho.

—¿Cómo?

La inspectora intenta mantener la mirada en los ojos del subinspector, pero no puede evitar fijarse de cuando en cuando en el pegote húmedo y blanquecino, mezcla de saliva y cacahuetes masticados, que su compañero tiene en la comisura de los labios.

—Lo que oyes, sin apellido —repite él, que de pronto parece notar el tropezón y lo recoge con la lengua—. La verdad es que los holandeses tienen más sentido del humor del que pensaba. Por lo que he leído, en los Países Bajos no existían los apellidos hasta la llegada de Napoleón. Antes de la ocupación francesa, la gente se conocía por el lugar del que venía o por su oficio, algo así como «Segismundo el Panadero», pero eso acabó cuando llegaron los gabachos a su tierra y se pusieron a intentar censar a la población para poder cobrarles impuestos. ¿Cómo iban a hacerlo si no eran capaces de identificar en condiciones a nadie? Pues muy fácil, obligaron a todo el mundo a ponerse un apellido. Y los holandeses obedecieron, ¡vaya si lo hicieron! Pero usaron las palabras más absurdas de su idioma.

—¿Como cuáles?

—Mira a nuestra camarera. —Carol obedece y vuelve la cabeza hacia la barra, donde la chica limpia con esmero la superficie—. Ella podría haber usado el apellido Borst.

—¿Qué significa?

—¡Pechugona! Jajajajaja...

Hernández se ríe de su propia broma, abriendo mucho la boca y moviendo todo el cuerpo en bloque. «Graciosísimo», piensa Carol, que aguarda a que al subinspector se le desinfle la carcajada. Al cabo de unos segundos, él prosigue con la explicación entre coletazos de risa y tos.

—Hay un montón de apellidos de lo más interesantes. Rotnensen, que significa «fétido», o Zondervan, que significa «sin apellido». Y yo en este momento creo que voy a empezar a llamarme Jaime Piest.

—¿Por qué?

—Porque me hago pis —responde Hernández antes de explotar en una nueva carcajada. Luego se apea del taburete y va directo al baño.

«Sin apellido», repite Carol en su cabeza. ¿Por qué sintió Abril la necesidad de inventarse un padre en Holanda? ¿Por qué hizo creer a Lapedriza que solía visitar a ese padre imaginario con frecuencia? Carol más que nadie sabe lo que significa crecer sin padres; no obstante, es incapaz de ponerse en el lugar de Abril, tan solo puede intuir lo duro que tuvo que ser para ella crecer sin un referente real, sin alguien que la cuidara y la quisiera de verdad. Alguien como Max.

—Detrás de ti —anuncia la Hiena a su regreso.

Carol estaba tan absorta en sus pensamientos que no ha reparado en que su objetivo acaba de entrar en escena. Veintidós años. Alto, moreno, bien parecido. Pero ¿seguro que es el chico que buscan? Sí, no hay duda, es el de las fotos. Sin embargo, hay algo en él que rompe la armonía de la instantánea que la inspectora ha estado ojeando en el móvil, algo que, más bien, la congela. Movimientos lentos, cuello y hombros inclinados hacia delante, músculos faciales relajados, párpados pesados. La inspectora esperaba encontrar cualquier cosa menos a un yonqui.

—¿Cómo quieres que lo hagamos? —pregunta Hernández, que, por primera vez desde que Carol lo conoce, parece dispuesto a recibir sus órdenes. Puede que él también se haya quedado desconcertado.

—Vamos a esperar un poco —indica la inspectora. Necesita observar al chaval, descubrir lo que no cuadra.

A continuación, todo es demasiado extraño.

Ambos observan a Raúl con atención. Mientras se pone el delantal tras la barra. Mientras acude a atender una mesa en el otro extremo del local. Mientras anota con lentitud la comanda. Mientras sirve varias jarras de cerveza a un grupo de turistas. Mientras entra a la cocina a por un par de raciones.

Carol no sabe en qué momento Raúl se ha dado cuenta de que dos personas lo siguen con la mirada.

Raúl se pone nervioso. Raúl intenta disimular, haciendo como que continúa con su trabajo. Raúl no despega su atención de la mesa del fondo. Raúl dice algo en voz baja. Raúl seca unos vasos y los coloca en su sitio. Raúl gesticula nervioso, se frota la cabeza y la cara con ambas manos. Raúl sigue hablando solo. Raúl camina hacia el extremo de la barra más cercano a la salida. Raúl se dirige hacia la puerta. Raúl avanza volviendo la cabeza repetidas veces.

Raúl sale.

Carol resopla.

—¿Llevas grilletes de lazo? —pregunta con urgencia a Hernández.

Él se los lanza por encima de la mesa y la inspectora corre hacia la calle.

¡ALTO, POLICÍA!

Martes. Veintidós de agosto. Comisaría Provincial de Málaga.

La inspectora camina por los estrechos pasillos de Judicial con el rostro cariacontecido. Ha vuelto a cagarla, pero no tiene ni idea de por qué. Tampoco está segura de que exista un modo de solucionarlo.

—Medina —responde como una autómata al teléfono.
—Buenos días, Carol.

La voz de Betina suena en dos sitios a la vez: el auricular y el despacho que la inspectora está a punto de rebasar a su derecha.

—Espera, estoy llegando —dice ella. Cuelga el teléfono antes de asomarse a la puerta—. ¿Alguna novedad? —pregunta antes de entrar.

La agente está sentada a su mesa, detrás del monitor del ordenador. Lleva el pelo recogido en dos coletas que le dan un aire demasiado infantil y una camiseta estampada que recuerda a la Casa de la Pradera.

—Vaya cara que tienes. ¿Te encuentras bien?

«Estoy a punto de vomitar un charco de angustia y desidia», confiesa la inspectora en el interior de su cabeza.

—Estoy bien —dice con sequedad, no tiene ganas de dar explicaciones—. Cuéntame qué tienes, voy con prisa.

—Sí, perdona —responde Betina, visiblemente incómoda con la actitud de Carol—. El número con el que la víctima intercambió varias llamadas el jueves diecisiete y el viernes dieciocho pertenece a una empresa de transportes.

Es todo lo que había en el móvil. Ni mensajes de WhatsApp, ni e-mails recientes. Sólo varias llamadas, dos salientes y una entrante, de un móvil sin identificar. Frustrante. Es como si Abril hubiera apagado su vida las semanas previas a su muerte. La única esperanza de la inspectora residía en ese número de teléfono.

«Una empresa de transportes», piensa.

Carol permanece unos segundos en silencio. Por el intrincado laberinto de su mente pasan de forma fugaz las marcas de dedos enguantados que aparecieron en la casa de Abril Zondervan durante la inspección técnico-policial. La idea de que la escritora podría estar escondiendo algo vuelve a cobrar forma durante unos instantes, pero la inspectora decide guardarla en un cajón por ahora. En este momento, algo mucho más importante requiere toda su atención, así que decide delegar la tarea.

—¿Ha llegado Hernández?

—No lo he visto.

—Pues localízalo y dile que te acompañe a la empresa de transportes. Averiguad todo lo que podáis sobre esas llamadas —ordena—. Y mantenedme informada.

Se despide de Betina con un escueto «Luego nos vemos» y retoma su camino, aquejada del incesante vapuleo que la culpa y el desconcierto están infligiendo a sus entrañas. ¿Qué fue mal con Raúl Cobo? ¿Qué hicieron Hernández y ella la pasada noche? Carol se devana los sesos tratando de comprender la situación.

El chico salió corriendo del local.

Ella fue tras él.

—¿Tienes las llaves del coche? —oye decir a su espalda.

Carol vuelve la cabeza. Ovejero, Celada y el joven policía con cara de Billy Elliot caminan en su misma dirección con pasos ágiles.

—Hola, jefa —la saluda Celada, con todo el buen humor que lo caracteriza, cuando el grupo la alcanza—. Parece que tenemos un regalito en el IML.

—Unos chavales han encontrado esta madrugada en la playa una mano de varón que puede pertenecer al cadáver de la maleta —explica Ovejero, tan correcto como siempre, antes de que a la inspectora le dé tiempo a preguntar.

El novato parece emocionado. Su primer caso de verdad como inspector al mando, ese que *a priori* parecía un callejón sin salida, puede haberse reactivado de repente.

—Si es así, tendréis por fin un nombre —advierte Carol, que no puede evitar sentir cierta envidia hacia ellos. En este momento preferiría estar en su lugar.

—Exacto —coincide Celada—. ¿Qué tal tú con el caso Zondervan? —se interesa el subinspector, que se ha quedado un poco rezagado de su equipo.

—No muy bien por ahora —admite Carol.

—¿Necesitas hablar?

La inspectora niega con la cabeza.

—No te preocupes, estaré bien —miente.

Celada la coge por el antebrazo indicándole que se detenga.

—Estoy para lo que necesites —la avisa—. Lo sabes, ¿verdad?

Ella se queda cortada, algo impresionada por la repentina intensidad que acaba de descubrir en la mirada de su compañero.

—Lo sabes, ¿verdad? —repite él, imprimiendo la misma seguridad a sus palabras.

Por primera vez desde su llegada a la comisaría, Carol se asoma sobre el muro que levantó hace más de un año para protegerse de todos y de todo y lee con atención a Valentín Celada. En las últimas semanas, su actitud con ella ha cambiado. Está más presente. Más atento. Más inclinado a escucharla. Más dispuesto a acompañarla.

«Basta. No sigas», se ordena en silencio.

No es el mejor momento para esto.

—Lo sé —contesta ella al fin—. Pero, en serio, estaré bien. Y ahora vete a por esa mano. Puede que os ayude a resolver el caso. ¡Quién sabe!

Celada asiente. Luego da media vuelta y echa a correr para alcanzar a Ovejero y a Joaquín.

—¡Medina, te invito este viernes a una cerveza! —exclama a lo lejos, antes de perderse al fondo del pasillo.

—¡Me lo pensaré! —responde Carol, sabiendo que no hay nada que pensar. Hace tiempo que se prohibió a sí misma confraternizar con los compañeros del trabajo y, por mucho que puedan atraerla el carácter y el físico de Celada, él no será una excepción.

Su móvil vuelve a vibrar. Es un mensaje de Sonsoles Martín. La espera en la puerta principal de la comisaría.

—Maldita sea —se queja.

La psiquiatra llega diez minutos antes y, por culpa de las interrupciones, la inspectora no tendrá tiempo de pasar por el calabozo para comprobar cómo va la cosa.

De nuevo, regresa a su mente la noche anterior. Recuerda el veloz golpeteo de sus zapatillas contra el suelo. Recuerda la potente vibración de su garganta mientras gritaba «¡Alto, policía!». Recuerda a los viandantes, apartándose a uno y otro lado de las estrechas calles. Recuerda las distancias, cada vez más cortas, entre ella y su objetivo. Recuerda el rítmico sonido de los pasos del chico, ahogado por sus alaridos. Recuerda su camisa, hinchada por el aire.

¿Cuánto tiempo duró la persecución?

¿Veinte segundos?

¿Cinco minutos?

Todo acabó con un manotazo de Carol en la espalda del chico y un fuerte impacto contra el suelo.

La inspectora sacude la cabeza para borrar las últimas imágenes de la noche y se apresura hacia la salida de la comisaría con la esperanza de que Sonsoles Martín la ayude a entender qué le ocurre a su detenido.

NO SE MUEVE

Cincuenta y tantos años. Pelo negro muy corto, mirada oscura y penetrante. Camisa de seda blanca, pantalones de pinzas de color gris cuyo corte marca la amplitud de sus caderas. Zapatos de cordones, rojos, a juego con el cinturón. No parece nerviosa. Más bien expectante. También algo suspicaz.

—¿Doctora Martín? Soy la inspectora Medina. Siento el cambio de última hora, pero necesitamos su ayuda aquí.

Carol había quedado con la psiquiatra en una cafetería discreta del centro. Intuía que la conversación entre ellas no iba a ser fácil, por eso había pensado que alejarla del ambiente policial le facilitaría las cosas.

—¿Para qué me necesita?

—Sígame. Se lo explico por el camino.

Carol intenta ganar algo de tiempo preguntando a la psiquiatra por el viaje y el hotel, mientras acumula y organiza las palabras que necesita para explicarle lo que va a encontrarse en unos segundos. Sonsoles le sigue la corriente hasta que empiezan a descender por la escalera que lleva a los sótanos de la comisaría.

—¿Adónde vamos? —pregunta.

—A los calabozos —responde la inspectora—. Verá, necesitamos que examine a un detenido.

—¿Por qué? ¿Es que no tienen psiquiatras en el Instituto de Medicina Legal de Málaga?

Carol se detiene en uno de los escalones y mira atentamente a la doctora Martín antes de volver a hablar. Su piel, tan fina y clara como el papel de fumar, está surcada por numerosas líneas de expresión, especialmente profundas en la frente y sobre el labio superior.

—Anoche un compañero y yo fuimos en busca de un sospechoso y...

—¿Un sospechoso del asesinato de Abril? —Sonsoles muestra un súbito interés.

Carol asiente.

—En principio, sólo pretendíamos hacerle unas preguntas, pero se puso nervioso y salió huyendo.

—Así que lo detuvieron —añade la psiquiatra.

Carol se aparta para dejar pasar a un agente uniformado. Se siente como una cría pequeña que está confesando una trastada de las gordas.

—Sí, ha pasado la noche aquí.

—Y me necesitan porque...

—El chico tiene un comportamiento extraño.

La inspectora reemprende el descenso por la escalera y al ver que un compañero introduce la clave que abre la puerta del calabozo avanza con prisa para que no se le cierre.

—Defina «extraño», inspectora —le pide la psiquiatra, elevando la voz a su espalda.

—No se mueve —admite Carol, con todo el peso de la culpa en las tripas, mientras sostiene la puerta blindada para dejar pasar a la doctora. Esa mañana reina un silencio desacostumbrado en el lugar.

—¿Desde cuándo no se mueve?

—No lo sabemos con certeza. El agente de guardia dice que estuvo murmurando y llorando sin parar hasta eso de las doce. Luego dejó de oírlo, así que pensó que se había dormido.

—¿Por qué está aquí? —pregunta la psiquiatra con un toque de inquietud en la voz. Por alguna razón, parece intuir la respuesta.

—El asistente personal de Abril nos contó que el chico la acosaba.

El gesto de Sonsoles se inunda de alarma.

—¿Es Raúl Cobo el que está ahí dentro?

A Carol la pregunta la coge por sorpresa.

Asiente nerviosa.

—Sólo queríamos hablar con él —se excusa—. Le juro que no entiendo lo que ha pasado. Todo fue demasiado... ¿Lo conoce? —inquiere la inspectora cuando se da cuenta de lo insólito de la situación.

—Es uno de mis pacientes y, dado que el viernes pasado tuvimos una sesión en mi consulta de Madrid, estoy en posición de afirmar que Raúl no es la persona que buscan —afirma la psiquiatra con una contundencia aplastante en la voz—. Fue Abril quien me mandó al chico. Ella corría con todos sus gastos —añade, como adelantándose a una posible pregunta de la inspectora.

Carol cierra los ojos un instante y respira hondo antes de enfrentarse de nuevo al gesto inquisitivo de la psiquiatra.

—Lo siento, no... No tenía ni idea. Lapedriza...

—Olvídese ahora de eso y lléveme hasta él.

La inspectora guía a Sonsoles hasta la celda donde se encuentra Raúl Cobo y solicita que la abran. Cuando se dispone a acompañarla al interior, la mujer levanta la mano con autoridad.

—Déjenos a solas. Su presencia no va a hacerle ningún bien.

Carol acepta la imposición y se queda junto a la puerta de acero para escuchar lo que ocurre dentro.

—Raúl, soy Sonsoles. ¿Me oyes? Raúl, ¿cómo te encuentras? ¿Te han hecho daño? Raúl, escúchame, todo va a ir bien. Voy a encargarme de ti.

Unos minutos después, la psiquiatra sale del cubículo de hormigón visiblemente furiosa. Carol aguarda en silencio a lo que tenga que decir.

—Va a haber que ingresarlo.

—¿Qué le ocurre?

—No sé cómo lo han hecho, inspectora, pero le han provocado un estado catatónico.

UNA GRAN RESPONSABILIDAD

Estómago, diafragma, músculos abdominales... La primera contracción violenta llega justo en el instante en que Carol se inclina sobre la taza del váter. El vómito arde en su garganta y en sus fosas nasales, la deja sin respiración un buen puñado de segundos y, mientras su torso y su cuello colapsan con las arcadas, sus ojos y sus oídos, inyectados en sangre, parecen a punto de explotar.

Un móvil suena en alguna parte del aseo. Es el suyo, ha debido de caérsele durante la carrera. Quienquiera que esté llamándola va a tener que esperar a que el desayuno de la inspectora se vaya por el desagüe, junto con una parte del estrés y la ansiedad que se acumulan en su pecho desde hace demasiado tiempo.

Un rosario de flashes acompaña cada una de las convulsiones. El instante en que la inspectora y Raúl Cobo caían aparatosamente contra el suelo. El momento exacto en que, en medio de los gritos y los lloros del muchacho, Carol sujetaba sus lánguidas muñecas y las inmovilizaba con los grilletes. «¡No volveré a hacerlo! ¡Lo juro!» ¿Qué era lo que se suponía que no iba a volver a hacer? La imagen del joven, mudo, estático, con la mirada perdida en las paredes del oscuro calabozo.

Minutos después, parece que la tormenta ha pasado. Carol se levanta, pulsa el botón de la cisterna y se dirige, aún jadeando, hacia el lavabo. Se encuentra un poco mejor. Sólo un poco.

Piensa en la escueta y complicada explicación de la psiquiatra.

«Esquizofrenia paranoide.»

«Manía persecutoria.»

Al parecer, Carol y su compañero habían alimentado con su actitud vigilante una de las obsesiones recurrentes del chico. Por supuesto, en virtud de la confidencialidad médico-paciente, Sonsoles no ha dado ningún detalle sobre esa obsesión.

—Joder —se queja, reprimiendo una nueva arcada.

Si fuera una mujer al uso, llevaría un bolso con todo lo necesario para adecentar su aspecto después de lo ocurrido. Pero no lo es, así que se conforma con sonarse los mocos con un trozo de papel higiénico y con enjuagarse la boca para disipar el desagradable sabor a jugos gástricos que emerge desde su esófago. Luego localiza su móvil en la entrada del aseo y se acerca a cogerlo. La pantalla se ha salvado de milagro.

Mira la hora.

Las doce y media.

Era Hernández quien llamaba.

Sale del aseo con las piernas tambaleantes y se dirige

hacia el despacho en el que se supone que han instalado el centro de operaciones del caso Zondervan, un pequeño espacio de color beige cuyo mobiliario se reduce a una mesa redonda con cuatro sillas, una pizarra magnética más aparatosa que útil, un teléfono que funciona cuando quiere y un triste y anticuado ordenador sobre una diminuta mesa situada en la esquina opuesta a la de la puerta. El cuartucho es tan poco operativo que la inspectora y su equipo lo usan más como rincón de descanso mental que como centro de trabajo.

Una vez allí, se sienta, inclina el torso sobre la mesa y usa el brazo izquierdo como almohada mientras localiza con la mano derecha el contacto de Hernández para llamarlo.

Villalba entra en la sala en el instante en que la inspectora pulsa la tecla verde.

—Carol, ¿podemos hablar? —pregunta el jefe de grupo.

—Dame un minuto —responde ella sin levantar la cabeza. Aún sigue mareada y teme volver a vomitar si se mueve demasiado.

La Hiena responde al tercer toque.

—Te echo de menos, inspectora —confiesa a modo de saludo—. No se lo digas a Betina, pero la pobre es un poco paradita. Le falta tu garra, tu fuerza... Y sobre todo esa cara de malas pulgas con la que me miras.

—Hernández, ahora mismo no estoy para gilipolleces, así que ve al grano.

—¿Lo ves? Esto con la señora Happy Flower no lo tengo.

—Hernández...

—Está bien, está bien. Pero antes de nada... ¿cómo está el chaval?

La voz de la Hiena ha cambiado de repente. Carol recuerda su reacción la noche anterior. Él llegó cuando la inspectora ya había inmovilizado a Raúl Cobo, con la cara como un tomate y la respiración agitada y espesa, dispuesto a soltar una de sus bromas pesadas. Pero, en lugar de eso, se quedó mirando al chico unos segundos y dijo: «Sólo es un crío asustado, joder». Luego escupió sobre la acera un buen charco de flemas y cogió el teléfono para pedir el apoyo de un zeta.

—Se lo han llevado a salud mental, estará ingresado en la planta de agudos hasta que se encuentre mejor.

«Hasta que se encuentre mejor», la inspectora se ha limitado a repetir las palabras de Sonsoles Martín sin tener ni idea de qué significan.

—Pobre muchacho —se lamenta Hernández, para sorpresa de Carol.

Después de todo, parece que la Hiena tiene corazón, del tamaño de una lenteja, pero un corazón al fin y al cabo.

—¿Qué sabemos de la empresa de transportes? —cambia de tema la inspectora, que no quiere seguir pensando en Raúl.

—Algunas cosas interesantes.

Silencio.

—¿Y bien?

—¿No me lo vas a pedir «por favor»?

Carol cuelga el teléfono, harta de los irritantes e infantiloides preámbulos de la Hiena.

—¿Qué te ha contado?

Ahora se yergue para mirar a Villalba. Está bajo el marco de la puerta, ocupando con su envergadura casi todo el hueco, y sujeta entre las manos un periódico enrollado.

—Todavía nada. Volverá a llamar enseguida —responde Carol, extrañada porque su teléfono no haya sonado ya.

—Tienes mal aspecto. ¿Te encuentras bien?

—Sí, sólo necesito un momento para reponer fuerzas.

—¿Desde cuándo no duermes?

La inspectora no piensa responder a la pregunta. Si lo hace, si cuenta a su jefe de grupo que sus tres muertes y la escritora se han puesto de acuerdo para arruinar todas sus noches y que durante el día se desorienta y sufre breves episodios de pánico y sudores fríos, obtendrá a cambio un consejo que en ese momento no necesita. Ella ya sabe que debería solicitar apoyo psicológico. Incluso se atrevería a poner un nombre a lo que le ocurre: TEPT, trastorno por estrés postraumático. Pero aún no está preparada para reconstruir en voz alta lo ocurrido aquel día. Simplemente no puede. Además, se niega a compartir con un desconocido el secreto que Gabriel y ella habían guardado con mimo durante meses. Nadie tiene por qué enterarse a estas alturas de que eran mucho más que simples compañeros.

—Creo que el desayuno no me ha sentado bien —improvisa, aún afectada por un incómodo vértigo.

El teléfono suena de nuevo. Es Hernández.

—Adoro el buen rollo que hay entre nosotros —bromea el subinspector cuando Carol responde.

—Si quieres, vuelvo a colgar.

—No va a ser necesario, inspectora. He tardado en llamarte porque hemos estado hablando con el tipo de la empresa de transportes que fue a recoger un paquete a casa de la escritora el mismo día dieciocho, a eso de la una y media de la tarde.

Carol pone el manos libres y deja el móvil sobre la mesa para que Villalba pueda oír también la conversación.

—¿Qué paquete? ¿Quién era el destinatario? —pregunta Carol con urgencia. A esa hora, si la escritora no estaba muerta, le quedaba poco tiempo de vida.

—Al final no hubo ningún paquete.

—¿Cómo que al final no hubo ningún paquete? ¿Está ese hombre aún con vosotros?

—Sí, ahí anda, haciéndole gracietas a Happy Flower.

—Pásamelo.

—Eh, tú, una mujer muy maja quiere hablar contigo —oye decir a Hernández al otro lado de la línea.

Segundos después, una voz diferente se pone al teléfono.

—Que yo no he hecho *ná*, ¿eh? —Por como abre las vocales al hablar, su interlocutor debe de ser granadino, piensa la inspectora.

—Hola, soy Carol Medina, inspectora de la policía judicial de Málaga. ¿Con quién hablo?

—Paco, yo me llamo Paco. Paco Sánchez.

—Encantada de saludarle, Paco. Seguro que mis compañeros ya le han explicado que es muy importante que nos cuente todo lo que sepa sobre el paquete que fue a recoger el viernes pasado a una finca en los Montes de Málaga.

—Pues es que ya le he dicho a estos dos policías que yo sé más bien poco. Me mandaron de la central a recoger un paquete a nombre de una Abril no sé qué y... ¡Hostia, colega! Que es esa tía a la que han matado. ¡La escritora! —Se interrumpe de pronto—. Y yo que no he caído hasta ahora. No veas...

—Paco, no se me despiste —solicita la inspectora—. Le encargaron que fuera a recoger un paquete a nombre de una tal Abril y ¿qué pasó con ese paquete?

—Pues que cuando llegué a la finca llamé por teléfono a esa señora, pero no me lo cogió. Y, cuando ya me iba, salió un hombre por la cancela y me dijo que ya no hacía falta. Me dio cincuenta euros. Por las molestias.

Carol se levanta de la silla dando un bote.

—¿Cómo era ese hombre? —pregunta, notando el latido de su corazón en los tímpanos.

—Pues, yo que sé... Un hombre, así como de unos cuarenta y tantos; ni gordo ni flaco, vamos, normal; con ropa buena...

—Paco, pásele el móvil al subinspector, tengo que hablar con él. —La adrenalina se ha apoderado del torrente sanguíneo de Carol y ha barrido de una pasada su mareo y su cansancio—. Hernández, enséñale las fotos de Ginés Lapedriza.

—Pides tarde, inspectora. Eso ya está hecho.

—¿Y...?

—Y nada. Está seguro de que no era él.

La inspectora golpea la mesa con la mano derecha y siente un fuerte calambre tras el impacto; sus dedos meñique y anular aún no están al ciento por ciento. Si el hombre al que vio no es Lapedriza, puede que fuera el amante de la escritora, el jodido sospechoso fantasma que sigue sin tener ni nombre ni rostro. De pronto la asalta una idea.

—Hernández, traedlo a comisaría. Mientras tú le tomas

declaración, Villalba se encarga de arreglarlo todo para hacer un retrato robot —propone Carol mirando a su jefe de grupo. Él asiente—. Yo voy a avisar a Carbonero. Necesitamos entrar de nuevo en la casa de Abril Zondervan. Con un poco de suerte, el asesino no llegó a encontrar ese paquete.

Justo antes de colgar, Carol recuerda algo importante.

—¡Ah! Y di a Betina que continúe con las grabaciones del Muelle Uno. No podemos jugárnoslo todo a una sola carta.

Después de un par de llamadas más, Carol deja a un lado el móvil y respira hondo. Villalba la observa desde hace un buen rato con semblante preocupado. Aún sigue de pie junto a la entrada del despacho, en todo este tiempo apenas se ha movido.

—Yo iba a decirte que te fueras a casa a descansar, pero visto lo visto...

—Me siento algo mejor. Si te soy sincera, he pasado un mal trago con lo del chico.

—Podría habernos ocurrido a cualquiera.

—Ya... Pero me ha pasado a mí. Y no hago más que darle vueltas a que tendría que haber hecho caso a mi instinto. Se notaba que no estaba bien.

—¿Y qué habrías hecho? ¿Marcharte sin descartarlo como sospechoso?

—No —admite Carol—. Quizá tendría que haber hablado antes con la psiquiatra. O con su tía, la dueña del bar.

—A ver qué te parece este otro «quizá».

—Dime.

—Quizá sea mejor que dejes de dar vueltas a algo que no puedes cambiar y que te centres en los siguientes pasos de la investigación. Si dentro de unos días sigues sintiéndote mal por lo ocurrido, ve a visitar a ese chico y pídele disculpas. Aunque te repito que no has hecho nada malo.

La inspectora dedica a Villalba una sonrisa fugaz. Sólo alguien como él, mucho más interesado en los hechos que en las emociones, podría dar un consejo tan acertado.

—¿Sabes que la psiquiatra me ha comentado que Abril sufrió una crisis de las gordas a finales de julio? —recuerda Carol de repente.

Tras lo ocurrido en los calabozos esta mañana, Sonsoles Martín no ha estado muy comunicativa con la inspectora; sin embargo, sí que le ha contado algo que puede ser importante justo antes de subirse a la ambulancia para acompañar al chico al hospital.

—¿Y ha esperado hasta hoy para decírtelo?

—Secreto profesional, ya sabes —ironiza la inspectora—. El caso es que la escritora estaba tan mal que Sonsoles decidió venir a Málaga para atenderla personalmente. Según me ha contado, sus voces estaban tan descontroladas que la doctora Martín incluso llegó a proponerle que empezase a tomar una dosis baja de uno de esos antipsicóticos modernos. Olan... no sé qué. —La inspectora no recuerda el nombre exacto.

—Entonces sí que se medicaba.

—Pues no. Abril se negó en redondo, así que la psiquiatra se limitó a suministrarle algún que otro ansiolítico y le aumentó la dosis de... —Esta vez, Carol echa mano de su libreta para dar con el nombre adecuado—. Noctamid. Es un hipnótico que la ayudaba a dormir.

—Pero no encontrasteis ninguna caja de ese fármaco.

—Exacto. Un poco raro, ¿no crees? De hecho, según Sonsoles, tendríamos que haber encontrado un frasco pequeño de cristal. Lo tomaba en gotas.

Villalba manipula el periódico enrollado con ambas manos. Luego se sienta a la mesa frente a Carol, tras cerca de veinte minutos aguardando en pie en la entrada del despacho.

—¿Y cuántos días estuvo con ella la psiquiatra?

—Al tercer día, Abril le aseguró que se encontraba mejor y le pidió que regresara a Madrid.

—¿Ella lo hizo?

—Sí. Pero, y ahora viene lo que me ha dejado más mosqueada: Sonsoles me ha contado que se fue muy preocupada. Cuando el taxi llegó a la finca para llevarla a la estación, Abril se despidió de ella de una forma extraña.

—¿Cómo de extraña?

—Le dijo que recaía sobre sus hombros una gran responsabilidad y que, gracias a su visita, se había dado cuenta de que debía obrar en consecuencia.

—Una gran responsabilidad... —repite Villalba, pensativo.

Carol permanece unos instantes en silencio. La charla con su jefe ha logrado reactivar sus aletargadas líneas de pensamiento. ¿A qué responsabilidad se refería la escritora? ¿Una capaz de poner en riesgo su vida? ¿Una susceptible de ser guardada en un paquete y enviada por mensajería? ¿A quién pretendía enviar ese paquete? De pronto, recuerda algo que ha dicho el transportista y que hasta ahora la inspectora había pasado por alto. «¡Hostia, colega! Que es esa tía a la que han matado».

—¿Cómo podía saber el tal Paco que Abril fue asesinada? —se pregunta Carol en voz alta.

—Por eso te buscaba yo. Echa un ojo a *La Opinión de Málaga*. —Villalba desenrolla el diario y lo pone sobre la mesa—. Todos los periódicos del país abren con la misma noticia: ABRIL ZONDERVAN MURIÓ ASESINADA.

UN BUEN PUÑADO DE NADA

—Ya sé que te dije que no volvería a traerte, pero es por un buen motivo, créeme —se disculpa Carol con su viejo MX5 al adentrarse en el tramo sin asfaltar que une la carretera de los Montes con la residencia de Abril Zondervan.

Aunque, siendo sincera consigo misma, su «buen motivo» podría llegar a confundirse con una venganza de tinte infantil. En el parque móvil de la comisaría sólo quedaban dos coches libres, uno para los de la Científica y otro para los de la Judicial. Carol ha cedido amablemente el de la Judicial a su querido compañero Hernández y le ha encargado que pase a recoger a Julia Moll en el hotel para que pueda estar presente en la inspección. Ella no podía acompañarlos porque tenía que desviarse hasta la oficina de Correos de Pedregalejo a por un libro relacionado con el caso. Mientras su pobre MX5 traquetea por culpa de los baches del camino y el libro-excusa *Living with Voices: 50 Stories of Recovery* descansa sobre el asiento del copiloto, la inspectora sonríe con malicia imaginando a Julia y a la Hiena en el pequeño habitáculo del coche, recorriendo juntos los lentos kilómetros de curvas que llevan hasta la finca. ¿Cuál de los dos acabará más desesperado? ¿La incoherente e irrespetuosa agente literaria o el irreverente y tocapelotas subinspector de Seguridad Ciudadana? Sienta bien matar dos pájaros de un tiro.

—Venga, va, que ya estamos llegando —dice, sin saber muy bien si las palabras de ánimo son para el vehículo o para ella misma, pues sabe que Max la mataría si se enterara de que está tratando así a su querido Mazda.

Carol detiene el coche en el mismo lugar de su primera visita y aguarda en el interior hasta que la nube de polvo se posa en el lecho de tierra. Por lo que se ve, es la primera en llegar y, aunque sabe que podría aparcar en la explanada que hay frente a la entrada de la casa porque los de la Científica ya han examinado a fondo los alrededores, prefiere volver a recorrer a pie el camino de grava e ir descubriendo con ojos y oídos alertas todos los detalles que el día dieciocho quedaron ocultos por la oscuridad de la noche. Lo primero que nota al salir del vehículo es que el calor asfixiante ha borrado el fresco aroma de la vegetación y lo ha sustituido por una compleja fragancia: arcilla deshidratada, madera, hojas secas y heces achicharradas por el sol. El verdadero olor de la naturaleza en verano.

Pinos, cipreses, encinas, quejigos... La finca está resguardada por el abrazo de un bosque añejo repoblado. Un manto frondoso que se extiende por la cuenca del Guadalmedina y que protege la ciudad de Málaga de la crecida de sus aguas en época de lluvias, algo que se descubrió, de la peor forma, hace más de quinientos años. Tras la conquista de los Reyes Católicos, los nuevos habitantes de esta zona decidieron arrasar con la vegetación para convertir el lugar en tierra de vinos. Desde ese entonces, las aguas del Guadalmedina anegaron la ciudad cada temporada de lluvias durante más de cinco siglos, hasta que a mediados del siglo XX los malagueños decidieron devolver a estos montes lo que era suyo: los árboles. Hoy los Montes de Málaga no sólo protegen la ciudad de inundaciones, sino que también purifican el aire de gran parte de la provincia.

Y servían de refugio para Abril Zondervan.

—Vamos allá —resopla Carol, que echa a andar haciendo crujir el suelo bajo sus pies.

Al atravesar la cancela sus pasos producen un sonido diferente, más sordo, más hueco. La gruesa grava es aún más blanca de lo que la recordaba, refleja el sol con tanta intensidad que la inspectora necesita entornar los ojos. A ambos lados del camino, los focos solares pasan desapercibidos y el jardín, ordenado, cubierto de césped y arbustos bien podados en los primeros metros, va confundiéndose con la morfología del bosque a medida que se aleja del sendero blanco. Si no fuera por los muros de cipreses que Carol vislumbra a lo lejos, parecería que la finca no tiene límites.

Hay un zeta aparcado frente a la casa principal. Tiene el motor encendido, probablemente por el aire acondicionado.

—Bien —susurra Carol, satisfecha de que Villalba haya atendido su petición de poner vigilancia las veinticuatro horas. Luego se pregunta si los agentes harán algo más aparte de quedarse dentro del coche en ese punto exacto. Deberían echar un vistazo de vez en cuando a los alrededores porque, si la escritora ocultaba algo y ese algo sigue en la finca, es probable que el asesino quiera regresar a buscarlo.

Cuando la separan unos veinte metros del coche de policía, un agente uniformado sale a recibirla. Es un tipo grande, con la cabeza rapada y una perilla a lo George Michael. Carol siempre ha pensado que tiene que ser un coñazo mantener esas delgadas líneas de pelo.

—Buenas tardes —la saluda el oficial.

Su cara le suena, puede que ya se hayan visto en el escenario de algún crimen o que se hayan cruzado en los pasillos de la comisaría; aun así, decide presentarse.

—Buenas tardes. Soy la inspectora Medina, de Judicial. Supongo que ya te han comunicado que venimos a hacer una nueva inspección.

—Sí, estamos al tanto.

—¿Y tu compañero?

—Ha ido al baño —explica, y señala una zona de arbustos. Cuando se da cuenta de que la inspectora no le ríe la gracia, continúa—. Ejem... Está usted en su casa. Si lo necesita, puedo acompañarla.

—No hace falta, gracias. Aún tienen que llegar cinco personas —informa Carol—. Si no te importa, diles que comenzaremos por el edificio que hay al otro lado del puente.

—A sus órdenes —responde el oficial.

La inspectora echa a andar hacia el puente de madera que lleva a la cabaña evitando las baldosas de piedra que marcan el camino. Avanza con la sensación de estar flotando sobre el mullido lecho verde, después de los incómodos pasos por el camino de piedrecitas blancas. Cuando alcanza la pasarela, las tablas de madera chascan bajo sus pies, hartas de tanto sol, y un grupo de libélulas danzan a su alrededor, dejando un halo de colores verdes, azules y amarillos metalizados. Al contrario de lo que había pensado, la charca no está seca, así que supone que debe de tener un aporte externo. Clon. Clon. Clon. Conforme avanza, oye a las ranas saltar de la orilla al agua y decenas de peces de colores, tan grandes como su mano, persiguen su sombra como si aguardaran la caída de algún insecto que llene sus panzas.

Cuando por fin avista la cabaña, semioculta por un par de frondosas encinas, Carol no puede evitar sentir una extraña decepción. Desde que conoció a la escritora ha oído hablar tanto de Holanda que esperaba encontrar uno de esos pequeños edificios, con tablones verdes y contraventanas blancas, tan típicos de los Países Bajos. Lo único que recuerda a una cabaña en la extraña construcción tipo túnel que tiene ahora frente a ella, aparte de la madera que recubre toda su longitud, es su fachada, un polígono de vidrio transparente con forma de casita. No se ve nada del interior, más allá de un diminuto recibidor con una chimenea de pellets, porque unos paneles japoneses, que se extienden del techo al suelo, lo protegen de ojos indiscretos.

—¿A que es impresionante?

Carol se sobresalta al oír la voz de Lapedriza a su espalda. El césped ha debido de amortiguar los pasos de su inesperado acompañante.

—Me alegro de que haya podido venir —dice Carol a modo de saludo.

—Por ahora no tengo más oficio que éste.

En cuanto se organizó con los compañeros de la Científica para volver a entrar en la finca, Carol contactó con Ginés Lapedriza y Julia Moll para que estuvieran presentes en la inspección. Nadie mejor que ellos para detectar si había algo fuera de lugar.

—Cuando el otro día me habló de una cabaña, no fue esto lo que imaginé, la verdad —admite la inspectora.

—Abril la llamaba así —explica Lapedriza, apoyando una mano sobre el lateral del cilíndrico edificio—. Los de Fiction Factory no son muy dados a alterar sus diseños originales —continúa, como si la inspectora supiera quiénes son «los de Fiction Factory»—, pero Abril, tan obstinada como siempre, insistió en incluir algunos cambios estructurales, tanto en el exterior como en el interior. Aumentó el tamaño de las ventanas, añadió contraventanas, modificó el aseo y el dormitorio...

—¿Pasaba muchas horas aquí?

—Si se refiere a ella, todas las horas del mundo. Si se refiere a mí, apenas traspasaba esa puerta. Éste era su rincón, el lugar en el que expandía su mente y se dejaba llevar. —Ginés habla con el ceño fruncido a causa del sol—. Mi tarea, mientras ella permanecía aquí encerrada, era mantenerla lo más sana posible. Me ocupaba de que comiera y de que se acordara de descansar. Sólo me invitaba a pasar cuando atravesaba algún tipo de bloqueo, cuando necesitaba hablar para soltar un poco las ideas.

A la inspectora le resulta difícil imaginar la situación. ¿De verdad es posible evadirse hasta tal punto de la realidad? Aislarse del mundo. Olvidarse de comer. De dormir.

¿No es eso olvidarse de vivir? Si lo piensa bien, es posible que la escritora y ella no sean tan distintas. Es evidente que Carol no experimenta estados alterados de conciencia y que tampoco oye voces; sin embargo, lo que hay dentro de su cabeza, esa bola incandescente de dolor y miedo en la que ha acabado convirtiéndose su pasado, está afectando a todo lo que la rodea, está consiguiendo que, para ella, la palabra «vivir» haya quedado despojada de cualquier significado más allá de respirar, moverse, alimentarse...

—A ella le encantaba. —Lapedriza interrumpe un instante sus pensamientos.

—¿La cabaña? —pregunta Carol sin demasiado interés.

Mientras él le detalla la aventura que supuso instalarla donde está, Carol mira al asistente, asiente cada pocos segundos y continúa analizando los incómodos paralelismos que existen entre Abril y ella. Mujer solitaria y reservada, recelosa de su intimidad, con una vida social tan reducida que ni siquiera podría decirse que tenga vida social. Si ella apareciera asesinada en su casa y su muerte ofreciera tan pocos indicios como la de Abril Zondervan, los investigadores encargados de su caso lo tendrían realmente complicado. Ni red social, ni hábitos, más allá de ponerse hasta las cejas de café para despabilarse, ir a trabajar o inundar sus noches de cerveza para poder dormir. ¿Vicios? ¿Manías? ¿Aficiones? ¿Familiares vivos?

Nada.

Su vida es un buen puñado de nada.

Salvo recuerdos.

—Las llaman Wikkelhouse. —Lapedriza sigue a lo suyo—. Abril descubrió este tipo de casitas en uno de sus viajes a Holanda en la época en la que se planteaba construirse un rincón para escribir.

—Ginés, ¿puedo tutearte? —lo interrumpe Carol de pronto.

—Sí, claro —responde él un poco cortado.

—¿Dirías que Abril era feliz?

El asistente personal de la escritora parece tan descolocado ante la cuestión como la propia Carol. ¿A qué viene esa pregunta? ¿Qué más puede aportarle, aparte de la certeza de que su vida es una puñetera mierda?

—Ejem... Yo creo que, a su manera, sí que era feliz.

—Disculpa, me ha salido de repente —comenta la inspectora algo abochornada. Por suerte, se le ocurre algo más útil para cambiar de tema—. Ginés, Abril contactó con una empresa de transporte el día antes de su muerte para enviar un paquete. ¿Tienes idea de qué contenía o a quién podía ir dirigido?

El asistente se toma unos segundos antes de responder.

—No se me ocurre nada, salvo que quisiera enviar uno de sus libros dedicados. Solía hacerlo a menudo, sobre todo a los escuchadores de voces que fue conociendo a lo largo de los últimos años.

—¿En los envíos aparecía su dirección? —se interesa Carol. Hasta ahora ha dado por sentado que muy pocas personas conocían su lugar de residencia, pero ¿y si estaba equivocada?

—Por supuesto que no —responde el asistente, para alivio de la inspectora—. Solía usar un apartado de Correos como dirección de referencia. De hecho, he pasado por allí esta mañana y estaba hasta arriba de condolencias.

A Carol le viene a la mente la noticia que abre innumerables periódicos tanto dentro como fuera del país, pero decide que no es momento de tocar el tema, no ahora que Ginés está hablando tan relajado con ella.

—¿Tienes ya permiso para enterrarla? —pregunta, conocedora de lo tediosos que son los trámites cuando ha habido un asesinato de por medio—. Supongo que habrá muchos lectores y admiradores que quieran despedirse de ella.

Ginés asiente. Le tiemblan un poco los labios antes de volver a hablar.

—Será Julia quien se encargue de todo. Ella es la depositaria de las últimas voluntades de Abril —explica, algo ajeno a sus propias palabras—. Su incineración tendrá lugar el viernes a las ocho de la mañana. No habrá velatorio ni tampoco entierro. Parece que era lo que Abril deseaba.

—¿Y sus cenizas?

—Por lo visto, deseaba que la convirtieran en un árbol. La meterán en una urna especial y será enterrada en algún lugar de los Montes de Málaga.

Ginés muestra una cara de genuina incredulidad. Todo esto parece haberlo pillado por sorpresa.

—¿Un árbol? —pregunta Carol, extrañada.

—Una encina, para ser más exactos. Como éstas que protegen su cabaña.

—¿Y tú no sabías nada?

—Inspectora, en estos días he descubierto que, a pesar de ser la persona que más tiempo pasaba con Abril, era quien menos la conocía.

El móvil de Carol empieza a vibrar en el bolsillo trasero de su pantalón. Es un mensaje de WhatsApp de Villalba. Sobre Abril.

—Disculpa un segundo, es mi jefe.

Carol se aparta unos metros del asistente personal de la escritora para leer con tranquilidad lo que le cuentan. El cielo está salpicado de nubes blancas y una de ellas está a punto de velar el sol unos segundos.

> VILLALBA JUDICIAL: Acabo de hablar con Montes. Según el informe toxicológico, Abril ingirió lormetazepam en gotas además de haloperidol. La combinación de ambas sustancias fue lo que la mató.
>
> CAROL: ¿Es el Noctamid del que hablaba la psiquiatra?
>
> VILLALBA JUDICIAL: Exacto. Noctamid es el nombre comercial.
>
> CAROL: Eso significa que el asesino tuvo que llevarse el frasco. Pero ¿por qué? Era cuestión de tiempo que averiguáramos que ésa era la única medicación que Abril tomaba con regularidad.
>
> VILLALBA JUDICIAL: Puede que se lo llevara por error.
>
> CAROL: Es lo único que tiene sentido, teniendo en cuenta lo escrupuloso que fue limpiándolo todo. ¿Algo más?

VILLALBA JUDICIAL: No por ahora.

CAROL: De acuerdo. Te llamo cuando hayamos terminado aquí. Aún estoy esperando a los chicos.

—¿Todo bien? —pregunta Ginés.
—Sí, todo bien. —Por supuesto, Carol no piensa dar al asistente ningún detalle de la investigación, teniendo en cuenta, por encima de todo, que aún no sabe quién ha filtrado lo del asesinato a la prensa—. Ginés, ¿tan reservada era Abril?
—Era la persona más reservada que he conocido. Sus silencios eran eternos —explica con un deje de ternura en la voz—. Cuando no estaba encerrada en la cabaña podía pasarse una tarde entera en el sofá, con la mirada abstraída y sin pronunciar una sola palabra. Y sin embargo...

El asistente se queda en silencio unos segundos. La nube cumple su promesa y se sitúa delante del sol, aplacando su calor. Carol se siente aliviada, su piel se relaja y sus ojos pueden descansar un poco.

—¿Y sin embargo...? —anima al asistente a continuar.
—He trabajado para ella durante siete años. He vivido a su lado complejas conversaciones con sus voces, he sufrido esos silencios de los que te hablaba, la he visto caminar durante horas, escudriñando el cielo en busca de una idea perdida... He tenido la suerte de presenciar el modo en que hacía su magia dando vida a sus personajes y tejiendo sus tramas —relata Ginés, visiblemente emocionado—. Y he asistido a sus ataques de pánico previos a sentarse a escribir. —Ahora sonríe, tiene los ojos enrojecidos—. Cuando ya

tenía una historia gestándose en su cabeza, cuando por fin conocía a su protagonista, sabía cuál iba a ser el final y había escogido un título provisional, Abril ya tenía todo lo que necesitaba para sentarse a trabajar porque sabía que lo demás iría surgiendo de forma espontánea al escribir. Sin embargo, llegada a ese punto, siempre demoraba su visita a la cabaña, siempre acababa dejando pasar varias semanas antes de atreverse a girar la llave de esta puerta para aislarse de la realidad. Era como si su cuerpo tuviera miedo a las semanas de obsesión y abandono que estaba a punto de sufrir. Cuando Abril entraba en este lugar, se sentaba frente al ordenador, con un paquete de folios, un par de libretas y una pluma, el mundo a su alrededor dejaba de existir hasta que esa historia que su mente había logrado secuestrar tocaba a su fin. Hablaba sola, reía sin parar, lloraba amargamente, se enamoraba... Mientras escribía, sólo había espacio dentro de ella para su mundo literario.

Ginés vuelve a guardar silencio justo en el instante en que ambos se ven bañados de nuevo por la intensa y cálida luz del sol. Carol agradece este rato previo de charla con el asistente personal de la escritora; en sus encuentros anteriores no había sido capaz de despertar en él un estado emocional semejante.

—Como te decía —continúa Ginés—, han sido siete años a su lado. Siete años en los que, a pesar de sus eternos silencios y reservas, siempre me trató con respeto y cariño. Y ahora que se ha ido, no puedo imaginar un futuro sin ella. Jamás he conocido a una persona tan mágica y auténtica como Abril.

Dos coches atraviesan la cancela y recorren el camino

de grava en dirección a la casa, envueltos en una nube de polvo. Las cinco de la tarde, llegan puntuales. Carol y el asistente echan a andar por el sendero de piedra para encontrarse con los recién llegados, pero se detienen en el puente cuando otra nube vela de nuevo al sol. Una suave brisa eleva el frescor de la charca y los envuelve un instante, meciendo la trenza de Carol y el pelo de Ginés. La inspectora fija la atención en su acompañante, en su cara de desconcierto. Está claro que, para él, Abril era mucho más que su jefa. Es posible que incluso sintiera por ella algo más que amistad o cariño. «Ha tenido que sentarle fatal enterarse de que será Julia Moll, la persona que menos respeto parece estar mostrando por la muerte de la escritora, quien ejecute los últimos deseos de Abril», piensa Carol.

—¿Por qué Julia? —pregunta en voz alta.

Cuando los coches estacionan frente a la casa principal, la agente literaria abandona uno de los vehículos visiblemente irritada. Como era de esperar, lleva el móvil en la mano. Hernández aparece instantes después y, al localizar con la mirada a la inspectora sobre el puente, hace un gesto como de estar estrangulando en la distancia a la agente literaria. Luego simula volarse la tapa de los sesos con los dedos índice y pulgar a modo de pistola.

Sí, sienta genial matar dos pájaros de un tiro.

—Julia era una persona muy importante para Abril —explica Ginés—. Se conocieron hace años, en un grupo de terapia, y...

—¿Ella también oye voces? —inquiere Carol, impaciente.

Ginés sonríe.

—Veo que a ti también te ha puesto patas arriba —comenta Ginés—. Pero no, Julia no oye voces. Dejémoslo en que tiene dificultades a la hora de controlar sus emociones.

La inspectora se muere por saberlo todo sobre el control emocional de Julia. Quiere conocer su etiqueta, cómo diagnosticaría un psiquiatra a una mujer tan rematadamente inconsistente como ella. Puede que con esa información sea capaz de resolver el puzle que ayer se le quedó a medias, cuando decidió dejar plantada a la agente literaria en la terraza del hotel sin más explicación que una nota en una servilleta: «Llámame cuando dejes de vender la muerte de Abril Zondervan». No obstante, Carol contiene su inquietud, se traga el torrente de preguntas que se le han acumulado en un segundo en la boca y permite que Ginés continúe hablando.

—Si te soy sincero, siempre me ha costado entender la relación que había entre ellas. Para mí, Julia es una mujer... difícil. Y con Abril no siempre era justa. —Aunque Ginés se esfuerza por edulcorar el carácter y el comportamiento de la agente literaria, se nota que su opinión sobre ella es mucho más extrema—. Sin embargo, su amistad era sólida. Y, aunque al principio pensé que el único vínculo que las unía era el agradecimiento que Abril sentía hacia Julia, con el tiempo me di cuenta de que no era así.

—¿Agradecimiento por qué?

—¿No has llegado a hablar con ella?

—Digamos que no compartimos el tiempo suficiente.

—¿Demasiado ocupada para atenderte? Actúa así siempre que está al borde de su propio precipicio —explica Ginés—. Cuando Abril y Julia se conocieron, no sólo iniciaron una amistad. También fue el comienzo de su relación profesional. Abril tenía muchos problemas con su madre. Controlaba sus cuentas, sus contratos editoriales, sus idas y venidas... La explotaba económica y psicológicamente. Gracias al apoyo y los contactos de Julia, Abril logró desvincularse legalmente de su madre.

La inspectora dedica una mirada renovada a la mujer que avanza hacia el puente peleándose con algún insecto que ha decidido acercarse a saludarla.

—La liberó —dice sin pensar—. ¿Y por qué acabaste deduciendo que su relación no estaba basada en el agradecimiento? Si alguien hiciera algo así por mí, yo me sentiría en deuda con esa persona —admite Carol, con la imagen de Max en el centro de su pensamiento. Él la salvó.

—Porque si hay algo que sé con seguridad sobre Abril es que no se dejaba atar por cadenas emocionales. Ella sólo se mantenía cerca de la gente que le aportaba algo bueno y, aunque yo no haya sido capaz de descubrirlo en estos años, estoy seguro de que Julia le proporcionaba ese algo que Abril necesitaba.

Ginés aparta la atención de la inspectora y localiza a Julia en el sendero que llega hasta el puente. El sol vuelve a brillar con intensidad, lo que significa que arde otra vez en la piel de Carol. No hay ni rastro de la brisa.

—Cuánto siento que tengamos que vernos en estas circunstancias —saluda Ginés a la agente literaria.

Carol se hace a un lado para dejar que hablen a solas y aprovecha para localizar a su equipo. Carbonero, Hernández y un compañero de la Científica al que no conoce charlan junto al coche mientras sacan todo lo que necesitan del interior. Están tomándose su tiempo mientras ella se cuece bajo el sol.

—Es terrible, Ginés. Es terrible. ¿Y has visto la prensa? ¿Cómo han podido permitir que se filtre esa información? —oye decir a la mujer a su espalda.

La inspectora no sabe por qué, pero sospecha que la agente literaria es la autora de la filtración. Desde luego, es la que más gana con todo esto.

—Para mí está siendo una pesadilla —admite Ginés.

Por fin, los compañeros de Carol emprenden la marcha hacia el puente.

—Hola, inspectora —la saluda la agente literaria—. Por si te interesa, hoy no tengo citas telefónicas para vender a Abril, así que, si tú estás disponible, estaré encantada de hablar contigo más tarde.

«¿Qué coño ha sido eso? ¿Una disculpa o un reproche?», piensa Carol, que nota cómo le vibra un ojo por la tensión.

—En realidad, os agradezco mucho que nos acompañéis —comenta, tragándose la bilis—. Por ahora, lo más importante es que colaboréis todo lo posible durante la inspección. Para encontrar a la persona que quitó la vida a Abril, lo primero que debemos averiguar es el móvil del asesinato. Cualquier cosa fuera de lugar, cualquier detalle que se os ocurra, puede ser importante —explica ante la atenta mirada de Ginés Lapedriza y Julia Moll.

Cuando el grupo está completo, Carol le entrega a Hernández las llaves de la finca y un papel con el código de la alarma. Ella prefiere ser la última.

Antes de entrar, la inspectora busca con la mirada la casa principal e imagina a Abril saliendo por la puerta y caminando por el mismo sendero que ella ha recorrido, deteniéndose en el puente para admirar los peces del estanque, avanzando hacia su pequeño rincón con la mente atrapada en una historia. Carol pone un pie en el interior de la cabaña justo en el instante en que lo hace su Abril imaginaria. Luego se adentra en el refugio de la escritora sintiendo su invisible compañía, lamentando el silencio de sus voces.

ESTO NO DEBERÍA ESTAR ASÍ

Carol los observa desde lejos mientras van subiéndose uno a uno en los coches. Julia y la Hiena en el Volvo ranchera en el que llegaron. Carbonero y su compañero en el Patrol del año de la polca que suelen usar para las inspecciones de difícil acceso. Por último, Ginés, que entra en un Prius de color gris metalizado. «Ahora entiendo por qué no lo oí», piensa Carol. Ese motor híbrido es tan silencioso que no se habría enterado de su llegada ni aunque hubiera aparcado a dos metros de la cabaña.

Cuando los tres vehículos desaparecen al otro lado de la cancela, la inspectora vuelve a entrar en la... ¿Cómo la ha llamado el asistente? ¿Wikklehouse? El interior también tiene aspecto de túnel, aunque es mucho más amplio y luminoso de lo que había esperado. Largas láminas de madera de pino, de alrededor de un metro de anchura, cubren de forma concéntrica suelo, paredes y techo, dando una agradable sensación de continuidad. El espacio se distribuye en tres ambientes separados por dos tabiques, también de madera: recibidor, zona de escritura con una diminuta cocina y rincón de descanso y aseo. Carol se adentra en la zona de escritura, más grande que el resto, y recorre su longitud hacia la enorme estantería que emerge del tabique del fondo. Tras las dos horas y media que ha durado la inspección, lo único que ha quedado sobre sus baldas son las primeras ediciones de todas las novelas de Abril Zondervan. Portugués, francés, italiano, griego, inglés, alemán, sueco... Casi todos los países europeos están representados en la nutrida estantería. También hay traducciones de nacionalidades no occidentales: hindi, chino, japonés, coreano..., así como ejemplares en otros muchos idiomas que Carol no es capaz de reconocer. Junto a esas primeras ediciones estaban todas las libretas que Abril había utilizado en el proceso de escritura de cada obra. Algunas decoradas; la mayoría con cubiertas lisas. Todas de tapa dura, de marcas como Paperblanks o Moleskine. Ahora esas libretas van camino de la comisaría, aunque algo le dice a la inspectora que no encontrarán nada en ellas que los ayude a dar con el móvil del asesinato. No sabe lo que están buscando, pero, por alguna razón, está casi segura de que no se encontraba en la estantería, a la vista de cualquiera. La escritora era tan reservada, tan recelosa de su intimidad, que Carol piensa que se habría tomado muchas más molestias para esconder su secreto.

—Si es que ese secreto existe —pronuncia en un susurro, verbalizando sin pretenderlo sus dudas.

La inspectora se vuelve y observa el mobiliario de la zona de escritura. En el extremo opuesto al que se encuentra, una mesa redonda de cristal, rodeada por cuatro sillas de metacrilato transparente, acompaña a la discreta cocina.

En el flanco izquierdo del luminoso túnel, un grueso escritorio flotante a juego con la madera de las paredes, más largo que profundo, y un sillón de cuero beige con ruedas. En el flanco derecho, la pared está recorrida por hileras de finas cadenas con pequeñas pinzas metálicas que penden de muchos de sus eslabones. Carol se acerca a ellas y las examina con atención, acariciando el tintineante y fresco metal con la yema de los dedos. Estas cadenas, interrumpidas sólo por las pequeñas ventanas circulares, han hecho saltar las alarmas del asistente personal de la escritora y hacer intuir a la inspectora que no va demasiado desencaminada en la investigación.

«Esto no debería estar así», ha comentado Ginés con cierto nerviosismo en la voz.

Cuando Carol le ha preguntado por qué, él ha explicado que Abril solía ir llenando las cadenas con todo tipo de apuntes a lo largo del proceso de escritura y que no las quitaba de ahí hasta que la obra entraba en imprenta. «Notas, esquemas, información importante... Todo se quedaba en su sitio durante las fases de corrección y maquetación, por si pudiera necesitarlo en algún momento. Era más una obsesión que una necesidad», ha detallado Ginés. Entonces Carol ha querido saber hasta cuándo se suponía que debían estar las cadenas llenas de documentación, y Ginés ha calculado que, como mínimo, hasta finales de septiembre. «¿Había hecho esto antes?», ha preguntado ella a continuación. «Jamás», ha sido la respuesta del asistente.

Según Carbonero, el lugar estaba tal cual en la primera inspección, así que han pensado que lo más probable era que la propia autora lo hubiera recogido todo. Y estaban en lo cierto. Los papeles han aparecido más tarde en la biblioteca de la casa principal, dentro de una caja de cartón, junto con el resto del material relacionado con las obras de Abril. Ella misma había ido almacenándolo todo durante años con la ayuda de su asistente. Incluso las tres libretas que había usado para documentarse, anotar ideas y redactar a mano fragmentos de capítulos estaban en la cabaña, guardadas antes de tiempo en la estantería del fondo de la zona de escritura y huérfanas sin esas primeras ediciones de la novela que debían acompañarlas. ¿Por qué dejó Abril a un lado de repente una de sus costumbres más férreas? ¿Por qué dio por cerrada esa novela antes de haber terminado su ciclo natural? ¿O es que no fue ella? Ginés niega haberlo hecho, y Carol cree que dice la verdad. ¿Por qué mentir sobre este tema cuando ha sido quien ha dado la voz de alarma? Él es el único que conocía ese tipo de costumbres de la escritora; Julia sólo estaba al tanto de que usaba las cadenas para trabajar, pero nada más.

A estas alturas, Carol ya no sabe si los detalles que envuelven la muerte de la escritora carecen de importancia o si la pulcritud del escenario del crimen y del lugar en el que ahora se encuentra son señales. Mira a su alrededor. Por un instante la duda la ataca de nuevo. ¿De verdad tiene motivos para pensar que Abril ocultaba algo o simplemente está empeñada en seguir una pista inexistente? La cuestión encuentra una respuesta automática en su cabeza. En el fondo, el casi nulo resultado de la inspección ha supuesto un nuevo hallazgo. El estado de la cabaña, los rastros de huellas enguantadas por toda la casa y el misterioso paquete que nunca llegó a enviarse no hacen más que apoyar su teoría de que la escritora escondía algo. «Una gran responsabilidad», le había dicho Abril a la psiquiatra. Y todo ello está relacionado, o al menos así lo cree la inspectora, con la crisis que la autora sufrió a finales de julio y que obligó a Sonsoles a viajar hasta Málaga para atenderla.

—¿Cómo es posible que aún no haya hablado con la psiquiatra? —se pregunta en voz alta.

Quizá porque este caso está plagado de interrupciones, como el insistente timbre de su móvil, que no deja de sonar y vibrar en el bolsillo trasero de su pantalón. Es un número sin identificar.

—Medina —responde. Luego busca con la mirada el sillón de la escritora y se acerca para sentarse frente a su mesa de trabajo.

—Hola, Carol. Perdona que te llame con el número oculto, es que lo ha activado un compi esta mañana para que pudiera hacer unas llamadas sin que apareciera mi número y ahora no sé cómo desactivarlo. El móvil es nuevo, ¿sabes?, y...

Betina acaba con su extensa explicación sobre el número oculto, las llamadas que ha hecho y el modelo de móvil que ha comprado sin pararse a pensar si a Carol le interesa lo más mínimo lo que cuenta.

—Es tarde, ¿no tendrías que haberte ido ya a casa? —pregunta la inspectora, intentando sonar cordial. Su reloj de pulsera señala que son las siete.

—Sí, es un poco tarde, pero es que no quería irme sin haber visto todas las grabaciones.

—¿Y tu pequeña? —Sabe que Betina tiene una hija, pero no recuerda cómo se llama.

—Claudia está con mi madre, ha ido a recogerla al cole.

«Muy bien, Carol, has sido capaz de interesarte un poquito por una compañera de trabajo», se felicita la inspectora en silencio, consciente de que últimamente es la fruta agria de la comisaría.

—Me ha dicho que iba a llevarla al parque de bolas y luego a tomar un helado.

«Vale, suficiente», piensa.

—¿Y has encontrado algo en las grabaciones?

—¡Pues hemos tenido suerte! —exclama la agente, sin indicios de haberse molestado por la actitud directa de la inspectora—. En cuanto cuelgue voy a mandarte al móvil varios clips de vídeo. En dos de ellos la víctima pasea por el Muelle Uno junto a un tipo muy guapo, ya verás. Puede que sea el amante sin identificar, ¡quién sabe! En otro, se la ve bastante nerviosa, yo diría que un poco asustada. Pobrecita, quizá se pelearon y...

—Betina, para un momento, por favor. Hernández va hacia el hotel AC Málaga Palacio para dejar allí a la agente literaria. Envíale a él también los vídeos, y pídele de mi parte que haga un último esfuerzo y se pase por el Muelle Uno para averiguar si alguno de los comerciantes reconoce al hombre de las imágenes —le encarga Carol, emocionada ante la posibilidad de identificar al misterioso dueño del semen—. Yo aún estoy en la finca, pero salgo enseguida para allá.

—De acuerdo. Después de eso, si no te importa, me voy a casa.

—Me parece perfecto. No hagas esperar a Claudia —dice Carol, que sabe que la agente es madre soltera y que dedica todos sus esfuerzos a que la niña no note su ausencia—. Oye, una cosa más.

—Dime.

—¿Has comprobado si es el mismo tipo del retrato robot?

—No se parecen en nada —asegura la policía.

—Vale. Buen trabajo, Betina.

—¡Gracias! —dice ella, sorprendida por el halago, antes de colgar.

«¿Lo ves? No es tan difícil reforzar a los integrantes de tu equipo», resuelve Carol en silencio, consciente de que son demasiadas las buenas costumbres que ha ido perdiendo en el transcurso del último año.

Se echa hacia atrás hasta apoyarse en el respaldo del asiento. El cansancio y la decepción tras la inspección en la finca se han disipado un poco con las noticias de Betina. Permanece unos segundos mirando la pantalla del móvil, esperando la llegada al WhatsApp de esos vídeos.

—Mierda de cobertura —se queja al darse cuenta de que los archivos deben de pesar demasiado para la escasa señal que recibe el aparato en medio del monte.

Respira hondo y se inclina hacia delante, apoyando ambos codos en la mesa y manteniendo el teléfono bien sujeto con ambas manos. «Esta cara...», piensa, y abandona la aplicación de mensajes para abrir la galería de imágenes. Encuentra enseguida lo que busca.

—Esta cara... —pronuncia en voz alta.

Observa con atención el retrato robot que surgió de las indicaciones del transportista. Una de dos: o el tal Paco tiene la peor memoria de la historia o les ha tomado el pelo.

Por más vueltas que le da, la cara que tiene delante no le dice nada, más allá de parecerle una sospechosa mezcla entre Keanu Reeves y Arnold Schwarzenegger. Rasgos suaves y delicados en la mitad superior del rostro; mandíbula cuadrada y gesto adusto en la inferior.

La inspectora piensa de nuevo en la escritora, en la cantidad de horas que pasaba sola en esta finca, alejada de todo. ¿Cómo puede estar segura de que su núcleo de amistades era reducido si Abril parecía relacionarse con el asistente, la agente literaria y la psiquiatra por parcelas? Para Ginés, Raúl Cobo seguía siendo un acosador, mientras que para Sonsoles era un chico que Abril había querido rescatar de su trastorno mental. Julia estaba al tanto de sus últimas voluntades, pero no tenía ni idea del modo obsesivo en que trabajaba, y eso que se conocían desde hacía muchos años. La escritora era un cuaderno cuyas hojas revelaban la tinta de una u otra parte de su historia personal en función de quién estuviera leyendo.

«Faltan personas —se dice Carol—. Y razones», añade.

—¿Qué ocultabas? ¿Qué podía ser tan importante como para que tus voces se descontrolaran después de tantos años de equilibrio? —pregunta Carol al tiempo que, harta de no saber lo que busca, decide que ya es hora de marcharse.

Al levantarse, advierte algo extraño en la superficie del robusto escritorio flotante. Hasta este momento había pensado que las finas líneas que lo envuelven transversalmente cada treinta o treinta y cinco centímetros sólo eran un adorno, un recurso estético que recuerda a las láminas de madera que recubren la pared. Sin embargo, ahora que los compañeros de la policía científica se han llevado el ordenador que había sobre la mesa y todos sus periféricos, la inspectora puede apreciar que las dos líneas centrales son dos finas incisiones que rodean el mueble del mismo modo que las ornamentales de ambos lados.

«Puede que este grosor...», piensa Carol, abarcando con la mano el macizo frontal del escritorio. Luego se arrodilla para examinar desde abajo el grueso tablero que emerge de la pared. Vuelve a erguirse enseguida, al notar que la pistola se le clava en el abdomen. Se levanta la camiseta, desenfunda el arma y se la guarda bajo la cinturilla del pantalón, en el lado derecho de la cadera. Desde sus tres muertes, jamás se separa de ella estando de servicio. Luego se agacha de nuevo y descubre dos grandes tuercas doradas junto a las incisiones. Alarga la mano derecha y las hace girar una a una con facilidad, notando que sobresalen unos milímetros de la madera. A continuación, se pone en pie frente a la mesa, sujeta la sección que hay entre ambas ranuras y tira hacia ella. El bloque se desliza suavemente hacia fuera, dejando al descubierto un compartimento rectangular que parece pensado para guardar documentos. Dentro hay un sobre marrón que ocupa casi todo el hueco.

La inspectora extiende el brazo para coger el paquete con la inquietante sensación de haber encontrado el motivo por el que Abril Zondervan fue asesinada.

VE CON CUIDADITO

—Paco, me llamo Paco —se presenta una voz masculina al otro lado de la línea—. Y dígale que recuerdo perfectamente su cara.

Después de insistir hasta cuatro veces, el hombre con marcado acento granadino logra que desvíen la llamada desde la centralita.

Uno.

Dos.

Tres.

Cuatro tonos.

—¿Sí?.

—Buenas tardes, caballero. Estoy casi seguro de que te acuerdas de mí. Yo, al principio, no lo tenía muy claro. Me dije: «Este hombre me suena un huevo, pero ¿de dónde?». Ya sabes, el trabajo de la mensajería urgente te lleva a los sitios más insospechados.

—¿Qué quieres?

—Pues resulta que he estado hablando con la policía.

Querían saber cómo era el tío que me encontré en la finca de la Abril Zondervan esa, y me pidieron que los ayudara a hacer un retrato robot. Y yo pensé: «Quillo, ve con cuidadito, que ese tío tiene pasta y a lo mejor te agradece un ataque espontáneo de amnesia».

—¿Cuánto?

—Veinte mil, en billetes de cincuenta. Mañana le dejo un recado a tu secretaria con los detalles de nuestra cita.

El transportista cuelga el teléfono. Su interlocutor revienta el auricular del fijo a golpes contra la mesa. A continuación, coge el móvil y busca un número en la lista de contactos. «Sobrina» responde de inmediato.

—Dime.

—Voy a necesitarte otra vez. Cinco mil, en billetes de cincuenta. Y más te vale que no vuelva a molestarme.

Bendita Costa del Sol. Tantas mafias en tan pocos metros cuadrados, que uno casi puede pedir a la carta.

¿PERTENECE AL CADÁVER DE LA MALETA?

Veintitrés de agosto. Ocho y diez de la mañana. Comisaría Provincial de Málaga.

Dos muertos vivientes en un laboratorio. Eso es lo que la inspectora ha pensado cuando a las ocho en punto ha entrado en los dominios de Carbonero. Uno de los zombis es el compañero de la Científica, que vuelve a tener la cara blanquecina, parca en vitalidad y marcada por unas ojeras de récord. El otro zombi es ella misma, que, para evitar enfrentarse a su aspecto después de tantas noches refugiándose del insomnio en el taller de Max, esta mañana se ha duchado y se ha arreglado sin asomarse al espejo del aseo.

—¿Cómo vas? —pregunta a Carbonero.

De pronto percibe un aroma distinto a los químicos que acostumbran a ambientar los escasos dieciséis metros cuadrados del laboratorio. Algo húmedo y podrido ha entrado en la sala, y sospecha que está dentro de la caja de corcho que hay sobre la encimera de azulejos que recorre toda la pared del fondo. Junto a la caja, papel secante, tinta para huellas, un par de cartulinas de necrorreseña y un bisturí.

—Muerto, tía. Llevo dos semanas solo en Rastros y encima me estoy chupando más turnos que un gilipollas. Ya ni siquiera sé cuántas inspecciones he hecho estos días.

Como siempre, Carbonero lleva la bata hecha un asco, con lamparones de tantos colores como pigmentos guarda en los cajones que hay bajo la encimera. REACTIVOS EN USO, lee Carol en uno de ellos.

—Entonces me salto la parte de esta conversación en la que te meto prisa con lo mío, ¿no? —propone la inspectora, que acaba de localizar el montón de folios impresos en la voluminosa estantería de metal que hay a su izquierda. Está en la balda OBJETOS PENDIENTES DE TRATAMIENTO, junto a las libretas, el teclado y el ratón que se llevaron de la cabaña de la escritora. Da por sentado que el iMac se encuentra en el departamento de Informática, aunque está claro que sin las claves de acceso no van a lograr ni arañar la bonita superficie del ordenador.

—Sí, mejor sáltate esa parte, sobre todo porque tengo un lápiz de memoria con el tocho de páginas al completo digitalizado —responde Carbonero antes de volverse hacia el área de trabajo. A su izquierda, el horno de revelado de huellas para superficies porosas está haciendo su tarea.

—¿Te ha dado tiempo?

—Últimamente vivo aquí, ¿recuerdas? —bromea el técnico, con la voz cansada, mientras se pone unos guantes azules de látex. A continuación, coloca la caja de corcho frente a él y le quita la tapa—. ¡La Virgen! ¡Esto huele que tumba! —se queja, y vuelve la cara a un lado un instante.

Luego respira hondo y se dispone a sacar lo que hay en el interior. Es una mano, cercenada a la altura de la muñeca—. Un mes de inmersión en el Mediterráneo dentro de una bolsa más un par de horas cociéndose bajo el sol de agosto en la playa... La suerte es que aún haya huellas recuperables —reflexiona en voz alta.

—¿Pertenece al cadáver de la maleta? —pregunta Carol con interés, al recordar lo que Celada y Ovejero le contaron en el pasillo de la comisaría el día anterior. Que ya no sea su caso no significa que se haya olvidado de aquel pobre hombre descuartizado.

—Según Montes, sí. Las superficies de los cortes coinciden —explica Carbonero—. Y ahora vamos a averiguar quién es.

Carol asiste expectante al proceso, utilizando la tela de su camiseta para atenuar el fuerte olor, mezcla de carne en descomposición y agua de mar putrefacta, que desprende la mano. Su aspecto no es mucho mejor. Hinchada y pringosa, grisácea en las zonas más azotadas por el calor y con sólo tres de las cinco uñas aún en su sitio.

—Hay que ser muy hijo de puta para hacerle algo así a una persona —dice Carbonero mientras utiliza el bisturí para realizar un corte alrededor del dedo índice. A continuación, tira con cuidado hasta que la funda de epidermis que lo envolvía se desprende como un capuchón—. Y lo peor es que se ha puesto de moda. ¿Qué mejor forma de librarse de un cadáver que haciéndolo trocitos y metiéndolo en una maleta? —ironiza—. La peña no se para a pensar que despiezar a una persona no es tan fácil. Y claro, así nos encontramos a veces lo que nos encontramos.

Carbonero tiene razón. Hace años esto podía considerarse un *modus operandi* típico de mafias y bandas. Ahora, en cambio, parece ser tendencia. Existen tantos casos en España de cadáveres descuartizados dentro de maletas o bolsas que ya apenas sorprenden. Lo que no es tan común es encontrar el cuerpo sin manos ni cabeza. Quien obró así sabía que lo mejor que podía hacer para dificultar la identificación era deshacerse de ambas cosas. Suerte que en este caso las mareas han estado de parte de la policía. Carol sospecha que, en cuanto Ovejero y Celada tengan el nombre de la víctima, la distancia con su asesino va a acortarse de golpe.

El compañero de la Científica se coloca bien el guante de la mano derecha e introduce su dedo índice en la funda de piel, asegurándose de que queda bien ajustada antes de continuar. Después entinta las crestas dactilares e imprime la huella sobre la cartulina blanca, debidamente etiquetada.

—¿Me avisarás cuando sepas quién es? —le pide Carol, que se dirige ya hacia la puerta.

—Descuida —responde él, aparentemente satisfecho con el resultado.

La inspectora abandona el laboratorio con el lápiz USB en la mano, impaciente por escudriñar el contenido del misterioso paquete de la escritora que, lejos de lo que había esperado, parece ser el simple borrador de una novela. Sin embargo, va a tener que aplazar la lectura si no quiere llegar tarde a sus citas. Hoy tiene la mañana apretada.

ESCRITO EN LA OSCURIDAD

Diez menos cuarto de la mañana. Unidad de Agudos del hospital Universitario Virgen de la Victoria.

Nada sobresale en la decoración de este lugar. Ni el color de la pintura que cubre las paredes ni el discreto mobiliario. Ni siquiera el aspecto de los profesionales que entran y salen de habitaciones y demás estancias. Parece que las únicas emociones que despierta la unidad de Agudos del hospital Universitario Virgen de la Victoria son las que se esconden en las atormentadas mentes de quienes habitan día y noche esta planta. Un grito rompe la calma por unos instantes. Luego regresa el silencio, interrumpido cada pocos segundos por el sonido de los zuecos de goma de alguna enfermera y la respiración ansiosa de Carol. Algo en este sitio está oprimiéndole el pecho.

La inspectora lleva más de diez minutos aguardando en el pasillo a que Sonsoles Martín salga de una de las habitaciones. En la mano sostiene una carpeta negra con los últimos hallazgos de la investigación.

—Buenos días, doctora —saluda cuando Sonsoles sale por la puerta—. Me han dicho en secretaría que podría encontrarla aquí.

Lleva puesta una bata blanca con el distintivo del Servicio Andaluz de Salud, pero la inspectora no localiza en ninguna parte la acreditación profesional del hospital. La psiquiatra parece notar su curiosidad.

—Me han facilitado el acceso a mi paciente —explica, sujetando la solapa de la bata blanca con la mano derecha y dedicando a Carol un seco amago de sonrisa—. Éste fue mi centro de trabajo hace años y aún hay gente aquí que me tiene aprecio.

—¿Cómo está? —pregunta Carol refiriéndose a Raúl Cobo.

—Mejorará.

—¿Puedo verlo?

—No hablará con usted —le espeta Sonsoles, elevando el mentón.

—No pretendo interrogarlo. Sólo quiero verlo —se defiende Carol, entre molesta y cortada. Necesita saber que el chico se pondrá bien.

Sonsoles extiende el brazo y señala la puerta por la que acaba de salir al pasillo. La inspectora considera el gesto una invitación a entrar, así que se adelanta y sujeta el pomo justo cuando una súbita carcajada nerviosa llega hasta sus oídos desde el interior. Luego se hace de nuevo el silencio.

La habitación está bañada en luz artificial. Ni una minúscula ventana. Cama con sábanas blancas, una pequeña mesa vacía y una silla. En el suelo, unas zapatillas, de esas de usar y tirar, y un vaso de plástico volcado con un pequeño charco de agua alrededor. Raúl está sentado en una esquina. Mudo. Inmóvil. Su semblante es aún más lacio de lo que Carol recordaba, como si sus músculos faciales se hubieran descolgado de la cara para privarla de todo signo de emoción.

Su rostro se desfigura un instante. Acto seguido una risa atronadora, más larga que la anterior, horada el pecho de la inspectora y provoca que su corazón lata a mil por hora. Sólo se tranquiliza cuando siente la cercanía de la psiquiatra.

—Ayer mismo empezamos con el tratamiento. Espero poder reducirle la sedación dentro de un par de días y darle la oportunidad de que, poco a poco, vaya recuperando el control.

—¿Es la primera vez que le pasa esto?

—Mi diagnóstico previo se limitaba a esquizofrenia paranoide, nunca había sufrido un episodio de estas características.

A Carol se le encoge el corazón ante el nuevo y convulso ataque de risa del chico. Su cerebro no es capaz de entender cómo pudo ocurrir esto. ¿Qué es lo que fue mal? Ella sólo estaba haciendo su trabajo.

—¿Saldrá adelante? —pregunta, asustada.

—Todo irá bien —afirma la psiquiatra a su lado.

—Todoirábien-todoirábien-todoirábien-todoirábien-todoirábien-todoirábien-todoirábien-todoirábien —repite Raúl una y otra vez—. Todoirábien-todoirábien-todoirábien-todoirábien-todoirábien-todoirábien-todoirábien... jajajajajaja... Todoirábien-todoirábien-todoirábien-todoirábien-todoirábien...

—Vamos a dejarlo tranquilo —propone la doctora.

—¿Ahí? —pregunta Carol, alarmada ante la imagen del muchacho, sentado en el suelo, balanceándose ahora adelante y atrás, y sumido en su interminable bucle de palabras.

—Todoirábien-todoirábien-todoirábien-todoirábien-todoirábien-todoirábien-todoirábien-todoirábien...

—Sí, estará bien —asegura Sonsoles.

De nuevo en el pasillo, la doctora parece haberse relajado un poco, aunque Carol sigue percibiendo en ella un extraño halo de impaciencia. El mantra de Raúl llega aún hasta sus oídos, si bien cada vez es más lejano.

—Sonsoles, yo... Lo siento mucho. No sabía que...

—Tranquila, inspectora, no es del todo culpa suya. Les falta preparación para afrontar este tipo de situaciones. La salud mental sólo aparece en boca de políticos en época de elecciones. ¿Inclusión? ¿Normalización? ¿Concienciación? Todas las promesas caen en saco roto cuando la campaña electoral se ha terminado. La realidad, inspectora, es que la enfermedad mental es esa mierda que todos tocan con un palo pero que nadie quiere recoger. ¿Y sabe por qué?

Carol niega con la cabeza.

—Porque no interesa. Porque es mucho más fácil ocultar que educar. Y porque también es mucho más rentable medicar a alguien de por vida que darle la oportunidad de reincorporarse a la sociedad. —El rostro de Sonsoles ha ido configurando una mueca de asco con cada palabra de su discurso—. Por eso me marché de aquí para fundar mi propia clínica, porque estaba harta de usar el *DSM* como biblia para combatir la enfermedad mental a golpe de receta. Muchos de los pacientes de esta planta, incluido Raúl, podrían llevar una vida digna si se pensara en ellos en términos de recuperación y no de curación.

La inspectora reconoce esa frase de inmediato. Es una de las premisas del movimiento Escuchadores de Voces. «No se trata de curar, sino de ayudar a los pacientes a recuperar el control de sus vidas», y esa recuperación, según el relato de los cincuenta escuchadores de voces que ayudaron a configurar el libro *Living with Voices*, del que Carol no se separa ni un instante, empieza con un hecho crucial: encontrar a alguien que muestre interés por la persona, no por sus voces. Eso fue lo que Sonsoles hizo por Abril. Cuando se vieron por primera vez durante una de sus hospitalizaciones, la psiquiatra le pidió que se presentara y ella, como de costumbre, empezó a contarle todo lo relativo a su esquizofrenia: año en que la diagnosticaron, tratamientos que había seguido, número de ingresos que había sufrido... Cuando terminó el relato que tantas y tantas veces había repetido, Sonsoles le dijo algo que, según Abril, le cambió la vida: «Todo eso podría haberlo leído en tu historia clínica. A mí lo que me interesa es conocerte a ti. ¿Qué es lo que más te apasiona?». Su respuesta fue automática: «Escribir».

—¿Fue aquí donde atendió por primera vez a Abril?

La pregunta pilla desprevenida a la psiquiatra. Al cabo de unos segundos asiente y toda la fuerza que su rostro reflejaba a causa de su enérgica defensa de la salud mental se disuelve en una expresión cercana a la ternura.

—Sí, fue aquí. Creo que para ella era el tercer o el cuarto ingreso en menos de dos años. Estaba muy delgada y a sus voces habían empezado a sumarse alucinaciones visuales. Estuvo inmersa en su propio mundo cerca de dos semanas, hasta que de pronto una mañana dijo que necesitaba hablar con alguien.

Sonsoles enmudece de pronto cuando una enfermera se adentra en el pasillo, empujando un carrito de medicación.

—Creo que es mejor que hablemos de esto en otro sitio —propone a continuación—. Permaneceré en Málaga hasta el domingo, para asegurarme de que Raúl evoluciona adecuadamente.

—¿Y el resto de sus pacientes?

—Por suerte tengo al frente de la clínica a un gran equipo —explica, orgullosa—. Aunque eso no significa que pueda desentenderme del todo. Esta mañana necesitaré hacer algunas llamadas para comprobar que todo marcha como debe. ¿Le importa que nos veamos por la tarde?

—Por supuesto, pero antes necesito que responda un par de preguntas relacionadas con la investigación.

—Usted dirá.

—¿Conoce a este hombre?

Carol abre la carpeta que lleva en la mano y muestra a la psiquiatra un par de instantáneas sacadas de los vídeos del Muelle Uno. En una de ellas, Abril aparece caminando junto a un hombre alto y moreno de unos cuarenta años. Van agarrados de la mano. El hombre tira con la diestra de una maleta negra con ruedas. En la otra imagen, posterior en la línea del tiempo, se los ve de espaldas. También llevan las manos entrelazadas, pero no hay ni rastro de la maleta.

—Se llama Esteban Zubeldia y es un próspero empresario vasco —continúa la inspectora—. Abril y él pasaron el jueves diecisiete en un yate en el puerto. A eso de las siete de la tarde, ella se marchó sola. En esta otra imagen parece nerviosa.

—Más que nerviosa, parece asustada —comenta Sonsoles sin despegar los ojos de la fotografía. La instantánea, sacada de la cámara que enfoca hacia el paseo del Muelle Uno desde la entrada del aparcamiento, muestra a Abril caminando sola, con los puños apretados y cara de no estar pasando un buen momento.

—Una hora más tarde, Esteban abandonó el barco. Hemos confirmado que poco antes de las ocho cogió un taxi que lo llevó a la finca de Abril. Y suponemos que pasaron juntos la noche.

—¿Por qué lo suponen?

—Las pruebas forenses confirman que Abril mantuvo relaciones sexuales consentidas la misma mañana de su muerte.

Sonsoles coge la fotografía en la que Abril parece querer escapar del Muelle Uno en dirección a la N-340 y avanza, con la mirada inmersa en la imagen, hacia la sala de espera, donde se derrumba en la primera silla que aparece en su camino. Carol la sigue y se sienta frente a ella.

—¿Cómo es posible? —dice. Su voz se vuelve profunda. Sus ojos se convierten en dos delgadas líneas—. ¿La has visto? ¿Cómo es posible que se quedara así de esquelética en tan poco tiempo? La situación era mucho más grave de lo que imaginé. No debí dejarla sola —concluye, y el peso de la culpa casi puede olerse en sus palabras.

Carol respeta el lamento silencioso de la psiquiatra unos segundos. Recuerda la imagen de la escritora, muerta sobre su cama, con un aspecto demasiado parecido al que tiene en esa foto. «Parecía muerta en vida», piensa.

—Sí que había oído hablar de él, aunque no lo conocía personalmente —comenta la psiquiatra, aún con la congoja marcando su voz. A continuación respira hondo, endurece el rostro de nuevo, se frota los ojos y se aclara la garganta—. Ni siquiera sabía cómo se llamaba.

—¿Nunca le dijo su nombre?

—Salvo excepciones, Abril nunca revelaba la identidad de las personas de su vida —responde Sonsoles, ya recuperada del pequeño bache emocional.

—¿Eran muchas esas personas?

—No demasiadas. Y hemos vivido tantas experiencias juntas, dentro y fuera de mi consulta, que yo diría que él es la única persona de su vida cuyo nombre nunca fui capaz de intuir.

—¿Cómo sabe entonces que estamos hablando del mismo hombre?

—Por lo que usted misma ha dicho: «próspero empresario vasco», «pasaron el jueves diecisiete en un yate en el puerto»... —recita ella, textualmente, las palabras de Carol—. Además, su aspecto casa bastante bien con las descripciones que ella me hizo. Nosotras lo llamábamos Fidel, porque a pesar de las numerosas dudas de Abril, él seguía esperándola.

—¿Eran pareja?

—Una intermitente y muy atípica, pero sí, eran pareja. Llevaban juntos casi cuatro años. ¿Ha podido averiguar el nombre del yate? —pregunta Sonsoles, dibujado una sonrisa en su cara.

—No.

—Se llamaba *Tus Palabras*. Abril me contó que había comprado ese barco para ella, para que se refugiara en él cuando no pudiera soportar el ruido del mundo que la rodeaba. Y admitió varias veces que le sentaba bien la calma del mar.

—Y, teniendo una relación, ¿no le parece extraño que en el móvil de Abril no haya ni rastro de llamadas o conversaciones con él? —pregunta Carol, aún desconcertada ante la falta de información que han obtenido del móvil de la escritora.

—Que no las hayan encontrado no significa que no existan —afirma Sonsoles—. Creo que ya ha tenido tiempo más que suficiente para darse cuenta de que Abril era una mujer poco convencional.

—Eso es cierto —admite la inspectora—. ¿Le habló ella de comportamientos extraños por parte de Esteban? ¿Pudo temer en algún momento por su vida?

—No. De hecho, si obviamos el triste fallecimiento de Abril, lo que ocurrió en el muelle podría ser un fiel reflejo de su realidad como pareja. Ella no terminaba de aceptar su relación con un hombre como él.

—Explíquese.

—Fidel... Esteban, perdón, era un hombre normal.

—¿Normal? ¿Se refiere que no tenía ninguna patología mental?

—Exacto. Las personas como Abril suelen sentirse más cómodas cerca de gente... ¿Cómo explicarlo? Cerca de gente que habla su mismo idioma. Abril estaba convencida de que un hombre como él no podía entender ni respetar a una mujer como ella.

—¿Y estaba en lo cierto?

—Yo creo que no —opina Sonsoles—. Quizá era Abril quien no podía entender a un hombre como Esteban. Es posible que por eso buscara una excusa tras otra para huir de sus sentimientos. Pero ¿por qué me pregunta todo esto? ¿Es que no han hablado con él?

—Lamentablemente no —admite Carol—. Su yate abandonó el muelle el mismo día dieciocho y nadie ha vuelto a verlo. La policía portuaria ha intentado contactar con él por radio y a través del móvil que consta a su nombre, pero no ha habido respuesta.

La inspectora evita decir en voz alta que lo que Sonsoles acaba de contarle es un motivo más que suficiente para un homicidio. Abril no aceptaba estar con un hombre como él y huía de la relación una y otra vez. Durante cuatro años. Eso habría desquiciado a cualquiera. Sobre todo si ese cualquiera invirtió una millonada en un yate que se quedó esperándola en el puerto.

—¿Cuál era la otra pregunta? —se interesa la psiquiatra al tiempo que devuelve la fotografía a Carol.

—¿Cómo?

—Ha dicho usted que tenía un par de preguntas. Hemos dedicado cerca de diez minutos a una sola. ¿Cuál era la otra?

—Ah, sí. —La inspectora saca el móvil del bolsillo y lo desbloquea para tenerlo preparado—. ¿Sabe si Abril estuvo escribiendo una nueva novela en las semanas previas a su muerte?

—¿Por qué?

—Ayer encontramos esto durante una inspección en la

cabaña. —Carol le muestra varias fotos en el móvil—. Son doscientos cincuenta y seis folios impresos a una sola cara. El nombre de Abril aparece en los encabezados y en la última página. —Busca la siguiente foto que quiere mostrar a Sonsoles mientras continúa hablando—. He podido echarle un vistazo y, bueno, no soy una experta, pero diría que es una novela.

—Algo de lo más normal, viniendo de una escritora. ¿No le parece?

—Estaría de acuerdo con usted, si no la hubiéramos encontrado oculta en su escritorio, dentro de un compartimento secreto. Además, seguro que sabe que ella guardaba todo lo relacionado con sus obras, y no hay ni rastro del proceso de escritura de ésta. Ni un solo cuaderno. Ni siquiera un pedazo de servilleta con anotaciones. Y fíjese en lo que pone al final del texto —dice Carol, y la psiquiatra se acerca aún más al móvil; huele a agua de rosas—: «Abril Zondervan, Málaga, 31/07/2017 - 17/08/2017».

Sonsoles parece perpleja. Según ella, cuando estuvo en Málaga a finales de julio no había indicios, ni en la casa ni en la cabaña, de que Abril se hubiera puesto a escribir de nuevo. Al cabo de unos segundos de silencio, la psiquiatra lee en voz alta el encabezado que corona cada una de las páginas:

—«Escrito en la oscuridad. Abril Zondervan.»

UNO: LA CAJA

El suelo se licuaba bajo mis pies. Las baldosas, inmaculadas, ora blancas, ora rojas, ora negras, se perdían por un desagüe que no existía, formando un torbellino que parecía capaz de tragarse cualquier cosa. No tenía miedo. Ya no. Sabía que después de que desapareciera el firme que me sostenía en aquel lugar ajeno al espacio y al tiempo mis pies deambularían por la dura transparencia de los recuerdos.

Llevaba encerrada en aquella caja de paredes lisas y cambiantes lo suficiente para sentir que hasta el tiempo se había diluido en una balsa en la que flotaban a la deriva las horas, los minutos, los segundos. Al principio intenté dejarme guiar por mis propios biorritmos, confiando en la profunda huella que los ciclos circadianos habían dejado durante años en mi reloj biológico. Pero esa huella desapareció demasiado pronto; para ser más exacta, entre las primeras doce horas de luz y las restantes treinta, cuarenta... ¿Mil horas de oscuridad? Quién podía saberlo.

En cuanto a la caja, su aspecto variaba sin que yo pudiera predecir los cambios. No sólo el piso desaparecía. Las paredes no siempre eran simples paredes. Al principio solían transformarse en imponentes espejos que hacían que el suelo y el techo parecieran infinitos y que mostraban todo lo que me rodeaba en cada momento: la cama, el inodoro, a veces una mesa, a veces una silla, incluso una banqueta... Espejos caprichosos que omitían mi propio reflejo, como si quisieran hacerme creer que yo no era más que un cúmulo de sentidos, emociones y sentimientos carente de cuerpo. Cuando eso pasaba, gritaba hasta sentir el desgarro de mi voz en la garganta, lloraba hasta notar en las mejillas la humedad de las lágrimas y palpaba desesperadamente con las manos hasta dar con todos los pedazos de mi cuerpo. Cabello, cráneo, cara, ojos, nariz, boca, cuello, busto, torso... En ocasiones no encontraba cosas sin importancia. ¿Ombligo? En otros momentos mis manos daban con mis pies pero no con mis piernas. Fue horrible al principio. La caja jugaba conmigo al juego del espejo una y otra vez, y yo, una vez tras otra, sentía que mi identidad desaparecía con cada trozo de mi cuerpo. Hasta que dejé de gritar. Hasta que dejé de llorar. Hasta que decidí que de nada servía buscarme con unas manos que no siempre existían. Fue entonces cuando la caja se cansó del juego de los espejos e inventó otros nuevos.

NI HABLAR

Veintitrés de agosto. Doce y media de la mañana. Hotel AC Málaga Palacio.

—¿Y el tal Paco está completamente seguro de que el hombre que vio en la finca no es el de los vídeos? —pregunta Carol a la Hiena, que acaba de hablar de nuevo con el transportista para averiguar si reconoce a Esteban Zubeldia—. Ya sé que se lo has preguntado dos veces, pero es que me da que este tío nos está tomando el pelo. —Breve pausa—. Sí, vale. Luego hablamos.

La inspectora cuelga el móvil, respira hondo y se carga de paciencia antes de atravesar el restaurante en dirección a la terraza. Julia Moll la espera sentada a una mesa con vistas a la catedral.

—¿Quieres tomar algo? —pregunta la agente literaria, y levanta la mano para llamar al camarero.

—Un largo, por favor.

Es su tercer café en lo que va de mañana.

Mierda de noches.

Mierda de pesadillas.

Si no fuera por esa vieja moto, Carol ya habría perdido la cabeza.

El móvil de la agente literaria empieza a vibrar sobre la mesa. Ella lo coge, pero, en lugar de descolgar, rechaza la llamada y lo apaga. Luego lo suelta junto a sus enormes gafas de sol.

—Seguro que pueden vivir sin mí diez minutos —comenta con una marcada sonrisa de labios rojos—. ¿Verdad?

La pregunta no es para Carol, es para ella misma que, después de mirar unas cinco veces seguidas el aparato, lo coge de nuevo y lo guarda en el bolso.

—Mejor así. Mucho mejor así.

Instantes después empieza a tamborilear con los dedos de la mano derecha sobre su antebrazo izquierdo. Sonríe nerviosa, se rasca la piel con insistencia y se remueve varias veces en su asiento antes de descolgar el bolso del respaldo de la silla y volver a sacar el móvil.

—Dame dos minutitos —dice. A continuación se levanta, atraviesa el restaurante con pasos cortos y veloces y se sube al ascensor.

La inspectora permanece impasible. Hoy tiene tal cantidad de cosas en la cabeza que la inquietud por descifrar el puzle de la agente literaria se ha calmado un poco.

—¿Azúcar o sacarina? —pregunta el camarero al servirle el café.

—Nada, gracias.

Cuando se queda a solas con su largo, Carol desbloquea el móvil y localiza los clips de vídeo que Betina le envió la tarde anterior. La agente de policía escogió sólo seis, pero hay más, muchos más. El Muelle Uno y sus alrededores están plagados de cámaras, lo que significa que en los archivos del caso Zondervan quedarán guardados para siempre los últimos movimientos públicos de Abril desde múltiples ángulos.

Betina tenía razón: Esteban Zubeldia es un hombre muy atractivo.

Y puede que un asesino.

El diecisiete de agosto a las doce y cuarenta y siete de la mañana, Abril y Esteban se bajaron de un taxi en la N-340 a la altura del aparcamiento del Muelle Uno. Después de que el conductor se apeara del coche para entregarles el equipaje —una voluminosa maleta tipo *trolley* negra—, la pareja echó a andar hacia el puerto deportivo, dejando atrás el Centro Pompidou Málaga. Casi al final del muelle, subieron a un yate de crucero, marca Oyster 625, amarrado en el puesto de atraque número ocho. A pesar del elevado número de cámaras, la única imagen en la que se los ve entrando en el barco ofrece un encuadre alejado; el resto de los objetivos estaban velados por los toldos que protegen del sol las terrazas de los restaurantes. A las trece y treinta y cinco salieron del yate e hicieron el recorrido inverso, esa vez sin la maleta negra. Parecían estar pasándolo bien: caminaban cogidos de la mano y conversaban animadamente, parándose cada pocos metros para contemplar el mar o alguno de los otros barcos amarrados en el puerto. «Una pareja normal», piensa Carol. A las trece y cincuenta y seis entraron en el restaurante La Tagliatella, donde el gerente ha confirmado que estuvieron almorzando los dos solos. Salieron de allí a las quince y veinticuatro y regresaron juntos al yate.

Horas más tarde, Abril abandonó sola el barco y ya no regresó.

«¿Ibas a marcharte?», pregunta en silencio a la escritora, pensando en la maleta negra con ruedas. Pero, si se iba, ¿qué coño hizo que cambiara de opinión? Puede que ella y Esteban discutieran, que Abril se fuera a casa y él la siguiera. Puede que, ya en la finca, después de la reconciliación y el sexo de la mañana siguiente, la bronca regresara y fuera a peor. Que Esteban se pusiera nervioso y la golpeara en un ataque de ira. Lo siguiente serían las pastillas y el hipnótico que acabaron con la vida de la escritora. Si eran pareja desde hacía tanto tiempo, seguro que él conocía la existencia de esas gotas para dormir. Después, quizá fruto del arrepentimiento, Esteban limpió a Abril y todo el escenario del crimen. Y... ¿Y qué? ¿Antes de largarse se puso unos guantes de látex y registró la casa de arriba a abajo porque se había acordado de repente de que la escritora ocultaba algo? «¡Joder! Hay demasiadas cosas que no cuadran», reconoce Carol para sí. Para empezar, ni siquiera tienen pruebas de que el hombre moreno que sale en los vídeos junto a Abril sea el dueño del semen y de las huellas dactilares que descubrieron detrás del cabecero.

La inspectora necesita encontrar a ese tío cuanto antes.

—¡Ya estoy aquí! —exclama Julia al reaparecer en la terraza. No lleva el móvil en la mano—. Lo he dejado en la habitación, así le será más difícil hipnotizarme —explica.

Una vez más, Carol se queda perpleja ante el comportamiento de esta desconcertante mujer. Ella pensando que iba a tocarle esperar un buen rato hasta que la agente literaria terminara con alguna de sus «importantísimas llamadas», mientras Julia se limitaba a mantener a raya su pulsión alejándose todo lo posible del objeto de su incontrolable deseo.

—¿Qué querías enseñarme?

Ahora es el móvil de la inspectora el que las interrumpe. Acaba de recibir un mensaje de Carbonero y dos de Celada. Parece que el cadáver descuartizado por fin tiene nombre.

—Disculpa un segundo. Me envían una información importante relacionada con el caso —miente la inspectora.

Lejos de ofenderse, Julia permanece en silencio, expectante.

> CARBONERO CIENTÍFICA: Se llamaba Marcos Saldaña, tenía cuarenta y dos años. Supongo que Celada te contará más detalles.

Carol lee a continuación los dos mensajes del subinspector.

> CELADA JUDICIAL: ¿Te has enterado, jefa? Por fin sabemos quién era el inquilino de la maleta. Se llamaba Marcos Saldaña y era un ingeniero bioquímico de los importantes, con mogollón de artículos científicos y cosas de ésas. También era muy aficionado a los casinos y tenía antecedentes por desorden público. Un tipo curioso.
>
> CELADA JUDICIAL: Fue visto por última vez en su lugar de trabajo, un laboratorio de investigación biomédica llamado GrafeMed. Salimos ahora para hablar con su socio. Te mantendré informada.

Cuando la inspectora va a apagar el móvil para centrarse en Julia Moll, recibe un último mensaje de Celada recordándole que lo de la cerveza del viernes sigue en pie. Ya responderá a sus mensajes, cuando decida cómo declinar la invitación de su compañero.

—¿Y bien? —pregunta la agente literaria, impaciente.

—Algunos resultados del laboratorio, nada concluyente —vuelve a mentir Carol, usando esa palabra, «concluyente», que tanto le recuerda a las series policíacas estadounidenses. Ahora que Julia está tan enfocada en su reunión, no quiere darle ni un solo motivo para regresar a la habitación a por su móvil.

—¿Y qué querías enseñarme? —repite.

Perfecto, su atención sigue estando donde debe estar.

—¿Conoces a Esteban Zubeldia? —pregunta la inspectora antes de mostrar a Julia la primera foto.

—No me suena, la verdad. Aunque soy muy despistada, así que puede que nos hayamos visto en alguna ocasión y que ahora no lo recuerde.

Carol saca la primera instantánea del muelle y la deja sobre la mesa. De repente Julia es la viva imagen de la sorpresa.

—¿Lo has visto alguna vez?

Ella niega con la cabeza. Luego coge la foto y la mira con atención.

—¿De cuándo es esto?

—Del día antes de la muerte de Abril.

—¿Tenía novio?

—Parece que sí.

—Pero... ¿Fue él quien la mató?

—Es demasiado pronto para saberlo —responde Carol—. ¿Abril no te había hablado de él?

La agente literaria niega de nuevo.

Está empezando a ponerse nerviosa y Carol se teme lo peor.

—Julia, mírame. Es muy importante que guardes la calma —le dice, inclinándose hacia ella y utilizando un tono de voz firme y cercano a la vez—. Este hombre aparece por algún motivo en nuestra ecuación, pero por ahora no hay indicios claros que apunten hacia él —le explica Carol, que no tiene muchas ganas de presenciar en vivo y en directo un ataque de ansiedad de la agente literaria—. Necesito que te concentres en él, que procures recordar si en algún momento Abril pudo hablarte de Esteban.

—Ella jamás hablaba conmigo de hombres. —Su voz es más aguda de lo normal a causa de la tensión—. Y yo no le preguntaba, porque ya conocía su historia. Tuvo que contármelo todo cuando me pidió ayuda con el tema de su madre.

«Mi dulce muñequita», reproduce de golpe la mente de la inspectora, recordando una de las voces más aterradoras de Abril, la que tanto daño le había hecho.

—¿Abusos? —pregunta Carol.

No necesita añadir nada más.

Tampoco Julia, que se limita a asentir con cara de circunstancias.

Si Abril compartió con Julia lo de los abusos lo más probable es que guardaran algún tipo de relación con su madre. Quizá un novio o algún familiar cercano.

—Por eso nunca me planteé que Abril pudiera tener pareja. Ella jamás hablaba del tema, ni siquiera cuando yo le destripaba mis escarceos amorosos y le pedía consejo. Después de lo que tuvo que pasar, me parecía de lo más normal que hubiera elegido vivir su vida sin...

—¿Hombres?

—Sexo.

La agente literaria se ruboriza al pronunciar esa palabra, de pronto parece una cría pequeña, sensible y desprotegida.

—Julia, ¿reconoces esta maleta? —pregunta la inspectora, pensando en que ella y la escritora viajaban muy a menudo juntas.

—Sí, era de Abril. Yo le regalé ese adorno que cuelga del asa. Se compró la maleta más común del mundo y siempre perdíamos mucho tiempo en la zona de recogida de equipaje hasta que se cercioraba de que había cogido de la cinta transportadora la suya y no la de otra persona —explica la agente literaria, algo más cómoda con ese recuerdo del pasado—. Un día entré en una tienda de accesorios para viajeros y le compré ese muñeco rojo de goma. Se lo di con una nota que decía: «Prefiero perder el tiempo tomándome un café contigo que buscando tu maleta». —Las pestañas de Julia vuelven a vibrar, esta vez por el llanto a punto de desbordarse.

—¿Y funcionó?

—¡Qué va! —Emite una risa lacrimosa—. Siempre era la última en salir. Ella decía que lo hacían a posta en la bodega.

Carol da un par de sorbos al café y aguarda a que Julia se reponga del vaivén emocional.

—Siempre la he envidiado, ¿sabes?

La voz de Julia suena algo más apagada. De pronto parece alicaída. Se ha dejado caer sobre el respaldo de la silla, con las manos sobre el regazo. Sus ojos, enmarcados por el flequillo y las líneas rectas de cabello que descienden hasta el borde de su mentón, albergan ahora una expresión diferente.

—¿Por qué? —pregunta Carol, intuyendo que la agente literaria no continuará hablando sin un pequeño empujón.

—Porque era todo lo que yo no era capaz de ser. —Un largo silencio hace creer a Carol que Julia espera a que diga algo, pero finalmente continúa—. Abril nunca se alarmaba. El mundo podía estar viniéndose abajo y ella habría permanecido impasible, analizando pros, contras y consecuencias sobre las páginas de una de sus libretas y conversando con sus voces. Yo, en cambio, me habría desquiciado intentando salvar la situación de mil formas distintas antes de encontrar la adecuada... O de darme cuenta de que no había solución.

—Eso que describes son simplemente dos formas distintas de actuar ante la vida —comenta Carol, obviando el peso que la palabra «desquiciada» tiene en el discurso de Julia Moll—. Hay personas de acción y personas de pensamiento.

—Extrema acción, en mi caso. Extremo pensamiento, en el suyo —puntualiza Julia.

—Quizá por eso os llevabais tan bien. Puede que vuestras formas de ser se complementaran —propone Carol.

La inspectora se transporta por unos segundos a la conversación que mantuvo con Ginés en la finca de la escritora. Él afirmaba que si Abril se mantenía cerca de alguien era porque ese alguien le aportaba algo que necesitaba. ¿Es posible que obtuviera de Julia el punto de acción que le faltaba? Lo primero que hizo por la escritora fue ayudarla a solucionar el grave problema que tenía con su madre, lo que significa que, en aquel momento, la empujó a actuar. Y puede que no fuera la única ocasión.

—Es posible... —acepta Julia al cabo de un rato—. Cuando nuestras cabezas estaban bien, nos reíamos mucho juntas, ¿sabes?

De nuevo una referencia al equilibrio mental y, con ella, vuelve a brotar en la inspectora esa intensa curiosidad por resolver el puzle de la agente literaria.

Un puzle que está a punto de mutar.

—Me da igual lo que pienses —le suelta Julia, irguiéndose de pronto en la silla.

«Aquí está de nuevo», piensa Carol, que ya empieza a acostumbrarse a sus escarpados cambios de humor.

—Sólo cumplo con sus deseos —continúa—. Ella lo habría querido así.

—¿A qué te refieres?

—De ahora en adelante, todos los derechos de sus obras irán a parar a numerosas instituciones y asociaciones en defensa de la salud mental. Abril y yo hablábamos mucho sobre la muerte, quizá porque las dos hemos jugado con ella, así que un día decidimos hacer ante notario un escrito con nuestras últimas voluntades. Ella era la depositaria de las mías y yo lo era de las suyas —explica de corrido, como si ya hubiera ensayado este discurso—. No pensé que tuviera que ejecutarlas tan pronto —se lamenta.

—¿Cuánto hace de eso? —pregunta Carol.

—Dos años, puede que algo más.

—¿Quién lo sabía?

—Sólo nosotras. O eso creo. —Julia duda un instante—. En los próximos meses dejaré un poco de lado mi trabajo en el mundo editorial para crear la Fundación Abril Zondervan. La idea es ayudar a impulsar investigaciones como la de Marius Romme y Sandra Escher en otros campos de la psiquiatría e intentar hacer comprender a la sociedad que las personas que sufren trastornos mentales siguen siendo personas.

—Sonsoles me ha dicho que Abril se encargaba de pagar los gastos de Raúl Cobo, ¿seguirá siendo así? —La inspectora no piensa explicar a Julia el motivo de su interés.

—Pobre chico, lo único que quería era entender cómo había sido capaz Abril de controlar sus voces —comenta Julia, en un tono bastante más relajado, parece que refiriéndose a la etapa en la que lo tildaron de acosador—. Ginés no podía ni verlo, y la verdad es que lo entiendo. Aquel día, con lo del ascensor, les dio un susto de muerte. Pero no habrá problema con él. Abril financiaba gran parte de los proyectos de Sonsoles y pienso encargarme de que eso continúe adelante. Me asesoraré bien para que cada euro del legado de mi amiga se emplee debidamente.

Por un momento, Carol se plantea si lo que acaba de contarle Julia Moll puede suponer una nueva línea de investigación. Sin embargo, algo le dice que será mejor ceñirse a lo que tiene en marcha y que, si eso falla, busque otras alternativas.

—¿Sabes si estaba escribiendo algo nuevo? —pregunta de golpe.

—No te entiendo.

—Que si crees que es posible que Abril escribiera una novela en las semanas previas a su muerte.

—Ni hablar —responde con seguridad—. Ella me lo habría contado.

—Eso mismo me ha dicho Ginés por teléfono. Y Sonsoles, a primera hora de la mañana.

Cuando Carol le muestra las imágenes y describe lo poco que ha podido leer del contenido de esas hojas, la agente literaria sólo es capaz de pronunciar una palabra.

—Imposible.

DOS: LAS VISITAS

La caja cambiaba de forma y de tamaño sin que yo fuese capaz de predecirlo. De los escasos tres metros cuadrados en los que permanecía enclaustrada la mayor parte del tiempo, a amplias salas de paredes heladas y vacías o laberínticos y angostos pasillos en los que me sentía aún más perdida. A veces, la caja sólo crecía un poco, lo suficiente para dejar espacio a las visitas.

«¿Qué es este lugar?», pregunté la primera vez que apareció aquella figura femenina, esbelta y estática como un maniquí. Llevaba el cabello pulcramente recogido en un moño y un vestido extraño, con aroma a pasado, como los que vestían las mujeres en el cine americano de los sesenta. En aquella ocasión no obtuve respuesta. Su cara, borrosa, desdibujada, no tenía labios para contestarme.

«¿Dónde estoy?», pregunté la segunda vez que la vi, sentada sobre una banqueta que nunca había estado ahí, en una de las esquinas de la caja. Esa vez, en medio del borrón de su rostro, apareció una boca que permaneció cerrada.

«¿Dónde estoy?», pregunté la tercera vez. Pero su boca tampoco dijo nada. Se limitó a dibujar una sonrisa en medio del borrón. Una mueca, al principio agradable, que poco a poco fue comiéndose toda la anchura de la cara ausente y se extendió, llena de dientes y de humedad, alrededor del cuello y los hombros, para quedarse ahí, cubriendo como una bufanda de brillante rojo carmín el cuerpo de mi visitante.

«¿Dónde estoy? ¿Dónde estoy? ¿Dónde estoy? ¿Dónde estoy? ¿Dónde estoy?...» Ante mi insistencia, las paredes decidieron tragarse mi pregunta y devolvérmela en un remedo interminable, envuelto en ecos de risas y gritos infantiles, que sólo cesaba cuando la caja me oía llorar.

La mujer sin rostro siguió apareciendo. La misma indumentaria, la misma actitud altiva y el mismo borrón en la cara. Unas veces, salían de sus labios vocablos ininteligibles. Otras, en lugar de boca, me mostraba las cuencas de unos ojos de los que manaban ríos de tinta que, al llegar al suelo, se expandían en finos hilos negros en una suerte de palabras abortadas.

Hicieron falta muchas visitas de la mujer sin rostro hasta que fui capaz de leer con claridad el trazo, en mayúsculas, de una de ellas: VENENO.

MENTIRAS

Veintitrés de agosto. Cinco y media de la tarde.

Carol abre la puerta trasera del coche y se asoma al interior.

—¿Cómo has llegado hasta aquí?

—En un taxi. Me ha dejado en la rotonda de ahí abajo, a unos cien metros —responde Carol al tiempo que cierra la puerta y se acomoda en el lado derecho. Venir en su MX5 amarillo pollo le ha parecido poco discreto—. ¿Sabes que apestas?

—Me lo dicen todas —comenta la Hiena con una de sus mejores sonrisas azafranadas.

—¿Qué ha pasado con el aire acondicionado?

—Eso me gustaría saber a mí.

Carol baja la ventanilla e intenta paliar la asfixiante burbuja de olor a sudor con bocanadas de aire caliente. No lleva ni un minuto dentro y ya está chorreando.

—¿Lo tienes controlado? —pregunta, como si acabara de acordarse del motivo que los ha llevado hasta las afueras de la ciudad.

—Está en el aparcamiento del Aldi, junto al Ibiza blanco —explica el subinspector, señalando con el dedo su objetivo, aún con el uniforme del trabajo puesto.

—Parece estresado. ¿Cuánto lleva ahí?

—Más de veinte minutos. Habrá mirado el móvil unas quinientas veces.

—¿Y el otro?

—En el A4 negro que hay tres coches delante de nosotros. Viene siguiéndolo desde que dejó el camión de reparto.

La inspectora se guarda para después la satisfacción de haber cazado las mentiras del transportista. Ahora es mucho más importante descubrir qué está tramando y por qué lo siguen. Sin lugar a dudas, el tal Paco sabe mucho más de lo que les ha contado.

—¿Has podido verlo? —pregunta Carol en referencia al conductor del Audi.

—¡Ni que tuviera rayos X! —responde Hernández haciendo alarde de su mala baba—. Parece que Paco se ha hartado de esperar —añade enseguida, en un tono algo más urgente.

El transportista se sube a su Ibiza y sale del aparcamiento segundos después, tomando la calle José Fernández Pertierra en sentido Pedregalejo. Carol y Hernández se agachan cuando pasa a su lado y aguardan a que el conductor del A4 haga las maniobras correspondientes para cambiar de sentido y poder ir detrás de él. La inspectora observa que el misterioso conductor se demora lo necesario para que el transportista no advierta que tiene compañía. La Hiena y ella hacen otro tanto.

—Tira —apremia Carol, impaciente, cuando el retrovisor la avisa de que tienen vía libre.

—¡A sus órdenes! —suelta el subinspector con sorna. Acto seguido da un volantazo a la derecha para seguir a los dos coches.

¡QUE SE JODA!

—¡Llegas tarde! —entona su mujer desde la cocina, entre ruido de platos en el fregadero y sonido de agua.

Está nervioso. ¿Qué coño se supone que tiene que hacer ahora? ¿Intentarlo una vez más o cumplir con su deber de ciudadano e ir a la comisaría con la excusa de haber recordado algo importante?

—¿Cariño? —vuelve a intentarlo su mujer.

—¡Me han entretenido en el trabajo! ¡Un paquete que se había perdido y, ahí, dale que dale con que lo llevaba yo en la furgo! —explica él desde la entrada, elevando la voz.

Como cada día, se quita los zapatos y el polo azul de la empresa en el recibidor. El suelo está más caliente que sus sobacos. Se saca las llaves del bolsillo del pantalón y las deja en el cenicero que hay sobre el mueble de la entrada, junto a una foto en la que una niña de unos dos años con la cabeza poblada de caracolillos rubios camina, muerta de risa, sobre la abultada panza de su padre. Él finge un terrible sufrimiento al ser pisoteado por ese par de pies regordetes.

De eso hace ya dos veranos. Hay que ver cómo ha crecido su boqueroncilla.

Paco coge la foto y se demora unos segundos contemplando la escena. «El muy hijo de puta, con lo bien que nos habría venido ese dinerito», se lamenta para sus adentros. ¡Que se joda! Mañana mismo llama a esa inspectora.

—¡Papito! —exclama su pequeña desde la puerta del dormitorio. Sus rizos parecen haber sufrido una buena batalla de juegos y travesuras.

La niña echa a correr y se lanza contra el padre en un pegajoso abrazo.

—¡No veas lo que pesas ya, boqueroncilla! —exagera, y estruja el sudoroso cuerpecito contra él—. ¿Dónde andabas? Mira, me ha dado tiempo hasta de quitarme la camiseta.

La niña frunce el ceño y lo imita. Se quita el vestidito de Mickey Mouse y levanta los pies para que su padre la libere de las minúsculas zapatillas de lona roja que lleva puestas.

—He estado en el parque, haciendo colección de hormigas. ¿Quieres verlas? —pregunta, emocionada, mientras se aparta con la manita abierta un mechón que se le había quedado pegado en la frente por el sudor.

—¡Pues claro que quiero verlas! —responde él, haciendo un esfuerzo por dejar a un lado el asunto de los veinte mil euros. Su mujer no puede enterarse de eso—. ¿Dónde están tus hormigas?

—¡Ah, no! Ni hablar. Tú, señorita, te vas ahora mismo para el cuarto de baño, que hay que darte una buena ducha. Y tú, Paco, despeja la mesa del comedor que la cena está casi lista —interviene la madre desde la puerta de la cocina a la vez que se seca las manos con un paño.

ENTRAR Y SALIR

Abrazaderas negras, bolsas de plástico, cinta americana y una navaja. Lo lleva todo distribuido en los bolsillos. Falta la pistola. Una Glock 17. Abre la guantera y la saca. Siempre la lleva encima, por lo que pueda pasar. Se la engancha en la cinturilla de los pantalones y se asegura de que queda bien disimulada bajo la camiseta. «Entrar y salir. Algo rápido», piensa. Luego se quita los guantes de cuero que ha usado para no dejar rastros en el coche y se los guarda. No quiere llamar la atención ahí fuera.

Se apea del vehículo, cruza la calle y usa la llave del coche para llamar al azar a cuatro pisos del bloque.

«¿Quién?»

«¿Sí?»

«Diga.»

«¿Conchi?»

Todos contestan.

—Cartero comercial —anuncia él.

Tres de ellos cuelgan.

«Le abro», pronuncia el cuarto. Simple cuestión de probabilidad.

Empuja la puerta con el costado y entra en el portal.

«Te tengo», piensa cuando lee el nombre del pobre gilipollas en el buzón del segundo B. Un golpe de suerte. En la actualidad casi nadie se preocupa por facilitar el trabajo al cartero.

¿Ascensor o escalera?

Escalera.

Primer tramo.

Seis puertas por planta. Tres a cada lado del ascensor. El edificio parece tranquilo. Y las paredes aíslan bien el sonido, a juzgar por la ausencia de música, voces de niños o retransmisiones de partidos de fútbol en las zonas comunes.

Segundo tramo.

Saca los guantes del bolsillo trasero y se los pone de nuevo. No quiere dejar huellas. Tampoco le apetece cortarse los nudillos con algún diente, en caso de que sea necesario llegar a las manos.

Luego avanza los veinte metros que lo separan del segundo B.

«Entrar y salir. Algo rápido. Y limpio», se repite.

Y llama al timbre.

RICITOS DE ORO

Un grito de mujer al fondo del pasillo.

Una puerta que se abre.

Una cría, descalza y en braguitas, que sale llorando del piso. Como una Ricitos de Oro en miniatura, asustada y perdida.

—Mamiii... Mamiii... —solloza.

Una mano, la de Carol, agarrando a la pequeña, que no para de llorar, y apretándola contra su pecho.

—Chist... —le susurra al oído—. Chist. Tranquila.

—Ma-maaaaá —gimotea la niña, perdiendo la respiración a mitad de palabra.

—Voy a ir a por tu mamá, te lo prometo. ¿Papá está con ella?

—Pa-piiiiii —responde, con un leve movimiento afirmativo.

—¿Y hay alguien más? —pregunta Carol, y la niña asiente—. ¿Un hombre? —De nuevo la respuesta es sí—. ¿Lo has visto alguna vez? —Ahora niega, nerviosa, ante la atenta mirada de la inspectora—. Lo has hecho muy bien, pequeña. ¿Ves esa escalera? —La cría mueve la cabeza arriba y abajo, mientras su boca dibuja un puchero y su pechito se contrae por el llanto—. Quiero que subas todos los escalones que encuentres y que me esperes sentada, arriba del todo, hasta que yo vaya a buscarte con tu mamá, ¿de acuerdo?

—Va-leee —responde la diminuta Ricitos de Oro. Luego hace lo que Carol le ha pedido.

Cuando la niña está a salvo, la inspectora desenfunda su HK y se enfrenta a la longitud del pasillo. ¿Dónde coño está Hernández? ¿Tan difícil es aparcar un maldito coche? El subinspector aparece un instante después, azorado tras la carrera por las escaleras. Carol le hace un gesto y señala hacia la puerta abierta.

Otro grito recorre el pasillo.

Luego, un ruido sordo que parece un golpe.

Después se hace el silencio.

Una vecina se asoma para ver qué ocurre. Hernández le pide que regrese a su casa y que cierre la puerta con llave.

Carol nota un sabor metálico en la boca. Sangre. ¿Es real? ¿O es sólo un recuerdo? Tiene las mandíbulas apretadas y la respiración contenida.

Un sudor frío impregna su piel.

Avanza despacio, con la Hiena cubriéndole las espaldas. Por primera vez desde que lo conoce, Hernández parece realmente nervioso.

—¡No! —grita una voz masculina—. ¡Por favor, por favor, por favor! —suplica, cada vez más bajo.

Otro ruido sordo. Y un llanto apenas audible. Parece

como si el instinto de supervivencia estuviera llamando al silencio.

La inspectora quita el seguro al arma, empuja con determinación la puerta y se adentra, sin saberlo, en el recuerdo de su peor pesadilla.

ATAQUE DE PÁNICO

Veintitrés de agosto. Doce menos cuarto de la noche. Hospital Universitario Virgen de la Victoria.

El médico forense acaba de marcharse. Carol y su jefe están frente a los ascensores, en medio de una despedida que dura ya demasiado. Es evidente que está preocupado, pero no porque el caso Zondervan se haya complicado con la actuación estelar —e inesperada— de un matón, ni porque haya dos personas ingresadas. La inspectora intuye que, por alguna razón, Villalba decidió asignarle esta investigación para mantenerla lo más alejada posible de líos y meteduras de pata, lo que no sabe es por qué. Sin embargo, ahora es tarde y está cansada, no tiene ganas de ponerse a discutir con él. Porque eso es lo único que conseguiría, discutir con su jefe hasta que uno de los dos cediera, agotado. Además, si lo piensa bien, están en tablas. Ella también le oculta información. Ha omitido deliberadamente un par de detalles de lo ocurrido esta tarde. Nimiedades cuyas garras se clavan en sus entrañas mientras ella dedica casi toda la energía que le resta en procurar que su superior no se dé cuenta de que aún está muerta de miedo.

Villalba mira el reloj. Su cara dice que es muy tarde, debe regresar a casa.

Por lo que le ha contado a Carol en un breve y atropellado desahogo de apenas cinco minutos, entre pericias forenses y declaraciones, la relación con su mujer no atraviesa un buen momento. Al parecer, ella ha decidido plantarse. Se alegra por el ascenso de su marido, pero esta vez no lo seguirá, no piensa solicitar un nuevo traslado, no va a hacer que sus hijos vuelvan a pasar por un cambio de ciudad, de domicilio, de centro escolar, de amigos... La inspectora la entiende. También comprende el estado de bloqueo emocional en el que debe de encontrarse su jefe —ciento por ciento razón, cero por ciento corazón—, incluso sospecha que lo ocurrido hoy con el transportista y su esposa le ha venido de perlas para escapar un rato de la tensión del hogar. ¿Quién va a reprocharle que abandone a su familia en pleno horario de duchas, cenas y lectura de cuentos si lo único que está haciendo es cumplir con su deber?

—¿Seguro que va todo bien? —insiste Villalba una vez más. ¿Para quién es la pregunta? ¿Para Carol? ¿Para él? ¿Para su mujer?

—Anda, vete a casa —dice la inspectora.

Su jefe se cuela en el ascensor, ocupando la mitad del espacio con su envergadura. Antes de que se cierren las puertas, añade algo más a la pensativa, pausada e interminable despedida.

—Por favor, Carol, tómate mañana el día libre. —Ha sido una petición en lugar de una imposición, algo extraño en él—. Puede que tú no te des cuenta, pero necesitas descansar.

Luego Villalba desaparece tras las hojas de acero.

«Como si fuera tan fácil», piensa la inspectora, que por fin puede dejar de bloquear el torrente de emociones que la ahoga desde esta tarde y regresar al pasillo en el que ahora se centra una parte de su preocupación.

Ojos azules. Pelo castaño claro, muy corto. Rostro anguloso. Entre treinta y cinco y cuarenta y cinco años.

«Estaba esperándonos —deduce—. Es posible que oyera salir a la niña. Puede que me escuchara hablar con ella», piensa mientras se asoma a la habitación y observa a la cría —ojos enrojecidos, carita húmeda, rizos aplastados— durmiendo al lado de su madre. Esta noche toca cama de hospital. Menos mal que Carol sólo le prometió ir a por su mamá. Es posible que el padre no salga de ésta.

Zapatillas oscuras. Pantalones cargo de color verde caqui. Camiseta negra, lo suficientemente amplia para que no se viera el arma.

«¿Qué coño me ha pasado?», se pregunta, notando aún el peso de esa ausencia de... ¿Cuánto? ¿Cinco segundos? ¿Cinco minutos? Se ha quedado en blanco. Al ir tras él, al ver la pistola apuntando a su cabeza, al oír la primera y única detonación... Sencillamente se ha bloqueado. Y ha permanecido así hasta que Hernández se ha agachado junto a ella, en el pasillo, y la ha obligado a regresar a la realidad. «¡Carol! ¡Levántate de una maldita vez, guarda la pistola y ayúdame con esto!» Mano de santo. La inspectora se ha reactivado, como si hubiera permanecido en hibernación hasta que la Hiena ha tocado la tecla adecuada.

El corazón golpeándole con potencia los tímpanos, la mirada borrosa, la respiración entrecortada, un sudor frío cubriendo cada centímetro de su piel... Cuando ha vuelto en sí se ha dado cuenta de que se encontraba hecha un ovillo junto a la puerta del piso. «Gabriel», ha dicho. Y ha tenido que mirar dos veces para cerciorarse de que él no estaba a su lado, tendido en el suelo, muerto por un disparo en la sien. Se ha palpado el vientre. También el hombro izquierdo, entumecido por la tensión. Y, cuando ha sido al fin consciente de que estaba despierta, de que la Hiena aguardaba impaciente a que reaccionara, ha dominado el aullido que estaba a punto de explotar en su garganta, ha desplegado las rodillas para ponerse en pie y ha entrado de nuevo en el piso, sin ser capaz aún de volver a enfundar el arma.

Un ataque de pánico.

Ha sufrido un jodido ataque de pánico.

Aunque es posible que la psicóloga del cuerpo de policía que la atendió en Madrid tenga otro nombre para lo que ha experimentado esta tarde.

Y, horas después, aún siente la angustia en la garganta. La necesidad de gritar. De salir corriendo. Le duele más que nunca el peso de la muerte de Gabriel. Su compañero. Su amigo. Su amante. Su... «Te quiero tanto...», le dice en silencio. Pero ahora no toca venirse abajo. Ahora lo que la inspectora necesita es centrarse en el caso y averiguar cómo coño ha ocurrido lo de esta tarde. Ricitos de Oro se acomoda junto a su mamá en la cama. Un gran apósito blanco cubre el corte en la garganta de la mujer. Por eso, por la escritora, por la cría, que no tiene culpa de nada, por su madre y por el imbécil de su padre, en los próximos segundos

Carol bloqueará sus emociones, negará que ha sufrido un ataque de pánico en medio de un tiroteo e intentará convencerse a sí misma, y a los demás, de que todo va bien.

—¿Qué tal? —pregunta al ver a Hernández avanzando hacia ella por el pasillo.

Por una vez se alegra de verlo, puede que su presencia la ayude a alejarse un rato de la implacable oscuridad que la devora por dentro. Tiene aspecto de estar hecho polvo, y no es para menos. Una jornada kilométrica. Interrogatorios, seguimientos, tentativas de homicidio, declaraciones y varias horas aguardando en el hospital. Sí, es como para estar cansado. Carol ni siquiera recuerda cuándo fue la última vez que comió algo.

—En coma. Y no pinta bien la cosa —responde la Hiena cuando llega a su lado—. Aunque aún tendrán que hacerle algunas pruebas más para determinar el alcance de los daños.

Hipoxia. Ésa es la palabra. Fácil de pronunciar, aunque un tanto extraña y de uso poco común. El transportista —«Paco, me llamo Paco», reproduce Carol en su cabeza cada vez que piensa en él— ha experimentado esta tarde, en cada célula de su cuerpo, lo que significa la palabra «hipoxia».

—¿Crees que era nuestro asesino? —pregunta Hernández.

La escena es fácil de describir en pocas palabras. Cinco personas en el piso: dos rehenes, dos policías y un malnacido. Los buenos apuntando con sus armas a la cabeza del malo. Dos pistolas contra una navaja. Parece fácil, ¿verdad? Aunque la cosa se complica cuando esa navaja muerde, cada vez con más intensidad, la garganta de una mujer, «rehén número uno». El hilo de sangre, más y más caudaloso por momentos, dibujando una línea en el cuello, encharcando el hueco de la clavícula y tiñendo de rojo la ropa. Aun así, cualquiera pensaría que hay opciones. La negociación podría haber empezado con un «Todavía no ha pasado nada», con un «Estás a tiempo de parar esto» o, por qué no, incluso con un «Suelta la puta navaja si no quieres que te vuele la tapa de los sesos». Y no es que Carol adolezca de falta de preparación para dialogar en situaciones difíciles, tampoco tiene mala puntería, es que aún falta por ubicar en la escena a «rehén número dos». Durante toda esta explicación, «Paco, me llamo Paco» ha estado asfixiándose en el suelo de su salón porque el malo ha tenido la genial idea de envolverle la cabeza con una bolsa para congelados, asegurándose de que no entrara ni una pizca de oxígeno gracias a la cinta americana que circundaba su pescuezo. «Yo me marcho y vosotros dos os encargáis de esto», ha dicho el malo, seguro de sí mismo, señalando con el mentón a ambos rehenes, en un español con marcado acento italiano. «Hernández, baja el arma», ha ordenado Carol cuando Paco acababa de dejar de patalear contra el suelo.

—No lo creo —responde segundos después la inspectora—. Alguien lo ha contratado para cerrar la boca al transportista. Lo que podría confirmar que el tío al que buscamos es el hombre que Paco vio en la finca el día que murió la escritora.

—¿Y cómo estás tan segura de que no son la misma persona?

¿Que cómo está tan segura? ¿Cómo es posible que la

Hiena no sea capaz de responder él solito a la pregunta? La inspectora respira hondo y se prepara para explicárselo del modo más calmado posible. No quiere irritar a Hernández ahora que es consciente de que está a su merced. Una sola palabra a Villalba de lo ocurrido esta tarde en ese maldito pasillo y Carol acaba apartada del servicio por motivos de salud... mental. «La niña», ha pensado. Tras comprobar que la mujer estaba bien, que se bastaba ella sola para pararse la hemorragia, la inspectora se ha lanzado hacia la puerta sin pensar en las posibles consecuencias de sus actos. Podía haber acabado con una bala en la cabeza. Por no hablar de otro pequeño detalle: dejó a su compañero solo mientras intentaba reanimar al hombre que ahora permanece en coma en la UCI. Pero la cara de la niña, su indefensión... ¿Y si estaba allí fuera, aguardando? No podía arriesgarse a que le ocurriera algo.

—Quien mató a Abril Zondervan se dejó llevar por una extraña mezcla de urgencia y escrúpulo. Suponemos que el golpe en la cabeza fue fortuito. Incluso parece fruto de la prisa lo de envenenarla con esas pastillas y, al ver que no eran suficientes, obligarla a beber la sobredosis del hipnótico. Es como si al principio todo hubiera sido improvisado y, después, al ser realmente consciente de lo que había hecho, se dedicó a limpiar, a su manera, todos los posibles rastros. Cambió las sábanas, eliminó los restos de vómito, quitó la alfombra, puso ropa limpia al cadáver... Todo eso puede parecer muy meticuloso, pero no deja de ser la chapuza de alguien que no tiene ni idea de cómo enfrentarse al crimen que acaba de cometer. Quería que pareciera un suicidio, pero estaba tan obsesionado con no dejar ni una sola prueba de su presencia que convirtió el escenario en algo irreal.

—Es muy tarde. No deberían estar aquí —les dice una enfermera, alertada por la conversación que Hernández y Carol mantienen en medio del pasillo.

Las doce y cuarto. Acaban de estrenar el día veinticuatro.

—No se preocupe, ya nos vamos —se disculpa la inspectora, que se asoma una última vez a la habitación para despedirse en silencio de la pequeña Ricitos de Oro antes de echar a andar hacia los ascensores—. Piensa en lo que ha pasado esta tarde —continúa con su reflexión ante la atenta mirada de Hernández—. Ese tío tenía muy claro a lo que iba. Las abrazaderas para inmovilizar tobillos y muñecas, las bolsas, la cinta americana... La mujer dice que lo llevaba todo encima, distribuido en los bolsillos. Cargaba con lo que necesitaba para dar un buen susto a esa familia.

—Para asesinarla, querrás decir —puntualiza la Hiena que, al elevar el brazo, expande a su alrededor un fuerte tufo a sudor.

—No, no lo creo. Podría haberse ahorrado riesgos innecesarios cargándose al transportista en el aparcamiento del Aldi. La terraza de un hotel, una discoteca, la puerta de un colegio... Cualquier sitio es bueno para un sicario. Eso no era un ajuste de cuentas. Era otra cosa —le explica Carol—. Ese tío se ha tomado la molestia de seguir a Paco hasta su casa porque quería darle un susto de muerte. Suerte que esa cría decidió salir a buscar ayuda en lugar de esconderse en un armario —reflexiona—. Aunque, teniendo en cuenta el resultado, no sé qué habría sido mejor. ¿Has visto el modo en que ese tío ha preparado su salida? Está claro que no nos esperaba; sin embargo, sabía muy bien qué hacer en caso de imprevisto.

—Yo casi me lo hago encima —reconoce Hernández.

—Además, está el tema de los guantes de cuero —añade de pronto Carol, cuando incluso ella pensaba que había terminado—. Si el asesino de Abril hubiera registrado la casa con unos guantes de cuero como los que llevaba el tipo de esta tarde, no nos habríamos enterado. Puede que incluso hubiéramos abordado el caso de un modo completamente distinto y que ese sobre marrón siguiera oculto en el escritorio —concluye, recordando el misterioso borrador de la escritora, cuya copia aguarda, impresa y encuadernada, en el asiento del copiloto del viejo Mazda—. De todas formas, lo que ha pasado esta tarde nos deja clara una cosa.

—Ilumíname, inspectora —solicita la Hiena cuando las puertas del ascensor se abren frente a ellos.

—Si el transportista no está metido en ningún negocio sucio y todo esto ha sido por la muerte de Abril, ahora sabemos que el asesino está dispuesto a hacer cualquier cosa para evitar que demos con él.

«Lo que no sabe es que pienso encontrarlo. A él y al hijo de puta que ha reventado a esta familia», concluye Carol en la intimidad de sus pensamientos al pulsar el botón de la planta baja. En su mente, el nítido recuerdo de la cría, muerta de miedo, aguardando, sentada en el último escalón del bloque de pisos, a que su mamá y la inspectora fueran a recogerla.

FALTA ALGO

Una y media de la madrugada.

Lo único que mantiene mínimamente activa la atención de la inspectora es el frío y húmedo contacto de los cuatro tercios de cerveza que aprisiona con el brazo izquierdo contra el pecho. De su hombro derecho pende una bolsa de tela con la carpeta en la que guarda las imágenes del Muelle Uno, la copia impresa y encuadernada de la extraña novela de la escritora y un par de paquetes de frutos secos.

Le pesa todo el cuerpo después de la extenuante jornada; sin embargo, está extrañamente alerta. Aún tiene la mirada inquieta y el pulso sobrecogido, y sus piernas parecen haber perdido la mitad de su fuerza. Avanza dejándose llevar, como un crío que acaba de aprender a andar y que se precipita en cuanto encadena cinco pasos seguidos. Cuando mete la llave en la cerradura para abrir la puerta de su casa, siente que ya no puede más. Todo está oscuro, como el interior de su cabeza. Antes de atreverse a entrar, Carol deja las cervezas en el suelo y busca con la palma de la mano el interruptor. La luz del recibidor le proporciona un estúpido alivio que desaparece en el instante en que va a pasar a la cocina. No entra en calma hasta que todas las luces de la casa están encendidas. Sólo entonces empieza a deambular por sus estancias con naturalidad. Hace calor y huele a cerrado —también a basura—, pero no se siente con ánimos de abrir las ventanas, así que opta por subir al dormitorio, cuya cama no ha usado desde que volvió a instalarse en la casa de Max, para ponerse ropa cómoda y coger una sudadera por si el aire acondicionado del salón vuelve a hacer de las suyas.

«¿Y tú cómo estás, niña?»

La pregunta de Hernández regresa a su mente al entrar de nuevo en la cocina en busca de su querida Voll Damm Doble Malta. Debió de haberlo supuesto: aquélla era una conversación obligada tras lo ocurrido. Y la Hiena ha sido lista, no ha osado tocar el tema hasta que Carol ha estado totalmente a su merced, dentro del coche de vigilancia, camino de la comisaría.

«Estoy bien, sólo quiero irme a casa a descansar», ha respondido ella.

«Lo que te ha pasado esta tarde... Ni hablar, tú no estás como tienes que estar, niña. Te vendría bien algo de ayuda. O contar a alguien lo que te está ocurriendo...», lo ha intentado él de nuevo, tras un largo silencio y un buen puñado de calles, cuando el MX5 amarillo de la inspectora estaba ya a la vista, en la zona de aparcamiento que hay tras la comisaría. Carol ha sido consciente de que Hernández estaba usando toda la mano izquierda que su desagradable personalidad y el exceso de cansancio le permitían. De hecho, la

Hiena jamás había sido tan cordial con ella. Aun así, no ha podido evitar interrumpirlo y ponerse a la defensiva. «Lo que ha pasado esta tarde no volverá a repetirse, puedo asegurártelo», ha soltado de un modo tan contundente que el subinspector ni siquiera se ha despedido cuando ella ha abandonado el coche con un escueto «hasta mañana». Más tarde, mientras recorría el camino a casa siguiendo la línea de la costa, sin prestar atención a la vitalidad de la Málaga nocturna, Carol se ha planteado cómo puede asegurar que no volverá a bloquearse de ese modo. ¿Qué coño sabe ella, si hace semanas que perdió el timón de su cordura? A veces piensa que está más loca que la loca de su escritora muerta.

Da un trago a la cerveza, fresca y burbujeante promesa de sopor.

Cuando entra en el salón, siente la poderosa bofetada de su decadencia. Los cristales de la botella que rompió hace unos días, en pleno éxtasis de su pesadilla, aún siguen desperdigados por el suelo, y sobre la mesa y sus alrededores hay tanta basura acumulada como en su propio cerebro. Pero hoy no piensa huir. Si sale por la puerta del decrépito jardín en busca de refugio en el garaje de Max, volverá a pasarse la noche en vela. Y no puede más. Necesita descansar, aunque sólo sea un par de horas.

Carol respira hondo, se guarda el agotamiento en un bolsillo y se dirige una vez más hacia la cocina. Abre la raquítica nevera y mete en ella las cervezas, incluyendo la que tiene a medio beber. Si no puede deshacerse de la porquería que navega a la deriva por el interior de su cráneo, al menos limpiará la mierda que la rodea.

Escoba, recogedor y una bolsa grande de basura. También un trapo y el frasco de Cristasol. Incluso prepara el cubo y la fregona. Una hora y media después, se quita las chanclas con las que se protegía los pies de posibles cortes y camina descalza por la planta baja de la casa. Una, dos, tres... Hasta siete baldosas sueltas ha contado esta vez. Pero al menos esas baldosas están por fin limpias y suaves.

—Y ahora, a intentar dormir un poco —susurra, lo que significa que toca regresar a la nevera a por los tercios de cerveza.

De vuelta en el salón, se acuerda de los frutos secos que aguardan en la bolsa de tela. Al sacar los dos paquetes, se queda unos segundos mirando el material que hay dentro. Puede que leer un rato la ayude a conciliar el sueño, así que coge la copia encuadernada de lo que parece ser la última novela de Abril Zondervan, se deja caer sobre el viejo sofá Chesterfield que tanto le gustaba a Max y empieza a leer.

Ya conoce las palabras que componen las primeras páginas. Las fotografió al encontrar los papeles ocultos en la cabaña de la escritora. A fuerza de leerlas en el móvil, ha llegado a memorizar algunos párrafos. Sin embargo, Carol empieza por el principio: «El suelo se licuaba bajo mis pies. Las baldosas, inmaculadas, ora blancas, ora rojas, ora negras, se perdían por un desagüe que no existía...». Acompaña a la protagonista en sus primeras experiencias en el perturbador recipiente que la contiene. «Llevaba encerrada en aquella caja de paredes lisas y cambiantes lo suficiente para sentir que hasta el tiempo se había diluido en...» Padece con ella el desagradable juego del espejo. «Cuando eso pasaba, gritaba hasta sentir el desgarro de mi voz en la garganta, lloraba hasta notar en las mejillas la humedad de las lágrimas y palpaba desesperadamente con las manos hasta dar con todos los pedazos de mi cuerpo...» E imagina a la misteriosa mujer sin rostro que la visita como la versión 2.0 de uno de los macabros personajes del videojuego *Silent Hill*. Tinta negra en lugar de sangre. «La misma indumentaria, la misma actitud altiva y el mismo borrón en la cara. Unas veces, salían de sus labios vocablos ininteligibles. Otras, en lugar de boca, me mostraba las cuencas de unos ojos de los que manaban ríos de tinta...»

Y, al llegar al tercer capítulo, Carol se detiene.

No está segura de qué es, pero de pronto falta algo.

TRES: LA VERDAD

La caja, con sus despiadados juegos y sus inhumanos habitantes, logró hacerme creer que el recipiente de ese veneno era yo, que la terrible sustancia se extendía por mis venas, anegaba todos y cada uno de mis recovecos y me mataba lentamente desde el interior. ¡Burdas, fútiles mentiras! Era ella, la caja, centro de frenéticas y abominables concepciones, la que convertía mi torrente sanguíneo en ríos contaminados. Era ella y sólo ella la que se servía de manipulaciones y engaños para convertirme en un residuo fragmentario y brumoso de mí misma. Era ella quien se empeñaba en desdibujarme para hacer de mí una de sus degeneradas marionetas. Uno de sus huéspedes sin cara ni alma. Un despojo más.

No soy capaz de concretar cuándo fui consciente de ello. Puede que en la agotadora búsqueda de mí misma ante los espejos infinitos. O quizá mientras coleccionaba pasos en los interminables, laberínticos pasillos, tratando de encontrar un rumbo, aunque no fuera el mío. Incluso es posible que lo descubriera en esos momentos en los que trataba de engañar a las paredes para que dibujasen una ventana con vistas a algún punto de mi pasado distinto de mis recuerdos más terribles. Pasé tanto tiempo a solas conmigo allí dentro, buscando en vano una puerta por la que escapar de aquella turbadora pesadilla, que la verdad debió de llegar hasta mí de ninguna parte y de todas a la vez.

«Sal de aquí —dijo una voz en mi cabeza—. Sal de aquí o desaparecerás.»

Pero ¿cómo escapar de un mundo que ni era sueño ni realidad? ¿Cómo huir de un universo ajeno al espacio y al tiempo? ¿Cómo dejar atrás aquel ente obsesivo y traicionero cuya vida parecía depender de la mía?

PARA LEER

Carol bosteza. Se frota los ojos. Se deshace el moño y vuelve a recogerse el pelo, apartándose del rostro los mechones que le estorbaban. En ningún momento levanta la vista del mar de posits que inunda la mesa del salón. Amarillo para las certezas, verde para las conjeturas, naranja para los interrogantes. Hasta ahora, son mucho más numerosos los últimos.

Ha vuelto a pasar la noche en vela, esta vez tratando de descifrar el maldito mensaje de la escritora.

«Los malditos mensajes», mejor dicho.

En plural.

Cuanto más se deja llevar por las palabras de la extraña novela, más se acrecienta una certeza en su mente. La ausencia en el móvil de e-mails recientes, de conversaciones de WhatsApp, de llamadas a conocidos... El motivo por el que no han encontrado ni rastro de actividad de la escritora durante las dos últimas semanas de su vida es porque, a excepción de su último día completo de existencia, el diecisiete de agosto, toda esa actividad se encuentra en las páginas encuadernadas que descansan frente a la inspectora, llenas de anotaciones a lápiz. «Abril Zondervan, Málaga, 31/07/2017 - 17/08/2017», vuelve a leer Carol en la última página. La escritora debió de permanecer encerrada en su cabaña desde que Sonsoles Martín abandonó su casa hasta el día en que las cámaras del Muelle Uno la inmortalizaron paseando con Esteban Zubeldia. Dos semanas. Sólo dos semanas para escribir esta historia, para esconder entre sus páginas lo que quiera que acabó llevándola a la muerte.

—¿Por qué no puede ser todo tan fácil como al principio? —se pregunta Carol, frustrada.

Cuando empezó a leer el tercero de los breves capítulos que componen esta extraña historia de ficción, sus ojos la alertaron de una anomalía. Al principio había pensado que se trataba de algún error tipográfico, algo que intuía normal en un posible borrador sin corregir. Sin embargo, esas notas discordantes, a modo de letras sueltas con un aspecto un poco diferente al resto, dejaron de aparecer al cierre del segundo capítulo. Fue entonces cuando Carol decidió regresar atrás, repasar los textos y reunir las palabras que contenían esas letras:

«Perdían, desapareciera, recuerdos, encerrada, huella, quién, predecir, transformarse, desesperadamente, pedazos, encontraba, juego, siempre».

Así desnudas, las del primer capítulo componían una sencilla frase:

«Para leer debes».

Una frase que a todas luces quedaba incompleta. Una

frase cuyo desenlace se ocultaba, en orden inverso, en las palabras marcadas del segundo capítulo:

«Predecirlo, laberínticos, espacio, lugar, pasado, respuesta, dónde, cerrada, ausente, visitante, llorar, palabras, claridad».

—Para leer debes aprender a leer —pronuncia en voz alta Carol, por enésima vez—. Eso es lo que intento, pero no es tan fácil, ¿sabes? —se queja a la Abril invisible que la acompaña desde que entró en aquella cabaña.

Y este primer mensaje oculta algo más. Está segura de ello. La elección de las palabras no responde a ningún tipo de regla o patrón. Aparecen sin ton ni son. De modo que, por sí solas, debían de tener algún significado profundo para la escritora. Pero ¿cuál? ¿Representan el motivo por el que Abril se sentó a escribir de nuevo antes de haber cerrado completamente su nueva obra? ¿Asientan de algún modo las reglas de esta historia? ¿Las claves para aprender a leerla? Carol emite un largo y sonoro suspiro. Aparte de esto y de ciertos paralelismos bastante claros con la vida de Abril Zondervan, ha sido incapaz de encontrar algo más a lo largo del texto, y eso que ha revisado toda su extensión con la atención a flor de piel, con la mente todo lo abierta que permite un cerebro que encadena un insomnio severo de más de una semana.

«Perdían, desapareciera, recuerdos, huella, ausente», escribe Carol en su libreta. Una ausencia, una desaparición. ¿Es que la escritora echaba en falta a alguien? ¿A quién? «Quién», encuentra en el listado de palabras. Luego hay un «dónde», un «lugar», un «espacio». Pero, sin lugar a dudas, las palabras que más repite mentalmente son las que están llevándola al límite de la extenuación. La palabra «juego». La palabra «desesperadamente». ¿Debe jugar para aprender a leer? ¿Durante cuánto tiempo?

Rrrrrrr...

Carol no levanta la vista de los escasos posits amarillos.

Rrrrrrr...

—Para —dice.

Rrrrrrr...

—Que pares.

Nunca ha soportado el ruido a roto del timbre de la calle, ese que ahora atraviesa sus oídos en una suerte de estímulo eléctrico que amenaza con romper el hilo de sus pensamientos.

Rrrrrrr...

—¡Para de una vez! —exclama irritada.

Silencio.

Su respiración, el sonido de los papeles en contacto con sus manos, la delicada queja del adhesivo de los posits al abandonar su reducido espacio en la madera... Pero nada más. El timbre ha dejado de berrear. Por fin.

Luego están los personajes. Por lo que Sonsoles le contó ayer, poco antes de que Carol tuviera que salir pitando para apoyar a Hernández, algunos de los actores de esta historia parecen avatares de personas reales. Entre ellos ha creído identificar a la psiquiatra en «la jardinera de ánimas» y a la irrepetible agente literaria en «la dama de las mil caras».

De fondo se oye un ruido que a Carol le resulta familiar, una especie de suave chirrido, pero ella sigue a lo suyo.

El otro personaje con un claro reflejo en la realidad es la propia Abril, que, como «la escultora de palabras», narra la historia en primera persona. Entre los posits de color verde está «la mujer sin rostro». «Podría ser su madre», conjetura Carol, si bien en realidad no tiene la menor idea. Al que no logra poner nombre es al «hombre evanescente», verdadero protagonista de la historia, que no le recuerda en absoluto a Lapedriza. De hecho, no encuentra el más mínimo reflejo del asistente personal entre los actores de la trama. Y luego está el escenario principal: la caja... ¿Podría ser la unidad de Agudos donde la escritora y Sonsoles Martín se conocieron? Puede que si le pregunta a ella logre averiguar quiénes «son» los demás personajes. Incluyendo la caja que, para la inspectora, al igual que para «la escultora de palabras», es mucho más que un escenario. «Aquel ente obsesivo y traicionero cuya vida parecía depender de la mía», recuerda Carol.

Din-don.

El timbre de la puerta principal.

—¿Qué coño...?

Carol desvía la atención de las hojas en las que seguía inmersa y se pone alerta.

Din-don, din-don, din-don.

—¡Venga ya, niña! Abre de una vez que te he visto por la ventana.

«¿Es la Hiena? ¿Cómo ha abierto la puerta de la calle? Y ¿qué hora es?»

—¡Si no abres, soplaré y soplaré, y tu casa derribaré! —bromea Hernández con toda la fuerza de sus pulmones desde el jardín, al otro lado de la ventana.

Las doce y media.

¿Cómo se le ha podido escapar el tiempo de esta forma?

«Flotaban a la deriva las horas, los minutos, los segundos.»

—¡Ya va! —exclama Carol de mala gana.

Luego se levanta del sofá y se dirige hacia el recibidor. Antes de abrir, se cerciora de que lleva puesta ropa suficiente. Una camiseta negra de Metallica que huele a sudor y a café y unos pantalones de deporte que le parecen demasiado cortos, teniendo en cuenta que es la Hiena quien aguarda, impaciente, en la entrada.

«A la mierda», piensa, y abre la puerta.

—¿Qué haces en mi casa? —pregunta ella sin preocuparse de saludar.

—Joder, niña, estás hecha un desastre —le suelta el subinspector, obviando el seco recibimiento—. ¿Cuánto hace que no duermes?

Asombro. Genuina preocupación. Carol no da crédito a lo que ve en la cara de Hernández. ¿Dónde se ha metido el subinspector tocapelotas y gilipollas que tendría que estar deshaciéndose en burlas e improperios en este momento? Una de dos: o no es el verdadero Hernández o el aspecto de Carol es realmente alarmante. En la última semana puede que haya dormido una media de dos o tres horas diarias y eso, nadie puede negarlo, acaba pasando factura a cualquiera.

Desarmada ante la actitud de su compañero, la inspectora se encoge de hombros y se aparta a un lado para dejarlo pasar.

La Hiena en su casa, esto sí que no se lo esperaba.

—Por allí —le indica, señalando el primer acceso a la derecha, el que da al salón. La casa tiene una distribución chapada a la antigua, toda gruesos tabiques y puertas.

—¿Sabes que aquí huele a muerto?

«Debo de ser yo, que por fin he empezado a pudrirme», responde ella para sus adentros. Pero no, es la basura que se acumula en la cocina. Y la enorme bolsa en la que anoche echó toda la porquería que había desperdigada por la planta baja y que aguarda junto al mueble del recibidor a que alguien la lleve al contenedor. Al final tendrá que hacerlo ella... en algún momento de su vida.

—¿Vas a decirme qué haces en mi casa? ¿De dónde has sacado mi dirección?

—Chiquilla, ¡que trabajo como tú en una comisaría! —responde él al tiempo que rodea la mesa y se sienta en el sofá sin que nadie lo haya invitado a hacerlo.

—¿Y cómo narices has abierto la cancela? —Carol se queda perpleja al descubrir el instrumental que el subinspector guarda en el bolsillo del pantalón—. ¿Llevas un juego de ganzúas encima?

—Nunca se sabe cuándo vas a necesitarlas —responde él, orgulloso de sí mismo.

—Bien... ¿Y qué razones te han llevado a aprovecharte de tu posición privilegiada para violar mi intimidad y forzar una de las cerraduras de mi casa a plena luz del día?

—Muy buenas razones. Para empezar, te he llamado, pero tienes el móvil apagado.

Carol cae en la cuenta de que anoche no puso el teléfono a cargar. Debe de haberse quedado sin batería. Se inclina sobre la mesa, lo coge y presiona el botón circular para desbloquear la pantalla. En efecto, está apagado.

—¿Qué buenas razones? —insiste, impaciente.

—¿Éste es el material que encontraste en la casa de la

escritora? —pregunta Hernández mientras Carol conecta el móvil al cargador.

Ella mueve la cabeza afirmativamente. Tiene que luchar contra sí misma, contra la ansiedad que le generan ese montón de hojas, para no desviarse del tema.

—¿Qué buenas razones? —repite una vez más.

—Vaya, vaya... Parece que te has pasado toda la noche con esto. ¿Cuántas páginas hay aquí?

—Doscientas cincuenta y seis —responde sin pensar. ¿Por qué coño le sigue el juego?

—Para haber sacado todo esto de ahí, has tenido que darle un par de vueltas, por lo menos —deduce él. Carol calla, sin tener muy claro hacia dónde se dirige la conversación—. Eso son muchas horas. ¿Cuánto hace que no descansas, niña?

Segunda vez que lo pregunta.

¿Qué coño ocurre?

Ella, de pie frente a la mesa, sintiéndose de pronto como una cría que se ha hecho mayor y se ha cansado de que la controlen. Él, sentado en el sofá, como una copia cutre y desagradable del viejo Max, fingiendo que se preocupa por su bienestar, dispuesto a ofrecer, sin saber, consejos de padre. Carol siente el rubor en cada centímetro de su piel. Un calor creciente se extiende desde sus pómulos hasta el cuello y las orejas. Los ojos le vibran por la tensión, y la ira, su emoción de referencia estos últimos meses, vuelve a campar a sus anchas por todo su territorio corporal. Justo cuando está preparada para saltar, justo cuando se dispone a decir a Hernández que se meta la preocupación por el culo, el subinspector da un giro inesperado a su discurso.

—Esta mañana he pasado por el hospital.

—¿Qué? —exclama ella, desconcertada. Luego se acuerda de Ricitos de Oro y el exceso de emoción se aplaca—. ¿Cómo está la niña?

—Bien. Su tía iba a llevársela a la playa a pasar el día. La madre está mucho mejor, le darán el alta dentro de unas horas.

—¿Has hablado con ella?

—Está convencida de que su marido no está liado en nada raro. Pero a saber...

—¿Y está segura de que no había visto nunca a ese tipo?

—Me lo ha jurado por la vida de su hija, y a mí me ha parecido suficiente. También he hablado con un hermano del marido y con la madre. A todos les ha pillado esto por sorpresa. Están convencidos de que el tipo se equivocó de piso.

—¿Cómo está Paco?

—Igual. Creo que puedes irte olvidando de él, al menos por el momento. ¿Qué coño haría ese imbécil para acabar envuelto en algo así?

—Voy a pedir a Betina que intente averiguar si está metido en algún chanchullo, por si acaso. Pero si lo que la familia dice es verdad y ese pobre diablo está limpio, lo más probable es que acabemos de perder la única línea directa que teníamos con el asesino de Abril.

Un largo silencio entre ambos. Hernández no se mueve del sofá. Aparta la mirada de la inspectora y empieza a explorar el material que hay sobre la mesa. Parece dispuesto a quedarse un buen rato y, por muy desagradable que a Carol le resulte la idea de tener a la Hiena en su casa, puede que le venga bien el apoyo de una mente descansada para descifrar los enigmas que encierra el borrador de la escritora. Con el transportista en coma, esa novela es la única pista con la que cuentan.

—Bueno, ¿nos ponemos a trabajar? —pregunta Hernández, como si hubiera estado leyéndole el pensamiento.

—¿Te encargas del café mientras me doy una ducha? —propone ella, dándole a entender que por el momento, sólo por el momento, es bienvenido en su casa.

De camino al baño cae en la cuenta de que la Hiena no ha llegado a contarle las «buenas razones» que lo han traído hasta aquí.

SE LE HA IDO LA OLLA

Carol se despierta sobresaltada. Ha tenido un mal sueño, uno distinto a la pesadilla que suele visitarla cada noche. Un sueño más dulce, más entrañable... Y mucho más doloroso. Un sueño que parece haber acudido a ella para resquebrajarla por dentro un poco más. Ha soñado con Gabriel. Con su sonrisa de dientes imperfectos. Con sus ojos grises, pequeños, profundos. Con sus caricias, a veces urgentes y violentas, a veces suaves y delicadas. Con sus besos. Sus besos... Sus besos. Se ha metido de lleno en el recuerdo de sus encuentros furtivos en Madrid, cuando ambos escapaban de sus asfixiantes realidades buscando refugio en el otro. Obligaciones, compromisos previos, dificultades sobrevenidas. ¿Cuántas veces habían hablado de dejarlo todo atrás para despertarse cada mañana de sus vidas en la misma cama? Se hicieron cientos, miles de promesas. Tantas que al final el destino acabó decidiendo por ellos, ayudándolos a romper con su pasado. Destruyendo ese futuro que habían soñado juntos.

El reloj del salón dice que son las ocho y media de la tarde. No recuerda haberse quedado dormida. De pronto echa en falta a Hernández. Sus gafas de lectura están en la mesa, sobre una pila de papelitos de colores. La Hiena en su casa y sin supervisión, Carol no lleva bien la idea. Se levanta, coge el móvil y se dirige hacia la cocina. Tiene un par de mensajes de Betina. Por ahora no ha encontrado nada sucio en la vida de Paco el transportista, aunque está a la espera de que los de Crimen Organizado la informen.

«Se le ha ido la olla», piensa al descubrir que la cocina está limpia como una patena. En la nevera hay agua fresca, huevos, fruta y verdura. Joder, ¿cuánto tiempo ha dormido? ¿Y dónde está Hernández?

—¿Jaime? —pregunta, consciente de que habrá pronunciado su nombre de pila no más de un par veces desde que lo conoce.

Abre la puerta del jardín y, al otro lado, intuye movimiento en el garaje. La Hiena en el refugio de Max, esto sí que no puede soportarlo.

Tiene que largarse de ahí enseguida.

En medio de la ofuscación, recibe un mensaje de WhatsApp de la agente literaria. Ha alquilado una de las salas de reuniones del hotel AC Málaga Palacio para el encuentro de mañana. «El encuentro de mañana», repite mentalmente Carol. Se ha despertado tan desorientada que, por un momento, ha sido incapaz de recordar para qué necesitan esa sala.

El césped está tan reseco que le araña las plantas de los pies, así que se ve obligada a buscar refugio en las tablas de madera que unen la casa con el taller. También arañan, aunque algo menos. Cuando al fin llega a la entrada del garaje, encuentra a Hernández agachado junto al chasis de la Scrambler. Sólo quedan en su sitio el motor, la batería y el carburador. El resto —tanque, ruedas delantera y trasera, ejes, cadena, suspensión, manillar, faros...— aguarda alrededor del esqueleto de la moto, convenientemente etiquetado, a la espera de que Carol se decida a retomar la tarea.

—Es un buen ejemplar —comenta la Hiena al verla—. Podrás conservar la mayoría de las piezas originales. ¿De qué año es? ¿Del setenta y dos?

—Del sesenta y ocho, o eso creo. Era de mi abuelo. Yo sólo me entretengo con ella.

—Pues estás haciendo un buen trabajo. Habrá que limpiar el carburador. Y puede que también haya que dar un repaso al motor. Si quieres, puedo recomendarte un par de sitios.

Carol se mantiene en silencio, sin decidirse si hacer o no la pregunta que está aguardando en sus labios.

—¿El hombre de las fotos es tu abuelo? —La Hiena no espera a que Carol responda—. ¿Vivías con él?

Ella asiente. No piensa darle más información.

—¿Americano? ¿Marine?

—Boina verde.

—¿Tenía alguna guerra sobre la que charlar?

—Vietnam, creo. Aunque hablaba poco de ello.

Hernández coge un trapo del suelo y se limpia las manos. Ha tocado algo. ¿Qué ha tocado?

—Y cuando hablaba, ¿qué te contaba?

—Que no existe un solo motivo que justifique quitar la vida a alguien.

—¿Y tú qué opinas?

«Que hay hijos de puta que merecen morir antes de que esos motivos aparezcan», piensa para sus adentros, recordando la imagen de aquellas chicas, despellejadas y desmembradas, metidas en vulgares bolsas de basura. Sintiendo de nuevo a Gabriel desplomándose a su lado con un tiro en la cabeza.

—Que hay excepciones que confirman la regla —responde, aún con la otra pregunta en la punta de la lengua.

Parece que Hernández ha captado la incomodidad de Carol, y se debate entre seguir tirando del hilo hasta sacarla de sus casillas o cortar ahora que aún está a tiempo. La inspectora decide no esperar a que él se decante por una u otra opción.

—Julia Moll acaba de confirmarme que tenemos una sala reservada para mañana, a partir de las once, en su hotel. Yo pasaré por el cementerio a eso de las ocho, para estar presente durante la incineración, por si ocurre algo interesante —explica la inspectora, contando una verdad a medias. Además de estar pendiente de lo que pueda pasar, quiere despedirse de la escritora, decirle que está haciendo todo lo posible por aprender a leer su novela—. ¿Nos vemos directamente en el hotel?

—Sí, yo iré antes al hospital para averiguar cómo sigue el transportista —comenta él.

A continuación, ambos se sumergen en un extraño, incómodo silencio. Carol, descalza en la entrada del garaje. Hernández junto a la moto de Max, demasiado cerca.

—Vale, lo capto —dice él al fin—. Ya me voy.

La Hiena abandona el rincón sagrado de Carol, entra a

por sus gafas y se dirige hacia la puerta, seguido de cerca por su colega. Cuando se dispone a salir a la calle, ella le lanza la pregunta que llevaba un rato cautiva en su boca.

—¿Por qué haces esto?

Con «esto» Carol se refiere a presentarse en su casa sin avisar, a comportarse con ella como si fueran amigos, como si se apreciaran. Quiere saber por qué ha salido a comprarle comida, por qué ha limpiado su cocina, por qué se ha quedado mientras dormía. Necesita comprender por qué la mira como la mira. Por qué, desde ayer por la tarde, de repente, todo es tan distinto.

Hernández la observa con atención. Parece que su cara se ha teñido de rubor. Cuando por fin se lanza a hablar, lo hace con un discurso mucho menos fluido que de costumbre.

—Sé lo que pasó en Madrid... Bueno, igual que todos en la comisaría. Te admiran por lo que hiciste. Y te respetan. Respetan esa cruz blanca al mérito policial que te ganaste aquel día. —Hace una breve pausa. Traga saliva—. Yo, sin embargo, entiendo mejor de lo que crees por qué esa cruz no está puesta en ningún lugar importante en esta casa. —De nuevo una pausa, algo más larga, más pesada—. Hazme caso, inspectora, no quites hierro a lo que te pasó ayer en aquel pasillo y busca ayuda porque, si te descuidas, puedes acabar siendo una vieja amargada como yo.

RUEDA DE PRENSA

Sábado. Veintiséis de agosto. Alrededores de la Comisaría Provincial de Málaga.

Esta mañana el calor no aprieta demasiado. Un delgado velo de nubes aplaca la intensidad del sol y, por lo que dicen, se avecinan jornadas de intensas precipitaciones. Genial, no hay nada mejor para redondear una buena tanda de días de mierda que la llegada de la lluvia.

Carol se refugia en el quiosco para observar, sin ser vista, la aglomeración de periodistas apostados frente a la comisaría en espera de noticias frescas sobre el caso. No sólo hay medios de prensa escrita, también localiza, aparcadas aquí y allá, furgonetas de las principales cadenas de televisión. Esta mañana la escritora aparece en las portadas de muchos periódicos y revistas y ocupa las cabeceras de casi todos los informativos y los programas del corazón. Nada extraño, teniendo en cuenta que están manejando carnaza de la buena.

La misteriosa muerte de Abril Zondervan mantiene en jaque a la policía.

La última persona que vio con vida a la escritora Abril Zondervan se encuentra en paradero desconocido.

Un empresario vasco es el principal sospechoso del asesinato de Abril Zondervan.

¿De dónde coño habrán sacado esa información? Carol se detiene a leer uno de los artículos. Salvo por la mención expresa del empresario vasco, la parquedad en datos verídicos es bastante evidente, por lo que se siente libre, y aliviada, de exculpar a la agente literaria como autora de las filtraciones. Ella conoce más detalles. Muchos más. Al igual que la psiquiatra y el asistente personal de la escritora. La inspectora y Hernández han hablado con tanta gente en los muelles que en realidad puede haber sido cualquiera. En fin, qué más da ya. Si no fuera por los últimos movimientos en torno a los atentados de Cataluña, Abril sería la protagonista absoluta de los medios. A escasas horas de una manifestación en Barcelona en contra del terrorismo que promete ser multitudinaria, las portadas de los periódicos se debaten entre mantener el respeto hacia víctimas y manifestantes —«Barcelona muestra unida su repulsa contra el terrorismo»—, comentar los avances en las pesquisas —«Investigan si la segunda explosión de Alcanar fue una trampa de los terroristas»— o cubrirse de gloria con el delicado, y a veces asqueroso e innecesario, manto de la política —«Puigdemont provoca a Rajoy la víspera de la manifestación».

Carol coge con dos días de retraso su revista *El Jueves*, esa que sale los miércoles y que ella se empeña en comprar el día de la semana que lleva su nombre. La ilustración de la portada muestra un *castell* construido por personas de todas las nacionalidades. El emblema: «Barcelona somos todos». Un crespón con la frase «*No tenim por*» completa el conjunto que, por primera vez desde que Carol compra esta publicación, parece que no va a enfurecer a nadie. O puede que sí, quién sabe. Hay gente para todo.

Cuando llega a la puerta principal de la comisaría, los medios acreditados ya han empezado a entrar. «Un buen día para una rueda de prensa», se dice la inspectora, que piensa dejar a Villalba al frente de este marrón. Para lo que no parece tan buen día es para lo que viene después. Carol ha quedado con su jefe para explicarle que todo este tiempo han estado siguiendo el camino equivocado, que lo que consideraban dos homicidios sin relación alguna constituye un único caso y que el asesino está mucho más cerca de lo que piensan. Lo difícil va a ser que Villalba la tome en serio, que crea que todo lo que está a punto de contarle ha salido de la última novela de Abril Zondervan.

OCHO: UN AMIGO

«Un, dos, tres, cuatro. Un, dos, tres, cuatro. Un, dos, tres, cuatro. Cuatro. ¡Cuatro paredes!»

«Un, dos, tres, cuatro. Un, dos, tres, cuatro. Un, dos, tres, cuatro. Cuatro. ¡Cuatro paredes!»

«Un, dos, tres, cuatro. Un, dos, tres, cuatro. Un, dos, tres, cuatro. Cuatro. ¡Cuatro paredes!»

Antes de materializarse ante mí, el hombre evanescente empezó siendo una voz, áspera y meliflua a la vez, atronadora y susurrante al mismo tiempo. Una voz maniática, delirante, que con su imparable cantinela me hacía sentir aún más enjaulada, aún más prisionera de la caja.

«Un, dos, tres, cuatro. Un, dos, tres, cuatro. Un, dos, tres, cuatro. Cuatro. ¡Cuatro paredes!»

«Un, dos, tres, cuatro. Un, dos, tres, cuatro. Un, dos, tres, cuatro. Cuatro. ¡Cuatro paredes!»

Recuerdo con nitidez la primera vez que lo vi. Como el gato de Cheshire, surgió de la nada. Primero fue una densa bruma, luego unos ojos brillantes, luego una boca sonriente, luego unas manos y unos pies. Lentamente, su cuerpo, desperdigado en fragmentos por todo el volumen de la caja, fue adquiriendo consistencia y forma mientras recitaba sin cesar su mantra.

«Un, dos, tres, cuatro. Un, dos, tres, cuatro. Un, dos, tres, cuatro. Cuatro. ¡Cuatro paredes!», repetía una y otra vez.

Hasta que...

«Un, dos, tres, cuatro. Un, dos, tres, cuatro. Un, dos, tres, cuatro. Cuatro. Cuatro... Cuatro...»

«Aún tienes alma», dijo.

«Aún tienes alma...», repitió.

«Y corazón», pronunció en un profundo, doloroso lamento.

Y cuando la nariz, prominente, llena de personalidad, estaba a punto de ocupar su sitio, el hombre evanescente se disolvió en una bruma semejante a esa en la que lo había visto nacer.

«Un, dos, tres, cuatro. Un, dos, tres, cuatro. Un, dos, tres, cuatro. Cuatro. Cuatro... Cuatro...»

Después de aquello, la voz desapareció. Después de aquello, dentro de la caja, empezó a quebrarse una pieza.

MARCOS SALDAÑA

—¿Un estego... qué?

Villalba tiene cara de pocos amigos. Odia las ruedas de prensa y la que acaba de vivir no ha sido una de las más fáciles de su carrera. Las preguntas, a cada cual más morbosa, distaban mucho de la prudencia y el respeto que el responsable del gabinete de prensa y él estaban solicitando «para esta delicada investigación en curso». Tampoco ayuda que Carol haya escurrido el bulto. Como inspectora al frente de la investigación tendría que haber estado sentada a la mesa junto a su jefe.

Ahora, en su diminuto y angustioso despacho, Carol intenta que el ánimo de Villalba no reste ni un ápice de fuerza a su determinación. Ha traído refuerzos, o eso creía ella, hasta que el compañero de Documentoscopia ha empezado a hablar y la inspectora se ha planteado que se acerca más a un grano en el culo que a un experto convincente.

—Estegotexto —repite el experto, empeñado en enseñar al jefe de Homicidios y Desaparecidos una nueva palabra—. Se trata de un texto escrito en lenguaje natural y utilizado para ocultar información mediante modificaciones léxicas o sintáctico-semánticas, incluso utilizando alteraciones de formato, tal como hemos podido corroborar en las páginas de este... estegotexto —repite, sin alterar ni un pelo su explicación anterior.

Está de pie, en el pequeño espacio libre que permite abrir la puerta, y no para de moverse. «Un plumero con patas», piensa la inspectora. Delgado y esbelto como una espiga. Tez aceitunada y pelo a lo afro. Muy a lo afro. Tanto como para no necesitar almohada para dormir. Puede que sea precisamente su abultado cabello el que impide que su cerebro reciba una buena refrigeración, porque lleva cinco minutos en bucle, explicando lo mismo con idénticas palabras: estegotexto, esteganografía, criptografía, lingüística computacional...

—Lo que... ¿Salva? —Plumero asiente—. Lo que Salva quiere decir es que este montón de folios no es sólo una novela —explica la inspectora al tiempo que señala la copia que ha hecho del material que ella ha estado analizando—. Abril ocultó mucha información en sus páginas utilizando técnicas como las que él acaba de enumerar: marcando letras, cambiando el orden de algunas palabras en las frases, usando sinónimos...

Villalba extiende el brazo y tira de la discreta pila de folios. Pasa las hojas sin prisa, deteniéndose en las anotaciones de Carol en los márgenes del texto.

—¿Qué tipo de información? —pregunta mientras sigue echando un vistazo a los papeles.

—Yendo al grano, estamos prácticamente seguros de

que el personaje principal de esta historia es Marcos Saldaña, nuestro cadáver descuartizado.

«Ha elevado una ceja», se dice Carol. Ha sido un movimiento sutil, fugaz, pero lo ha hecho, lo que significa que en este momento la inspectora acapara toda la atención de su jefe.

—Saldaña aparece en la historia como «el hombre evanescente» —explica ella—. Por supuesto, no habríamos averiguado nada de esto sin ayuda externa. Hernández y yo pasamos ayer todo el día analizando el texto en compañía de Sonsoles Martín, Julia Moll y Ginés Lapedriza. Hasta el momento, las tres personas que mejor la conocían —aclara la inspectora antes de continuar—. La psiquiatra pronunció el nombre de nuestra otra víctima en cuanto apareció su personaje en el texto. Al parecer, Abril utilizaba pseudónimos para referirse a las personas de las que hablaba en terapia. A él lo llamaba «el hombre evanescente», aunque la doctora no sabe muy bien si por su tendencia a esfumarse durante semanas o por los frecuentes síncopes que sufría —relata Carol—. Sospechamos que el escenario de la historia es una metáfora de la unidad de Agudos del hospital Universitario Virgen de la Victoria, donde Sonsoles y Abril se conocieron en uno de los ingresos de la escritora, en febrero del noventa y nueve. Marcos Saldaña tenía un severo trastorno obsesivo compulsivo y sufrió una grave crisis por aquella época. Pasó allí el mismo intervalo de tiempo que Abril. Según la psiquiatra, se apoyaron mucho mutuamente. Y siguieron haciéndolo a lo largo de los años.

«Ya eres mío», celebra Carol para sus adentros al observar la reacción de su jefe. Tiene el interés a flor de piel, aunque, fiel a su carácter, en este momento prefiere permanecer en las aguas de la prudencia y la duda.

—¿Con qué grado de seguridad nos movemos?

Carol entiende su pregunta. Si se toma en serio lo que la inspectora acaba de contarle, las líneas de investigación darán un giro de ciento ochenta grados. Lo que eran dos casos pasará a ser uno solo, por lo que tendrán que buscar a un único asesino. Algo demasiado aventurado en muchos sentidos. Si su jefe le sigue el juego y la inspectora se equivoca, será una gran cagada. Además, Villalba no sólo tiene en mente el riesgo, también se plantea cómo narices va a conseguir que los dos jueces que instruyen uno y otro caso se traguen el cuento. Ella opta por seguir echando leña al fuego; los troncos más robustos y secos, esos que arderán con facilidad y mantendrán la llama viva el tiempo que la inspectora necesita.

—En cuanto la psiquiatra puso el nombre de Marcos Saldaña sobre la mesa, llamé a Betina para pedirle que repasara de nuevo el contenido borrado que los del departamento de Informática recuperaron de las cuentas de correo de Abril. Le dije que retrocediera hasta fechas cercanas a la muerte de Saldaña, por si encontraba algo.

—¿Y...? —pregunta Villalba, inquieto.

El compañero de Documentoscopia se ha apoyado en la pared, cansado de esperar su turno de palabra.

—Entre el catorce y el veintitrés de julio, la escritora envió numerosos correos electrónicos a <marcos.s.p.1971s@gmail.com>, la misma dirección que nuestro cadáver descuartizado utilizaba para su cuenta de Facebook. Sólo hemos podido recuperar fragmentos sueltos de los mensajes, pero, al ser muy similares, hemos hecho una interpretación de conjunto. Parece que Abril estaba preocupada por él y que no sabía qué hacer con algo que Saldaña le había dejado.

Carol saca de una carpeta las copias de esos escuchimizados fragmentos de mensajes. Quince en total. Luego pone sobre la mesa el registro de llamadas del móvil de Abril y el que la compañía de telefonía les hizo llegar a mediados de semana.

—Éste es el número de Marcos Saldaña. Si te fijas, Abril borró de su móvil todo rastro de contacto con él.

—Sólo llegaron a hablar una vez —observa Villalba, al descubrir que, de entre las doce llamadas salientes del móvil de Abril, hechas a partir del día catorce de julio, ni una sola obtuvo respuesta. La única que muestra un par de minutos de conversación fue la efectuada por el propio Saldaña el día trece.

—Es posible que no respondiera porque ya estaba muerto —propone Carol, recordando que el forense fechaba el deceso de Saldaña entre los días trece y catorce de julio—. También hemos comprobado que el WhatsApp del teléfono de Abril fue desinstalado y vuelto a instalar el día diecisiete de agosto, puede que por eso no encontraran ni rastro de mensajes en la aplicación cuando hicieron el análisis del dispositivo.

—¿Qué le había dejado? —pregunta Villalba, retomando el contenido de los correos electrónicos.

—Ni idea, pero creo que, fuera lo que fuese, está entre las líneas de esa novela —responde Carol con seguridad.

Como impulsado por un resorte, el compañero de Documentoscopia se reactiva. Por fin puede recuperar el turno de palabra.

—Hasta ahora, todo lo que la inspectora y su compañero han localizado en el texto, con la ayuda de los conocidos de la víctima, ha sido relativamente sencillo de encontrar. Dado que no hemos hallado ningún tipo de clave, suponemos que la autora del estegotexto pretendía favorecer la localización de la información oculta recurriendo a estrategias fáciles de detectar. Si bien la agente literaria ha captado leves alteraciones sintáctico-semánticas que, a su criterio, distan bastante del estilo natural de la escritora.

—No está del todo segura —aclara Carol—, pero Julia Moll dice haber notado diferencias sutiles en el modo en que Abril construyó las frases en varios capítulos.

—Por eso creemos que es muy plausible que la autora del estegotexto —dice Plumero, y se nota que le encanta la palabra— ocultara la información más delicada recurriendo a estrategias mucho más complejas que nos instan a utilizar la lingüística computacional para revelarla —apunta con un intenso vaivén de cabeza.

Ahora es cuando la cosa se complica. El de Documentoscopia informa a Villalba de que conoce «a una ingeniera informática, especializada en búsqueda de contradicciones en textos, que está en las últimas fases de desarrollo de un complejo programa capaz de localizar mensajes ocultos en documentos escritos en lenguaje natural». Mientras él se deshace en alabanzas hacia el trabajo de su colega y desgrana una a una las virtudes y posibilidades de un avance informático de tales características, Carol observa con atención a Villalba. No necesita preguntarle para saber lo que está rumiando. Por eso, cuando Salva concluye al fin, la inspectora ya tiene preparada una respuesta a la objeción de su jefe.

—No van a aceptar un procedimiento como ése en un juicio oral. Y menos habiendo utilizado un programa que ni siquiera está terminado —concluye él.

—Eso nos da igual. Lo único que importa ahora es averiguar qué oculta ese texto. Ya nos ocuparemos luego de convertir los resultados en pruebas indubitadas —rebate Carol—. Piensa en esas hojas como un atajo; de no ser por ellas, seguiríamos en un punto muerto con ambos casos.

Villalba acerca aún más el texto a él y se refugia unos instantes entre sus páginas. Para Carol, su jefe acaba de convertirse en un muro. ¿Qué narices está pensando? Tampoco es tan difícil. Un «Adelante» estaría genial, aunque no le sorprendería en absoluto obtener un «¡Ni de coña!». Como de costumbre, Villalba vuelve a sorprenderla con una opción intermedia.

—Si encuentras pruebas mucho más sólidas que la novela de una escritora muerta y me presentas un informe convincente, el lunes yo me encargo de solucionarlo todo en el juzgado antes de marcharme.

Carol respira aliviada. Hace ya más de una hora que Hernández salió hacia Granada para entregar una copia impresa de la novela a Viola Montero, la ingeniera informática. Era mucho más rápido que enviarla en un paquete por mensajería urgente. Y más seguro, visto lo visto. Además, si Villalba sólo le da de plazo hasta el lunes, cada pieza del puzle debe estar en su sitio lo antes posible. Algo que, sin lugar a dudas, incluye a su posible asesino, cuyo nombre revolotea desde ayer en la mente de la inspectora, gracias al exhaustivo trabajo que Ovejero y Celada han hecho.

Aunque hay algo que no ha entendido.

—¿Cómo que antes de marcharte? —pregunta, mosqueada.

Villalba dedica a Carol una de sus escasas miradas culpables.

—¿Te importa dejarnos solos? —pide al compañero de Documentoscopia.

Plumero se larga enseguida, harto de tanta falta de protagonismo.

—Hay algo que no te he contado.

La inspectora sabe bien que, cuando su jefe inaugura así un discurso, después no puede venir nada bueno.

INTENTO A LA DESESPERADA

En este momento le encantaría tener en la comisaría una de esas salas de interrogatorios modernas, con falso espejo y zona de observación, para poder saciar la extraña curiosidad que siente hacia el hombre que la espera al otro lado de la puerta. Carol lleva alrededor de veinte minutos plantada en el pasillo, inquieta, enfadada, tratando de centrarse. Después de tanto tiempo aguardando este momento, no quiere entrar hasta haberse recuperado de la puñalada trapera que Villalba acaba de darle. Lo habría estrangulado de buena gana, pero el que será su exjefe de grupo al cabo de tan sólo dos días es un jodido cobarde y se ha largado en cuanto se le ha presentado la ocasión. La ha dejado aquí sola, con la garganta llena de réplicas y ante un despacho que se niega a heredar.

«Me habría gustado decirte esto de otra forma, Carol, pero estaba preocupado por ti.»

¿Preocupado por ella? ¡Y una mierda! Estaba preocupado por su propio trasero, porque temía que la inspectora condecorada y con experiencia a la que había propuesto para sustituirlo pudiera dejarlo en mal lugar. Ahora lo entiende todo. Por eso no la sancionó cuando agredió a aquel sospechoso, al tal Gólubev, por eso cuando discutieron hace unos días le soltó que había apostado su última mano por ella, que no lo hiciera quedar mal. Y por eso mismo decidió apartarla del caso de la maleta para ponerla al frente de una investigación aparentemente más fácil de llevar. Siempre se ha tratado de él, el policía más corporativista del cuerpo, el que no se casa con nadie pero procura tenerlos a todos contentos. El hombre que lleva tantos años mirándose el ombligo que no ha sido capaz de advertir las señales que indicaban que su matrimonio se iba a pique.

«¿Y por qué no me preguntaste antes de tomar esa decisión? Yo no quiero tu puesto. No quiero volver a ser jefa de grupo», ha protestado ella, indignada ante tal encerrona.

«Como sabes, en casa las cosas no van demasiado bien y no me gustaría irme de Málaga sin haberlo solucionado todo», le ha dicho él, incómodo ante la beligerante mirada de Carol.

De nuevo, una explicación al más puro estilo del subjetivo y caprichoso universo Villalba. Luego le ha soltado que el lunes es su último día, y que, como es ella quien está de guardia localizada, pretende pasar en casa con la familia el resto del sábado y el domingo. Se marcha dos semanas antes de lo previsto. Ha pedido los días de vacaciones que le deben, esos que siempre lo obligan a coger a final de año y que a él nunca parecieron importarle. Lo que significa que la relación con su mujer está peor aún de lo que Villalba es capaz de reconocer.

Sin embargo, eso no es problema de Carol.

Es más, dadas las circunstancias, a Carol le importa una mierda.

«No hace falta que aceptes el puesto aún. Tómate estas dos semanas como un favor a un viejo amigo. Si llegado el momento prefieres que alguien de fuera ocupe este despacho, lo entenderé perfectamente. Mientras tanto, utilízalo desde hoy mismo, vas a necesitarlo», ha concluido él, en lo que la inspectora ha considerado un último intento a la desesperada.

Y lo peor de todo es que ella no ha tenido la oportunidad de negarse.

Justo cuando se disponía a liberar toda su cólera contra Villalba, Betina ha abierto la puerta sin avisar para decirles que acababa de recibir una llamada de la policía portuaria. El Oyster 625 que llevaba desaparecido desde el dieciocho de agosto volvía a estar atracado en el Muelle Uno. Instantes después, la inspectora ha recibido una llamada de los compañeros del control de entrada. Un hombre con una voluminosa maleta negra aguardaba en la puerta de la comisaría a que el responsable del caso Zondervan acudiera a hablar con él.

Y ahora, un buen rato después, el mismo hombre, Esteban Zubeldia, aún sigue esperando al otro lado de la puerta a que alguien se digne atenderlo.

LA ABANDONÓ

Esteban vuelve a mirar su reloj de pulsera. Lleva más de veinte minutos en este asfixiante cubículo.

No quiere estar aquí.

No quiere enfrentarse a esto.

No quiere tener que abrir esa maleta.

Todavía sigue en shock. Y aún lo atormentan las portadas de los periódicos. No por lo que dicen sobre él, eso le da igual. Es por lo que dicen sobre ella. La mujer a la que ha intentado odiar todos estos días, esa a la que ha tratado de olvidar por todos los medios, está muerta.

—Muerta... —musita con un hilo de voz. Luego aparta de su vista la pila de periódicos que ha comprado esta mañana.

Y lo más triste es que no tiene a quién llamar para preguntar por lo ocurrido. Su relación con Abril era tan discreta, tan... absurda... ¿Quién va a ofrecerle el consuelo que necesita? Al plantearse las escasas posibilidades con las que cuenta, en su mente aparece la palabra «verdugo». Sólo encuentra verdugos en el horizonte, todos dispuestos a cortarle la cabeza. Las sanguijuelas de la prensa. La policía, que ya debe de saber que él fue el último que la vio con vida. ¿Cómo pudo dejarla sola? ¿Cómo fue capaz de abandonarla a su suerte? Le enfurece pensar que aquellos dos días tuvo delante de las narices cientos de señales. Abril estuvo mucho más extraña que nunca, mucho más perdida, y él, en lugar de ayudarla, en lugar de escucharla, en lugar de plantearse que quizá la asolaba un verdadero problema, uno lo suficientemente gordo para acabar con su vida, prefirió pensar que la mujer a la que quería estaba huyendo de nuevo.

Dos suaves toques en la puerta. Luego, alguien entra.

Es una mujer. Alta, delgada, con el cabello castaño, muy claro, casi rubio, recogido en una larga trenza. Tiene la cara salpicada de pecas. Dos marcados surcos violáceos bajo los ojos. Parece agotada. Antes de dirigirse a Esteban, clava la mirada un instante en la maleta negra.

—Señor Zubeldia, mi nombre es Carol Medina. Soy la inspectora encargada de investigar la muerte de Abril. Antes de nada, quiero que sepa que lamento mucho su pérdida.

«¿Está dando el pésame? ¿Se le da el pésame a un sospechoso de asesinato?»

El desconcierto de Esteban aumenta por momentos.

—Por favor, no me trates de usted —solicita. En este instante necesita con desesperación las escasas migajas de cercanía que esta mujer pueda ofrecerle.

La inspectora acepta con un leve movimiento de la cabeza. A continuación rodea la mesa y se sienta, dedicando unos segundos a regular la altura del sillón. Tiene la impresión de que alguien mucho grande que ella lo ha utilizado antes. Luego aparta el teclado del ordenador. También quita de en medio un par de cubiletes atestados de bolígrafos de propaganda, un tarjetero negro y algo que parece un cenicero deforme con la frase «Feliz día del Padre» escrita con trazos infantiles en el contorno. Cosas, todas ellas, en las que Esteban no había reparado hasta este momento. Es normal, tiene la mente muy lejos de aquí, en la casa donde se despidió de Abril, donde firmó sin saberlo el final de su relación.

—Disculpa, acabo de enterarme de que tendré que usar este despacho las próximas semanas —explica la mujer, muy seria, dando unos últimos toques al regulador del sillón. Parece que no le entusiasma la idea.

—Yo no la maté —suelta Esteban, sin poder evitar un súbito acceso de rabia e impotencia. También lo ataca el escozor del inminente llanto.

La inspectora lo mira fijamente. Tiene los ojos verdes, salpicados de motitas marrones, como los de un gato. Está analizándolo, no le cabe la menor duda.

—Esteban, ¿qué hiciste el día dieciocho entre las once y las tres de la tarde?

—La noche anterior dormí con Abril. Nos levantamos temprano y... Habíamos decidido irnos ese mismo día a hacer un viaje en barco. Pensábamos cruzar el Atlántico juntos. Ella necesitaba...

—¿Mantuvisteis relaciones sexuales esa mañana?

La pregunta lo golpea directamente en el corazón. No mantuvieron relaciones sexuales. Hicieron el amor. Aquella mañana conectaron como nunca lo habían hecho, se quisieron, por primera vez, libres de miedos e inseguridades.

—Sí, mantuvimos relaciones sexuales —responde incómodo—, pero yo no...

—¿Accederías a que un compañero de la policía científica te tome las huellas y una muestra de ADN? Es un procedimiento rutinario que nos facilitaría mucho el trabajo.

«¿Qué está ocurriendo aquí? —se plantea Esteban—. ¿Un procedimiento rutinario?»

—¿Cómo has dicho que te llamabas? —pregunta.
—Carol.
—Carol, no estoy pasando por el mejor momento de mi vida. Me he enterado con una semana de retraso de que mi novia está muerta. Toda la prensa habla de un empresario vasco, propietario de un yate igual que el mío, como el principal sospechoso del asesinato. Estoy aquí porque necesito saber qué le pasó a Abril, necesito conseguir que la policía entienda que yo jamás le habría hecho daño. Y pensaba, no sé... Pensaba que era lo mismo que necesitaba la policía. En cambio, desde que has cruzado esa puerta, la única sensación que tengo es que aquí soy un mero trámite. ¿Por qué?

La inspectora respira hondo, se inclina sobre la mesa apoyando los codos y deja caer su afilado mentón sobre la palma de la mano derecha. No se comporta como si estuviera sentada frente a un asesino; sin embargo, hay algo en su gesto que Esteban no logra descifrar.

—Prometo responder a todas las preguntas que pueda, pero antes necesito que respondas tú a las mías.

Esteban acepta, de modo que la inspectora prosigue.

—Explícame cómo es posible que te hayas enterado hoy

de la muerte de Abril. Hemos intentado localizarte por todos los medios y no has dado la menor señal de vida.

—Quería protegerme.

—¿De qué? —Hay cierta alarma en la cara de la mujer, puede que no haya escogido las palabras adecuadas.

—De ella, pero deja que me explique mejor —propone, haciendo un gesto para que la inspectora guarde silencio—. Estos últimos años lo he dado todo por Abril. La quería de verdad, ¿sabes? En cambio, ella... Me quería, eso no lo he dudado nunca, pero había algo en su cabeza empeñado en que nuestra relación no tenía futuro. Siempre que la cosa parecía estar funcionando, Abril se inventaba alguna excusa para escaparse. El día dieciocho por la tarde, cuando no apareció en el muelle, decidí que ya no podía más, que tenía que olvidarla. Así que lo apagué todo, los móviles, la radio... Y, como el barco estaba preparado para partir, simplemente me marché. Aunque, como ves, no he aguantado demasiado tiempo lejos de ella.

—Entonces ¿el motivo de tu regreso era verla?

—Mi intención era... No sé... Estos días he tenido muchas conversaciones conmigo mismo. A veces me decía que regresar para hablar con ella era la mejor forma de zanjar nuestra historia. Otras veces me planteaba si todavía era posible intentarlo de nuevo, si nuestra relación podía tener algún futuro. Dos personas condenadas a no entenderse, juntas para siempre. Un poco ridículo, ¿no?

«¿Qué pasa? ¿Qué he dicho?», se plantea Esteban. La mujer se ha quedado muda al oír sus palabras. Le brillan los ojos. Le tiemblan los labios. Antes de hablar, se aclara la garganta.

—Esteban, necesito que repases mentalmente la actitud de Abril desde que os encontrasteis el día diecisiete hasta que os separasteis el dieciocho.

«¿Esto significa que me cree? ¿Que no soy sospechoso?», se plantea él, desconcertado. Sea como sea, tiene bastantes detalles que contar.

—La semana pasada Abril estaba extraña. Bueno, más extraña aún de lo que solía estar. Supongo que ya sabes lo especial que era su cabeza.

La inspectora asiente y permanece a la espera.

—Cuando me presenté en su casa el día diecisiete, a eso de las nueve de la mañana, la encontré muy alterada. No me dejó entrar en su cabaña y me pidió que la esperara en la casa mientras terminaba lo que estaba haciendo. Por su aspecto, se diría que había pasado allí la noche, así que supuse que había encontrado algún fallo en su nueva novela y que quería dejarlo solucionado antes de recibir mi visita —explica, con la sensación de estar viviendo de nuevo aquello—. Estuve esperándola cerca de dos horas, creo que incluso llegué a quedarme dormido en el sofá. Cuando por fin apareció, llevaba entre los brazos la trituradora de papel, llena hasta arriba. Recuerdo que el cable iba arrastrando por el suelo. Vació el contenido en una bolsa de basura y la dejó junto a la puerta, para que no se le olvidara llevársela.

—¿Le preguntaste qué eran esos papeles?

—Me explicó que era algo en lo que había estado trabajando y que ya no le hacía falta. Lo tiramos más tarde en el primer contenedor para reciclaje que encontramos.

—¿Qué hicisteis cuando Abril entró en la casa?

—Pues... Ahí es donde viene el primer comportamiento

extraño de Abril. Me dijo que iba a preparar la maleta, que quería que hiciéramos ese viaje por el Atlántico del que habíamos hablado algunas veces. Así, de repente, después de cerca de dos años dándome largas con el tema. Luego llamó a una agencia de transporte para enviar un paquete.

—¿Viste en algún momento ese paquete... o su contenido?

—No, lo único que puedo decirte sobre él es que en la agencia le dijeron que no lo recogerían hasta el día siguiente, así que le propuse que pasáramos directamente por una oficina de la empresa para que pudiera quitárselo de en medio cuanto antes.

—Pero se negó —dice la inspectora, como si ya supiera la respuesta.

—Exacto. Por alguna razón que desconozco, Abril prefirió esperar. A veces era así, ¿sabes? Actuaba de un modo distinto a como lo habría hecho cualquier otra persona. Por eso decidí no insistir.

—Esteban, tenemos imágenes de vosotros dos paseando por el Muelle Uno. Se os ve entrando en el barco poco antes del mediodía, saliendo para almorzar, regresando de nuevo al yate y, luego, a eso de las siete, Abril aparece sola, visiblemente inquieta, recorriendo el puerto y cogiendo un taxi para regresar a la finca.

Esteban siente un fuerte pinchazo en el estómago. Fue en ese momento cuando todo se descontroló y no logra entender por qué. ¿Qué fue lo que pasó en el muelle?

—Había salido a comprar un par de helados —dice, incapaz de disimular su confusión—. Fue tan... raro. Incluso para ella. Estábamos pasando un día estupendo, organizando el viaje, planificando las escalas que haríamos... Y de repente, se le antoja un helado, me pregunta qué sabor me apetece a mí, coge su bolso, sale del yate... Y no regresa.

—¿No tienes ni idea de qué fue lo que pasó? ¿Quizá recibió una llamada?

—Imposible. Había dejado el teléfono en su casa, y el que usaba para hablar conmigo estaba en el barco —explica Esteban, y se saca del bolsillo un móvil antiguo, de tipo concha, que pone sobre la mesa.

La inspectora se inquieta al verlo.

—¿Sólo os comunicabais a través de este móvil?

—Sí. Otra de sus peculiaridades. Nunca supe si lo hacía porque le parecía algo especial o para que en su móvil habitual no hubiera indicios de que tenía una relación.

—Vale, vamos a seguir adelante —propone la inspectora, que parece cada vez más nerviosa—. Ella se fue a casa y tú la seguiste después.

—Te juro que estuve a punto de no hacerlo. Me enfurecí al darme cuenta de que había vuelto a dejarme plantado. Era increíble, cada vez que la cosa iba bien ella encontraba una razón para tirarlo todo por tierra —explica Esteban, sintiendo de nuevo la profunda decepción que se apoderó de él aquella tarde.

—Pero aun así fuiste a buscarla.

—Por última vez... Eso fue lo que me prometí a mí mismo —reconoce él—. Te parecerá infantil, pero dejé su maleta en el barco porque se me antojó un buen motivo para hacerla regresar.

—¿Cómo la encontraste al llegar a su casa?

—Muy asustada. Muchísimo. Era como sí... Como si

estuviera delirando. Empezó a hablarme de un amigo desaparecido... Un amigo que creía que había muerto. De una traición. De no sé qué responsabilidad... Me dijo que la voz había regresado y que...

—¿Qué voz? —pregunta la inspectora, alarmada.

—Una que le pedía que se fuera, que se marchara de allí porque él estaba a punto de llegar.

Mientras relata la última crisis de Abril, Esteban toma conciencia de que la abandonó.

—La traté como a una loca —admite, sintiendo el poderoso peso de sus palabras—. Me limité a aplacar su estado de ansiedad, a prepararle la cena y a ponerle las gotas para dormir junto al vaso de zumo. Y a la mañana siguiente, la dejé allí sola, esperando para entregar su paquete, mientras yo iba a hacer la compra para llenar la despensa del barco.

—Tú no podías saber lo que iba a pasar —dice la inspectora, en un repentino y cercano intento de consolarlo.

—Te equivocas. Yo tenía la obligación de saberlo. Abril siempre me decía que sus voces eran reales, que aparecían para avisarla de cosas importantes, cosas que ella no era capaz de percibir o aceptar. Tendría que haberla sacado de allí para ponerla a salvo. Tendría haber mandado al infierno el maldito paquete que tanto la obsesionaba. Yo, más que nadie en el mundo, debería haber escuchado a sus voces.

Ambos se quedan en silencio unos segundos. La inspectora coge la pila de periódicos que Esteban ha dejado en una esquina de la mesa y empieza a recorrer con la mirada una a una las portadas.

—Tengo que pedirte disculpas por esto —comenta, señalando a uno de los titulares que hablan del empresario vasco en paradero desconocido—. Si te sirve de algo, los de la prensa tienen poco más que contar. Aunque mucho me temo que estamos a punto de regalarles unas buenas instantáneas. Supongo que entenderás que, además de la toma de muestras y de la inspección de la maleta, vamos a tener que registrar tu barco.

¿ESO HA SIDO UN CUMPLIDO?

Como la inspectora suponía, no han encontrado nada dentro del yate de Esteban Zubeldia que pueda relacionar al empresario con el homicidio de Abril Zondervan. Todo ha sido un mero trámite, tal como él sospechaba hace unas horas en el despacho de Villalba. Ahora, mientras todos los implicados en la inspección regresan al lugar del que Carol los ha sacado a las seis de la tarde de un sábado, ella observa el Oyster 625, de nombre *Tus Palabras*, mientras aleja del cemento del muelle sus casi veinte metros de eslora y orienta su proa, quién sabe hacia dónde, bajo el atento foco de cámaras y periodistas. La inspectora ha pedido a Esteban, por puro protocolo, que no salga del territorio español, que esté localizable en todo momento, aunque está casi segura de que el empresario va a saltarse la petición. Ella, que escapó de Madrid, de todos los recuerdos de Gabriel, de sus obligaciones y compromisos, entiende a ese hombre mejor que nadie. Es posible que Esteban Zubeldia retome a solas el viaje que había planeado hacer con la escritora, que ponga un océano de por medio para tratar de sofocar el intenso dolor de su pérdida. Si es así, le desea todo lo contrario a lo que ha encontrado ella en su huida. Durante los últimos meses, Carol se ha dado cuenta de que ni la distancia ni el tiempo bastan para cerrar una herida tan profunda. Y estos días, estos malditos, horribles, insoportables días, ha descubierto que la herida ha acabado convirtiéndose en una úlcera sangrante que, precisamente por el peso de la distancia y el tiempo, amenaza con necrosarse y acabar con ella por fuera y por dentro.

—¡Mierda! No me digas que me lo he perdido...

Carol traga saliva y se incorpora en su asiento al oír a Hernández. Siempre tan oportuno.

—Veo que has escogido el local más andaluz del puerto —bromea el subinspector, que está ocupando una silla junto a ella en la terraza del Foster's Hollywood, el único restaurante que ofrecía una línea visual directa hacia el barco—. Me pregunto qué se siente al poder pilotar un yate de casi dos millones de euros.

«Mucha soledad», deduce Carol, pensando en la cara de desconsuelo que Zubeldia tenía cuando se ha despedido de él. Pero no dice nada, prefiere permanecer en silencio hasta estar segura de que el grito que crece desde hace días en su garganta no amenaza con teñir de angustia sus palabras.

—¿Van a cenar? —pregunta la camarera, una chica alta y delgada vestida con un polo azul marino y una falda vaquera hasta la rodilla.

Antes de que Carol pueda decir que no, Hernández ya ha empezado a pedir.

—Dos jarras de cerveza, un combo, un guacamole de

esos que preparáis en la mesa, para que la niña tome algo con vitaminas, y unas costillas con salsa barbacoa.

Atónita, la inspectora se pregunta por qué hoy todo el mundo parece empeñado en decidir por ella. Sin embargo, aunque lo único que le apetece en este momento es levantarse y largarse a casa para lamerse en silencio las heridas, por algún motivo incomprensible se queda sentada donde está.

—Para mí una botella de agua, por favor —dice con la voz algo densa aún.

—Pues para mí las dos jarras de cerveza, que vengo seco —suelta la Hiena, ante la incertidumbre de la camarera. Todo su cuerpo vibra en bloque en una atronadora carcajada.

—¿Me cuentas qué tal te ha ido en Granada o es que estás esperando a que lo capte por ósmosis?

—¡Ay, Granada! ¡Qué bonita ciudad! Con su Alhambra, con su paseo de los Tristes, con su Albaicín y sus cuestas...

—Hernández, que ha sido un día muy largo —se queja la inspectora.

—Aunque para bonita la ingeniera informática. ¡Qué estilazo! ¡Qué pelazo! ¡Y qué mala leche! Creo que no le he caído demasiado bien. La pobre no está acostumbrada a chulazos como yo...

Es extraño, pero, por alguna razón que no alcanza a comprender, a Carol han dejado de resultarle insoportables las bromas pesadas y los comentarios fuera de tono del subinspector. Su relación con Hernández ha evolucionado. De la más pura repugnancia a una inquietante y sorprendente tolerancia.

—Creo que os llevaríais bien, sobre todo por esa forma que tenéis tan peculiar, casi exótica, de asesinar con la mirada...

Mientras aguarda a que a Hernández se le agote el casposo preámbulo, Carol se pierde en el mar de estímulos que la rodea. Las nubes engullen un cielo que, a estas horas, poco más de las ocho y media de la tarde, debería despertar brillos anaranjados en la superficie del agua. Pese a la inminencia de la lluvia, el Muelle Uno suena a gaviotas, a paseantes que deambulan por su longitud admirando yates y veleros, a críos que corretean y ríen junto a padres relajados, a camareros que invitan a sentarse en sus terrazas a turistas rojos como cangrejos. Huele a pescado frito y a carne a la brasa, a curry y a queso fundido y, por encima de esos olores, destaca el aroma a sal... A verano. ¿Cuánto hace que Carol no es capaz de disfrutar de esos pequeños, minúsculos detalles?

—Necesita como mínimo tres días —comenta Hernández cuando se da cuenta de que ha perdido toda la atención de la inspectora. ¿Para qué seguir, si no logra irritar a nadie?

—¿Tres días? Tres días es demasiado tiempo.

—No creas. Para poder hacer su magia, tiene que digitalizar el texto antes.

Carol guarda silencio. No había caído en ese detalle.

—Y tampoco promete resultados, ha insistido unas quinientas veces en que la aplicación está en fase de pruebas. Le he pasado tu teléfono. Te llamará en cuanto tenga algo —explica Hernández, que se bebe media jarra de cerveza de un solo trago en cuanto la camarera deja las bebidas sobre la mesa—. También le he dado el contacto de la agente literaria. Dice que es posible que necesite novelas anteriores de la escritora para usarlas como referencia.

—Villalba me ha propuesto como jefa de grupo —suelta Carol de golpe, no sabe muy bien por qué.

—¿Y te extraña?

—No quiero su puesto —dice ella, evitando responder a una pregunta que ni siquiera se ha planteado.

—Pues no lo aceptes.

—No es tan fácil... Se larga dos semanas antes de lo previsto. Es agosto, ¿recuerdas? No hay nadie para cubrirlo.

—¿Estás pidiéndome opinión, niña? ¿O sólo te desahogas con el primero que se te ha puesto a tiro?

—Ambas cosas.

La camarera regresa a la mesa con parte de la comanda de comida. Aros de cebolla, alitas de pollo, palitos de mozzarella... El combo. Todo frito y, aunque nada es muy del gusto de Carol, su estómago ruge con urgencia. Acaba de caer en la cuenta de que ha vuelto a saltarse el almuerzo.

—Voy a decir lo que pienso, pero no te enfades —anticipa la Hiena, y devora una de las alitas de pollo en un abrir y cerrar de ojos. Sin embargo, parece pensárselo dos veces antes de continuar—. ¡Anda, mira! Ya vienen a prepararnos el guacamole —suelta al ver que la camarera se acerca de nuevo con la bandeja.

Fuera lo que fuese que iba a decirle la Hiena, se lo ha pensado mejor. Ambos guardan silencio mientras la joven tritura la carne de los aguacates en un cuenco y añade a continuación un chorrito de lima, cilantro y unas rodajas de jalapeño. Luego se marcha, dejando sobre la mesa el cuenco con el guacamole y una cesta de nachos.

—Tú y el novatillo ese... ¿Cómo se llama? —pregunta Hernández mientras mastica un par de aros de cebolla.

—Andrés Ovejero.

—Pues eso, que tú y el novato lleváis haciéndole el curro sucio al soplapollas de tu jefe desde que se enteró de que su culo está un poco más cerca de las altas esferas. Así que, ¿qué más te da si se larga antes o después? Tú dedícate a hacer tu trabajo que, a pesar de estar hecha una mierda, lo haces bastante bien.

—¿Eso ha sido un cumplido?

—¿Qué?

—Que si eso ha sido un cumplido, Hernández.

—Más o menos, niña, más o menos. Y ahora hazme el favor de comer algo, que me dan grima esas varillas que tienes por clavículas.

A OSCURAS EN MEDIO DE LA LLUVIA

El primero en llegar es el relámpago, que rasga las densas nubes con descaro, iluminando el cielo apenas un instante. Segundos después, muy pocos, aparece el trueno, que golpea los tímpanos de Carol, desempolvando con su sonido los únicos recuerdos que, hasta ahora, habían respetado la frágil estabilidad de la inspectora. Odia la lluvia. Tiene muchos motivos para hacerlo. Cada una de las muertes de su vida ocurrió en días de lluvia. Sus padres, durante las inundaciones del ochenta y nueve. El viejo Max, que hizo llorar al cielo cuando dejó de respirar. Y también Gabriel. Carol está convencida de que aquella tormentosa tarde de marzo la lluvia llegó para amenizar sus tres muertes. Sí, tres muertes. La de Gabriel, la de aquel malnacido y la suya. Porque aquel día, mientras se desangraba junto al cadáver de su compañero, Carol deseó tan desesperadamente irse con él que al despertar en aquel hospital, tan sola, tan vacía, fue consciente de que, en realidad, ella también había muerto.

—Los dos estábamos casados —ha comentado a Hernández, hace un rato, del mismo modo que hasta ahora ha compartido con él sus pensamientos, sin un motivo, sin haberlo decidido antes.

Él ha enmudecido de repente. Ha dejado a un lado las bromas y las interrupciones, los golpes sobre la mesa y las risas a destiempo. Se ha dedicado a escucharla en silencio. Con inusitado respeto.

—No sé por qué te cuento esto. Ni siquiera me caes bien —ha reconocido la inspectora.

Luego, como si le hubieran dado cuerda, lo ha vomitado todo. El día que Gabriel y ella se conocieron en la comisaría; el primer caso que compartieron, trabajando codo con codo; la primera copa, a escondidas, en un bar de la otra punta de Madrid... El primer beso. Un beso culpable que no debía repetirse. La primera habitación de hotel. La primera vez que intentaron no volver a verse. La mujer de Gabriel quería hijos. El marido de Carol soñaba con ser padre. Y ellos dos... Era como si de pronto se hubieran dado cuenta de que lo único que deseaban era un compañero de vida, alguien con quien avanzar día a día sin planes ni plazos, sin úteros fértiles ni casas cerca de guarderías o colegios. Un mes, dos meses, tres meses... Un año de cobardía, de miedo a hacer daño... De dudas. Y, cuando por fin planeaban dar el gran paso, la mujer de Gabriel va y suelta que...

—Bueno, no es necesario que te dé detalles —ha dicho Carol a Hernández. «¿Cómo algo tan sencillo pudo llegar a complicarse tanto?», se pregunta—. Nunca le conté nada, pero hacía meses que mi marido y yo habíamos roto. Pensé: «¿Por qué estar con un hombre que no puede darme lo que necesito?». Y aquel día, después de que me contara lo de su mujer, me planteé si no era yo la que se aferraba desesperadamente a Gabriel. Cuando salimos a aquel pasillo, estaba más centrada en decidir si romper o no con él que en cubrirle las espaldas.

Carol, rígida al volante ahora, temblorosa, sin saber exactamente cómo ha llegado hasta su casa, cuándo ha pulsado el botón de la puerta de la calle o en qué momento ha aparcado el MX5 delante del garaje, apaga el motor del coche y se queda a oscuras en medio de la lluvia.

Cuando el grito emerge con violencia a través de su garganta, se cubre la boca con las manos en un vano intento de silenciar la potencia de las emociones, de los recuerdos que ha estado bloqueando durante demasiado tiempo. Hay luces que se encienden en las casas de alrededor, ventanas que se abren, vecinos que aguardan, con el corazón en vilo, otro grito. Pero el grito no llega. Ya no es necesario. Como un tapón muy apretado en una botella llena de gas, ha salido despedido y, al desaparecer, ha dado paso al llanto.

Carol permanece sentada al volante, con las manos aún sobre la boca, sintiendo, después de muchos meses de sequía, el alivio de las lágrimas.

Un nuevo relámpago atraviesa el cielo. El trueno se demora y, cuando llega, suena lejano. La lluvia, que aún se derrama en el parabrisas, acompaña a Carol en su sollozo, mientras los vecinos, hartos de esperar ese nuevo grito, deciden cerrar las ventanas y apagar las luces.

ESTÁ BIEN COMO ESTÁ

Lunes. Veintiocho de agosto. Comisaría Provincial de Málaga.

Carol se asoma a la puerta y se da cuenta de que su jefe no ha pasado aún por el despacho. El sillón sigue regulado a su altura y los escasos objetos personales de Villalba aún están en la misma esquina de la mesa donde ella los dejó apilados el sábado. «Las doce», lee en la pantalla del móvil. ¿Dónde se habrá metido? ¿Lleva toda la mañana despidiéndose de los compañeros o es que simplemente ha decidido que este cubículo ha dejado de ser suyo? Esta mañana apenas ha estado diez minutos en la reunión de grupo. Se ha limitado a contar que se marcha antes de tiempo y que será Carol quien ocupe su puesto. «Provisionalmente», ha especificado la inspectora. Después de eso, se ha ido sin decir adónde. Ni siquiera ha estado presente cuando Carol ha puesto al día al equipo. Ahora, mientras Celada, Ovejero, Betina, Joaquín y Hernández hacen su trabajo, ella pierde el tiempo buscando a su antiguo amigo de academia para averiguar qué coño le pasa. Y para que cumpla con su parte del trato. Fue Villalba quien se comprometió a conseguir que los jueces instruyeran las investigaciones de los dos asesinatos como causa única si ella era capaz de reunir pruebas que relacionaran a ambas víctimas. Carol ha hecho su parte, la gruesa carpeta que lleva bajo el brazo lo atestigua. Ahora es él quien tiene que hacer la suya.

—¿Has visto a Villalba? —pregunta a Celada cuando se cruza con él en el pasillo.

—No, jefa, no lo he visto —responde él, marcando las sílabas de la palabra «jefa».

Celada la llama así desde que se conocen. A él le resulta gracioso. A ella la pone nerviosa, le recuerda a las series cutres de televisión.

—La verdad es que estoy contento con el cambio —reconoce, refiriéndose a la marcha de Villalba.

—No seas pelota, que no te pega nada. ¿Tenéis algo nuevo? —pregunta.

—Sí, una mala noticia. El sitio ha sido desmantelado por completo, así que ya no hace falta esa orden de registro.

Celada se refiere a GrafeMed, el laboratorio del que Marcos Saldaña era socio fundador y último lugar en el que fue visto con vida. En las grabaciones de vigilancia de la empresa del trece de julio aparece entrando en las instalaciones por la puerta principal alrededor de las nueve de la noche. No salió de allí, al menos vivo y entero. Ninguna cámara volvió a captarlo. Ningún ojo humano fue testigo de su marcha.

—¿Cuándo os pasasteis por primera vez?

—El miércoles. Hace cinco días. Y estaba hasta arriba de equipos de laboratorio. La verdad es que ha sido un visto y no visto.

—Es un poco raro, sí —admite Carol—. Por cierto, ¿dónde te has dejado a Ovejero?

Recuerda lo mal que le han sentado al inspector novato los cambios. Cuando Ovejero se ha enterado de que «los casos» se han convertido en «el caso», ha recuperado su semblante de perrillo apaleado. En el fondo, Carol lo entiende. Ha pasado de comandar una máquina a enseñar cómo funciona para que otra persona la maneje a su antojo. Sin embargo, la experiencia dice a la inspectora que tenga cuidado con perfiles como el de este chico. Si no aprende —o lo enseñan— a decir lo que piensa, a pelear cara a cara por lo que considera que es suyo, acabará convirtiéndose en una silenciosa bomba de relojería en cualquier equipo, uno de esos lenguas de serpiente que, en cuanto te descuidas, te da una puñalada por la espalda. «Cuando acabe todo esto, me sentaré a hablar con él», piensa. Luego se reprende: no es a ella a quien corresponderá esa tarea. «¿Es que se te ha olvidado? No quieres el puesto de Villalba.»

—Ha ido a tomarse un café. Está de capa caída —explica Celada—. Lo que me lleva a preguntarte... ¿tenemos que seguir trabajando juntos?

—¿Por...?

—No sé, hasta hace poco mi compañera eras tú.

Celada no añade nada más, a la espera de que sea Carol quien haga la propuesta. ¿Qué pretende que le diga? ¿Que lo echa de menos? ¿Que estos días con Hernández han sido agotadores, estresantes y desquiciantes? ¿Que sería una gran idea emparejar a Ovejero con el desagradable subinspector para que Celada y ella puedan volver a trabajar juntos? No va hacer eso porque, en el fondo, muy en el fondo, Carol está bien como está. A pesar de todos los defectos de la Hiena y de su amplia gama de olores corporales, no se imagina trabajando con otra persona en este momento. Pero como pronunciar algo así en voz alta sería demasiado aberrante, la inspectora busca una razón más profesional.

—No puedes dejar al novato ahora. Trabajar contigo está siendo para él una gran escuela. Y nosotros tendremos muchas más oportunidades. Será por casos... —concluye Carol, quitando importancia al tema.

Celada la mira sin entender muy bien lo que está pasando. Por suerte, el teléfono del subinspector empieza a sonar y Carol aprovecha para escabullirse.

—Sí, hola, ¿Elena? Gracias por devolverme la llamada... —le oye decir a su espalda.

Villalba. Estaba buscando a Villalba.

La inspectora tiene tantas cosas en la cabeza que le cuesta concentrarse.

—¿Has visto a Villalba? —pregunta a Betina al encontrarla sentada a su mesa. Joaquín, el joven agente de Seguridad Ciudadana con cara de Billy Eliot está a su lado, atento a la pantalla.

—No, hace rato que no lo vemos —responde la policía. Luego sonríe y sigue con las grabaciones del Muelle Uno.

Carol les ha pedido que repasen todos los clips de vídeo

que tienen entre las siete menos cuarto y las siete y cuarto de la tarde del día diecisiete. Necesitan encontrar como sea qué fue lo que provocó que Abril huyera del puerto.

—¿Nada aún? —pregunta.

—Nada —dice Betina, amenizando su respuesta con una sonrisa de circunstancias.

La inspectora regresa a su periplo por la comisaría en busca de Villalba. Si al menos le cogiera el teléfono...

Pasillo, pasillo, escalera, pasillo, vestíbulo, pasillo, cafetería, patio, pasillo...

—Esto es ridículo —se queja, justo cuando recibe una llamada de Hernández—. ¿Qué tenemos? —pregunta nada más contestar.

La Hiena le ahorra su característico preámbulo y va directo al grano. Es comprensible, ahora mismo está con algo que le toca la fibra sensible tanto como a la inspectora. Su objetivo: encontrar al puñetero sicario.

—El coche era robado, como suponíamos. También como suponíamos, los de la Científica no han encontrado nada dentro —explica, con un tinte de desidia en la voz—. No tenemos ni una sola cámara en el barrio que recoja su huida y, aunque he vuelto a darme un garbeo por los alrededores, para ver si alguien lo reconocía, ha sido inútil.

—Bueno, al menos has hecho algo de ejercicio —bromea Carol.

—Mírala qué graciosilla ella. La única opción que nos queda es que nuestros amiguitos de la UDYCO averigüen algo.

—¿Hay novedades en el estado del transportista?

—No mueve ni una ceja y sigue respirando por el tubo.

—Vale, vente para acá, puede que te necesite.

Mientras hablaba por teléfono, Carol ha vuelto al ala de la policía judicial. Al pasar por segunda vez junto al despacho de Villalba, nota que algo ha cambiado. La puerta está cerrada. Cuando se dispone a entrar, recibe un mensaje de WhatsApp de Carbonero. Parece importante.

PEQUEÑA LÁMINA TRANSPARENTE

—Flípalo —dice Carbonero en cuanto ve a Carol entrando en su laboratorio—. Flí-pa-lo.

—Venga, va, ya lo estoy flipando. Y ahora explícame eso que no has querido contarme por teléfono.

Sea lo que sea, desde luego a Carbonero le ha alegrado la mañana. Está de muy buen humor y también tiene la cara algo más descansada.

—El otro día, cuando saqué del sobre el tocho ese de papeles para fotografiarlo no me pareció ver nada dentro, así que lo dejé aparte para procesarlo y no le di más importancia.

—Pero sí que había algo —afirma Carol, tras realizar una compleja deducción «uno más uno...».

—¡Pues sí! —exclama, contento—. ¿Ves esto?

La inspectora examina la fotografía que el compañero de la Científica acaba de mostrarle en la pantalla de una tableta. Un trozo de cartulina blanca, etiquetada, sobre el que hay una pequeña lámina transparente de unos dos centímetros cuadrados.

—¿Sabes lo que es? —Carbonero no aguarda a la respuesta de Carol—. Al principio pensé que era algún tipo de plástico, así que me limité a pulverizarlo con negro humo para sacar huellas.

—¿Y...? —inquiere Carol, nerviosa.

—Índice-pulgar, índice-pulgar —dice el compañero, usando ambos dedos a modo de pinza—. Dos juegos de huellas parciales, de haber sujetado la lámina por las esquinas.

—¿Sabemos de quién son?

—De quiénes. Dedos de mujer y de hombre, de Abril Zondervan y de Marcos Saldaña.

Carol permanece muda un instante. Lo que Carbonero acaba de revelarle significa que por fin tienen una prueba material, ajena a testimonios basados en el pasado o a metáforas en una novela, que demuestra que Abril y Marcos, «la escultora de palabras» y «el hombre evanescente», se vieron muy poco antes de sus muertes.

—Pues sí lo estoy flipando, sí —admite la inspectora—. Acabas de facilitarme muchísimo la vida.

—No lo has pillado —dice Carbonero. Se lo está pasando bien con esto—. Lo importante no son esas huellas. Lo realmente importante es esa ridícula lámina transparente. La han analizado en el laboratorio de nuevos materiales inorgánicos de la Universidad de Málaga y me han dicho, textualmente, que ese material, con esa forma y esa densidad, aún no existe.

LA VERDADERA CAROL MEDINA

Villalba lleva cerca de diez minutos sentado en su sillón, sin haber notado que tiene los muslos aprisionados bajo el tablero de la mesa. En este momento su cabeza está en otro sitio. En el repentino silencio que reina en todas y cada una de las estancias de su casa. En el peso de esas tres ausencias que lo tienen paralizado desde el sábado.

Su mujer se ha ido y se ha llevado con ella a los niños. Ha camuflado la ruptura de su matrimonio con dos semanas de vacaciones en EuroDisney, algo que él llevaba prometiendo a los críos cerca de tres años. Sólo le ha dejado una nota: «Necesito unos días para pensar. Luismi llevará su móvil encendido, por si quieres llamar a tus hijos. Tú y yo hablamos a la vuelta». Salvo que están en París, no sabe nada más. No han compartido con él sus planes. Tampoco el nombre del hotel en el que alojan. Por supuesto, ella no ha hecho ni un solo pago con las tarjetas de las cuentas que tienen en común.

Lo supera, esto simplemente lo supera. Villalba reconoce

que siempre ha sido más fácil para él ser policía que padre, marido, hijo, hermano, amigo... Pero ¿de verdad lo ha hecho tan mal? ¿De verdad ha descuidado tanto a su familia? Ella dice que nunca hablan, pero sí que lo hacen. Puede que no hablen de cosas profundas, que él no sea el hombre más afectuoso del mundo. Pero hablan. Y se ríen juntos... Se reían. Hace mucho. Para ella, puede que demasiado. Sin embargo lo ha intentado, joder, sí que lo ha intentado. ¿Qué culpa tiene él de que los matrimonios y los hijos no vengan con un manual de instrucciones?

Dos toques en la puerta.

Alguien abre.

Es Carol, y está nerviosa.

—Levántate, nos vamos al juzgado de instrucción —lo insta ella.

¿Seguirá enfadada con él?

Seguro que sí. No lo duda. Si no lo muestra abiertamente es porque hay algo más importante en la cabeza de la inspectora.

Villalba recuerda de repente dónde se encuentra. Aunque por poco tiempo, aún sigue siendo el jefe de esta mujer que reclama con urgencia su atención, así que más le vale comportarse como tal.

¿Quién ha subido su asiento? Ah, sí, ha debido de ser ella.

—Cuéntame que pasa —propone, sin levantarse.

La inspectora, impaciente, suelta una carpeta con el logo de la policía sobre la mesa y permanece en pie, taladrándolo con esos extraños ojos verdes.

—Abril Zondervan, Marcos Saldaña, Paco Sánchez, el

transportista —aclara—. Ahí tienes todas las pruebas que relacionan los dos asesinatos y la agresión a esa familia. También tienes el nombre del tipo al que buscamos. ¡Necesito esa orden de detención ya!

«Ésta sí que es la verdadera Carol Medina», dice Villalba para sus adentros. Luego se levanta, coge la carpeta y avanza hacia la puerta.

—Tú conduces mientras yo echo un ojo a esto —propone, dejando a un lado, por el momento, el miedo atroz que tiene a quedarse solo.

NO SOY LA PERSONA A QUIEN USTED BUSCA

Lunes. Veintiocho de agosto. Ocho y media de la tarde. Sala de detenidos de la Comisaría Provincial de Málaga.

A Carol se le retuercen las tripas sabiendo que el hombre que está sentado al otro lado de la mesa es el asesino al que buscan y que no tiene nada de peso para inculparlo más allá de un frasco de desinfectante, una lámina de un material extraño, un puñado de pruebas circunstanciales y la metáfora de una caja devoradora de almas en las páginas de la última e inédita obra de Abril Zondervan.

Lo que significa que se ha precipitado.

Si no encuentran algo pronto, la inspectora tiene claro cómo acabará esta película. Dentro de poco más de veinte horas se verá obligada a poner al detenido a disposición judicial. El juez instructor y el fiscal examinarán el caso escrupulosamente. Su conclusión está cantada. Coincidirán con la policía judicial en que hay algunos indicios que lo relacionan con los asesinatos de Marcos Saldaña y Abril

Zondervan, pero las pruebas no serán suficientes para decretar un ingreso en prisión provisional sin fianza. Lo que significa que el detenido acabará saliendo en libertad con cargos, como mucho, privado de su pasaporte, y que disfrutará de la vida durante varios años hasta que se celebre el juicio oral. Eso si no encuentra la forma de largarse a algún país sin extradición. «Ni de coña», piensa Carol, que no está dispuesta a regalar ni un minuto más de libertad a alguien que debería pudrirse en la cárcel.

—¿Va a seguir mirándome así mucho más? —le pregunta el hombre, clavándole la mirada.

La primera lectura de Carol es simple: tiene un ego como una catedral. Y un punto narcisista que emerge por momentos.

Ambos esperan a que llegue su abogado para poder empezar con la toma de declaración. Mientras tanto, Carol pretende sacarle todo lo que pueda. Si él está dispuesto a hablar, ¿qué daño pueden hacerle unas cuantas preguntas?

¿El detenido? Teodoro Castillo. Cuarenta y cinco años. Natural de Toledo. Hasta hace poco más de un mes, socio cofundador del laboratorio de investigación biomédica GrafeMed junto con Marcos Saldaña, un prestigioso ingeniero bioquímico responsable de grandes avances en el campo de la terapia de regeneración titular. Para Carol, Saldaña es «el hombre evanescente». Su cadáver descuartizado.

—Sólo quiero saber una cosa: ¿a cuántas personas ha engañado en los últimos años? —le suelta la inspectora, que espera que el abogado de Castillo se retrase. Hernández ha prometido encargarse de ello—. «Licenciado en Medicina, licenciado en Administración y Dirección de Empresas, máster en Ciencia y Tecnología de Nuevos Materiales...» —lee la inspectora en el completo dossier que Ovejero y Celada han preparado sobre su sospechoso. Han hecho un gran trabajo—. Impresionante. Aunque yo diría que su especialidad parece ser la de construir complejas torres de naipes para luego dejarlas caer.

—Eso ha sonado muy poético —comenta Castillo, amagando una sonrisa irónica.

—No es mérito mío, se lo he copiado a alguien —responde a la mofa la inspectora, antes de retomar su discurso—. Veamos... En los últimos diez años se ha embarcado en cinco proyectos empresariales, todos relacionados con el sector I+D+i. Tiene que ser un gran embaucador porque la estrategia siempre es la misma. Primero convence a algún experto en la materia para que, además de convertirse en el motor de la investigación, aporte un buen porcentaje del capital necesario para empezar. Luego se encarga de vender las virtudes del proyecto para conseguir apoyo económico externo, casi siempre procedente de fondos europeos. Se mantienen así alrededor de un par de años, con una reducida plantilla de trabajadores, y, cuando la cosa sale mal, es decir, cuando se cansa del proyecto, abandona el barco hundiéndolo a su marcha.

—Para hacerse rico hay que arruinarse siete veces —comenta Castillo, satisfecho de sí mismo.

—Aunque, en su caso, parece que son otros quienes se arruinan en su lugar. ¡Ah, sí! Eso, y que durante estos años le han llovido las denuncias por robo de ideas y patentes.

—Nada que hayan podido demostrar —replica él con toda la tranquilidad del mundo.

—Por supuesto. Si hay algo que me queda claro es que hace muy bien su... trabajo —arguye Carol, que aún no ha terminado el repaso a la vida laboral del sospechoso—. La de GrafeMed es la quinta situación de insolvencia a la que se enfrenta. ¿Qué salió mal en este caso? ¿Marcos Saldaña se dio cuenta de que estaba traicionándolo, quiso pararle los pies y a usted no se le ocurrió otra cosa que matarlo, cortarlo en trocitos y meterlo en una maleta al más puro estilo de la Costa del Sol?

Castillo no se inmuta. Permanece impasible, sosteniendo la incisiva mirada de Carol, hasta que decide que el silencio entre ellos ha durado lo suficiente.

—Inspectora, seguro que sabe que mi amigo Marcos padecía una enfermedad mental grave y que era propenso a meterse en líos —argumenta, en un tono de voz limpio por completo de emoción—. Si quiere encontrar a quien lo mató busque entre los propietarios de casinos y locales de alterne. Yo no soy la persona a quien usted busca.

Carol sonríe. El tipo es un hueso duro de roer. Sin embargo, aún hay mucho de lo que hablar, así que regresa a sus papeles, dispuesta a pasar al siguiente punto de la conversación.

—Dígame, ¿a qué se dedicaban en GrafeMed? —pregunta.

—Seguíamos una ambiciosa línea de investigación basada en el uso del grafeno para regenerar tejido neuronal.

—«El material del futuro» —lee Carol en sus apuntes.

—En efecto. Una simple monocapa de carbono de matriz hexagonal que cambiará el futuro de la humanidad. El grafeno desbanca en dureza y resistencia al acero y, sin embargo, es altamente flexible y ultraligero. Es transparente, conductor de la electricidad y el calor y, lo más increíble de todo, también es autorreparable —explica Castillo, con el mismo ímpetu que si estuviera vendiendo una idea a la NASA—. Se prevén aplicaciones en todos los ámbitos imaginables. Nosotros pretendíamos utilizar ese material como soporte para la recuperación de lesiones neuronales graves. Imagine lo que habríamos conseguido, habría sido todo un avance en medicina.

—Pero la cosa no funcionó.

—Lo que no funcionó es que nos lanzamos demasiado pronto. Investigar con grafeno es extremadamente costoso porque los procedimientos para fabricarlo a gran escala aún están en pañales. Además, nosotros contábamos con un hándicap añadido. Para poder ser usado en regeneración de tejidos, un biomaterial tiene que reunir una serie de requisitos: debe ser reabsorbible por el organismo; poroso, para permitir el paso de nutrientes y desechos metabólicos; lo suficientemente rígido para mantener la forma del tejido y, a la vez, muy flexible... El grafeno que se comercializa hoy en día no está a la altura, así que tuvimos que invertir gran parte de nuestros esfuerzos y recursos en adaptar al objeto de nuestro estudio lo que el mercado podía ofrecernos.

Sin saberlo, acaba de regalar a la inspectora el móvil del asesinato de Saldaña.

—¿Quiere eso decir que su socio no llegó a conseguir nada después de tanto esfuerzo?

Castillo niega con la cabeza.

—Nada en absoluto. Una pena, ¿verdad? —concluye él.

—Es curioso porque hemos hablado hoy mismo con

una de sus antiguas trabajadoras y ella asegura que Saldaña le contó que había conseguido algo muy grande —continúa Carol—. ¿No le suena? ¿No sabe de qué podía tratarse?

Por fin una leve alteración en el semblante de su sospechoso.

—No me suena.

Carol saca la fotografía de la lámina transparente que Carbonero le ha mostrado en el laboratorio.

—¿Sabe lo que es esto?

—Supongo que es una lámina de grafeno.

—Sí, supone bien. Lo que pasa es que esta lámina de grafeno es muy diferente a lo que ahora se vende en el mercado. Para empezar, tiene esa porosidad que usted decía que necesitaban para su línea de investigación. Pero espere, que hay más —dice Carol, sin que Castillo haya hecho siquiera un amago de hablar—. Un experto en nuevos materiales de la Universidad de Málaga afirma que la forma y la densidad de este grafeno poroso son idóneas para la ingeniería de tejidos. Y lo más curioso de todo es que creemos que este grafeno fue diseñado y fabricado por Marcos Saldaña. ¿Le sorprende?

Sí, claro que lo sorprende. En este momento Castillo debe de estar preguntándose cómo coño tiene la policía una muestra del trabajo de su antiguo socio. Carol no podría jurarlo, porque el tipo oculta muy bien sus emociones, pero diría que incluso está furioso. Mantiene tan tensas las esposas que debe de estar clavándose el acero en las muñecas.

—Dígame una cosa —prosigue la inspectora—. Su laboratorio ha desaparecido en un tiempo récord. ¿Cómo lo ha hecho? ¿Malvendiendo los equipos? ¿Regalándolos? Es increíble que no hayan quedado en pie ni siquiera los fregaderos que usaban para lavarse las manos. ¿Qué ocurrió? ¿Se puso nervioso cuando fueron a verle mis compañeros?

—Inspectora, empezaban a acumulárseme las deudas y no quería caer en otro concurso de acreedores —explica, manteniendo el tipo en esta ocasión.

—¿Sabe lo que creo?

—¿Qué cree, inspectora? —pregunta Castillo, siguiéndole el juego.

—Que mientras Saldaña trabajaba en ese material tan espectacular, usted decidió dejar morir la empresa, para no perder la costumbre, ya sabe, y que cuando su socio se enteró fue a pedirle explicaciones. ¿Qué pretendía? ¿Quedarse con la patente? ¿Venderla? Sí, venderla —suelta Carol al percibir un cambio en el semblante de Castillo—, como ha hecho con todo lo que ha caído en sus manos estos últimos años, todo eso que sus antiguos socios nunca pudieron demostrar. Lo que no esperaba era que Saldaña se diera cuenta antes de tiempo, ¿verdad?

—Ya le he dicho que...

—Chist... Espere —lo manda callar Carol, elevando la mano—. Tenemos imágenes de Marcos Saldaña entrando en las instalaciones de GrafeMed a las nueve de la noche del trece de julio. Su socio no volvió a salir de allí. ¿Va a contarme qué pasó o termino de montarme yo sola la película?

—Es libre de hacer lo que quiera.

—Lo curioso es que, cuando fueron a visitarle por primera vez mis compañeros, notaron un fuerte olor a desinfectante en su laboratorio que les recordó al olor que desprendía el cadáver de su socio cuando lo encontramos dentro de aquella maleta. Les llamó tanto la atención que, mientras le esperaban, se dedicaron a hacer fotos a todas las etiquetas de disolventes y desinfectantes que fueron encontrando. ¿Reconoce usted esta garrafa?

Cinco litros. Plástico traslúcido blanco. Tapón de seguridad negro.

—Por supuesto que sí, es uno de los bactericidas y fungicidas más eficaces y más utilizados. Lo encontrará en miles de empresas de esta ciudad, no sólo en GrafeMed.

A Carol no le gusta la respuesta.

Tampoco el sonido que hace la puerta de seguridad de los calabozos al abrirse.

—Señor Castillo, ¿qué hizo con la cabeza de Marcos Saldaña? ¿La guarda en un armario y habla con ella por las noches?

Hernández aparece en el pasillo de los calabozos en compañía de un hombre gordo, sudoroso y con cara de enfadado. Lleva puesto un traje que supera con creces el sueldo de un mes de la inspectora. «El abogado», deduce.

—Espero que no esté interrogando a mi cliente.

—No, por supuesto que no. Sólo estábamos haciendo tiempo —comenta Carol—. Siéntese, por favor.

—¿La sala de detenidos? ¿En serio? ¿No había un lugar más humillante? —pregunta el letrado.

Ni siquiera se ha molestado en presentarse. Tampoco hace falta. La inspectora sabe perfectamente quién es. Eduardo da Silva representa a todos los mafiosos y delincuentes de guante blanco de la Costa del Sol. Es bueno, muy bueno. Y caro. Muy caro.

—Lo siento, todo lo demás está ocupado. Como sabrá,

esta comisaría es demasiado pequeña para una ciudad con tanto movimiento como Málaga —se excusa Carol, que por supuesto ha escogido la deprimente sala de identificación de detenidos a propósito—. Veo que el subinspector Hernández ya le ha entregado una copia del atestado.

—Sí. Un poco más y lo leemos juntos —responde él, irritado.

Carol sonríe para sus adentros. Cuando quiere, Hernández puede llegar a ser muy pesado.

—Perfecto, pues si les parece, empezamos con la declaración. Señor Castillo, explíqueme que hizo la tarde-noche del trece de julio, la mañana del diecisiete de agosto y la tarde del veintitrés.

—No entiendo —dice él, desconcertado.

—Abogado, puede que con los nervios el detenido no haya comprendido que se lo investiga por los homicidios de Marcos Saldaña y Abril Zondervan y por haber ordenado que den una paliza a uno de los principales testigos del caso. Si quiere, les dejo un rato a solas para que pueda aclarárselo tranquilamente.

El abogado acepta. Carol se levanta y sale al pasillo, donde aguarda Hernández.

—Bien hecho —dice a la Hiena.

—¿Sólo habéis hablado del socio? —pregunta el subinspector en voz baja, algo contrariado.

Carol asiente.

—¿Por...?

—Porque quiero que el abogado se largue a casa y nos deje hacer nuestro trabajo. Tenemos muy poco tiempo —explica ella en susurros—. Ahora mismo, Castillo podría asegurar que no conocía a Abril Zondervan y nosotros no tendríamos nada para demostrar que miente.

—¿Y cómo vas a conseguir que se vaya?

—¿Inspectora? —dice el abogado desde la sala.

Carol dedica una sonrisa a Hernández y vuelve a entrar.

—¿Todo bien? —pregunta a Da Silva.

—Sí, todo bien. Mi cliente va a acogerse a su derecho de no declarar hasta que no esté ante el juez.

—Perfecto. Como usted dice, está en todo su derecho. Nos vemos mañana entonces, doy por sentado que querrá reunirse una vez más con él antes de que sea trasladado al juzgado.

Mientras un agente se encarga de llevar a Teodoro Castillo a sus aposentos, Carol y Hernández acompañan al abogado hasta la puerta.

Cuando se quedan a solas, un torrente de urgencia se apodera de la inspectora.

—Tenemos menos de veinte horas para conseguir que ese tío no vuelva a pisar la calle —señala, nerviosa.

—¿Y a qué esperamos? —replica Hernández.

LA ÚLTIMA OPORTUNIDAD

Madrugada del veintinueve de agosto.

Antes de entrar, Carol se quita las zapatillas de deporte y los calcetines para notar el refrescante contacto del suelo bajo los pies. Sacó la basura el día anterior, de modo que la casa no la recibe con aroma a podrido. Aunque sí con calor. Mucho calor.

«Benditas cámaras de vigilancia», piensa mientras recorre toda la planta baja abriendo las ventanas. Luego va directa a la cocina en busca de la cafetera moka. Su día aún no ha terminado. A la vez que la enjuaga y la prepara, repasa mentalmente lo que el equipo ha conseguido durante las últimas horas. Aunque no es poco, tampoco es suficiente. Entre las grabaciones del puerto y las de las inmediaciones de GrafeMed, Betina y Joaquín se han tragado tantas horas de vídeo que lo más probable es que no quieran ir al cine en mucho tiempo. Por suerte, el esfuerzo ha merecido la pena. Por partida doble. Por fin han descubierto de quién huía Abril en el Muelle Uno. A las siete y cuarenta y seis de la tarde del día diecisiete, Teodoro Castillo salió por la puerta del aparcamiento La Farola, en el extremo del puerto más alejado del Centre Pompidou. Se marchó apenas veinte minutos después, por la misma puerta, y, salvo por una fugaz aparición en las inmediaciones de la tienda de chucherías Belros, da la sensación de que fue esquivando las cámaras. Aun así, no cabe duda: es él.

Carol coloca la cafetera en el fuego y se dirige hacia la nevera. Agua fresca embotellada. Bebe hasta que deja de sentir la garganta. Manzanas, peras, aguacates... Melón. Le apetece melón. Lo coge y lo pone sobre la encimera. ¿Dónde compraría Hernández esta fruta?

El otro gran hallazgo, que mañana pondrá en un serio aprieto a Teodoro Castillo ante el juez, ocurre en las inmediaciones del laboratorio. La misma cámara que captó la última entrada de Marcos Saldaña en GrafeMed el día trece de julio inmortalizó el momento en el que Abril se bajó de un taxi frente al acceso a las instalaciones una semana después. La escritora permaneció dentro menos de cinco minutos. Cuando salió de allí, estaba mucho más alterada que en las grabaciones del día anterior a su muerte. La matrícula del taxi los ha llevado hasta el conductor, que, por pura chiripa, tenía turno de noche. Como los demás ya se habían ido a casa, Hernández se ha encargado de ir a hablar con él. Para Carol, lo que ese hombre ha contado suena al preludio de aquella crisis que llevó a Abril a recurrir a la psiquiatra a finales de julio. El taxista se acordaba de la escritora porque hablaba sola. Ha contado a Hernández que repetía una y otra vez la misma pregunta: «¿Quién va a desaparecer?», y que luego continuaba con la conversación como si hubiera alguien a su lado. El subinspector ha querido saber si le pareció que estaba asustada o preocupada, y el taxista se ha limitado a responder que, cuando se dio cuenta de que sólo era una loca, se limitó a conducir y a cobrar su carrera. «Sólo una loca —repite para sí Carol—. Si él supiera la de tesoros que ocultaba esa loca en su cabeza...»

Carol apaga el fuego cuando la cafetera empieza a borbotear. Coge una taza de desayuno, se sirve una cantidad generosa de café y añade la dosis exacta de leche. Acto seguido corta unas rodajas de melón, lo trocea y lo pone en un bol. Ya ni recuerda cuándo fue la última vez que tomó algo de fruta.

Lo que sigue siendo tierra yerma es el análisis de la novela. Carol ha llamado poco antes de las nueve de la noche a Viola Montero, la ingeniera informática. La ha percibido estresada y emocionada a partes iguales. Según le ha contado, la minería de textos no ha dado resultados concluyentes aún, por lo que se plantea cambiar de estrategia. «Es posible que el análisis mediante bolsas de palabras no sea el más adecuado. Estoy pensando sustituirlo por los bigramas, que permiten guardar la relación entre palabras que aparecen juntas. También estoy planteándome comparar los capítulos sueltos en los que se aprecian diferencias de estilo con la totalidad de la obra de la autora», le ha explicado Viola. Julia Moll se ha encargado de hacerle llegar archivos de texto con todas las novelas de Abril y está ayudándola en lo que puede. Mejor, porque Carol anda demasiado perdida en este tema. Se ha limitado a dar las gracias a la ingeniera y a pedirle que la llame en cuanto tenga algo importante. Sólo espera que ese «algo importante» no tarde un año en aparecer.

¿Dónde ha dejado la bolsa de tela? Ah, sí, colgada del pomo de la puerta de entrada. Carol deposita el bol de fruta y el café sobre la mesa del salón y va a por la bolsa. Se ha traído de la comisaría todo lo que tienen hasta ahora sobre los dos asesinatos, incluso los cientos de megas de vídeo, comprimidos en un lápiz USB. Sin embargo, en lugar de coger las abultadas carpetas para repasar las pruebas una a una por si se les ha escapado algo, coge por puro instinto la copia de *Escrito en la oscuridad* a la que tantas vueltas ha dado ya y empieza a leer desde el principio, prestando mucha atención esta vez a los personajes que acompañan a «la escultora de palabras» a lo largo de la historia.

La primera en aparecer es la altanera «mujer sin rostro», cuya única obsesión parece ser la de minar poco a poco la voluntad y las ganas de vivir de la protagonista. Luego llega un personaje enigmático, desconcertante y a veces traicionero. «La dama de las mil caras» recorre las cambiantes formas de la caja en busca de los etéreos restos que las almas dejan al desaparecer. Nada le importan los habitantes huecos y solitarios con los que se cruza, tan sólo los retales que han ido dejado al perder sus esencias. No obstante, algo cambia en ella cuando descubre el infinito abanico de emociones que desprenden las palabras que «la escultora» es capaz de extraer de cuanto la rodea. Tal es su fascinación, que acaba convirtiéndose en su guardiana y liberándola de la temible amenaza de «la mujer sin rostro».

Carol se yergue un instante en el sofá. ¿Cuánto tiempo lleva leyendo? Son las dos y media de la madrugada. Se levanta, se asoma a la ventana del salón y comprueba que fuera aún sigue lloviendo. De forma suave y contenida, la lluvia sigue ahí, amenizando su noche. Al menos la brisa que entra por las ventanas ha hecho bajar la temperatura de la casa. Carol se deshace la trenza y se recoge el pelo en un moño. Tal vez debería cortárselo. A continuación estira los brazos hacia arriba y eleva las puntas de los dedos, como si quisiera tocar el techo, hasta que todos sus músculos se desentumecen.

Tras servirse otro café, regresa al sofá para continuar con la lectura. ¿Por dónde iba? Ah, sí.

«La jardinera de ánimas» es otro de los personajes especiales de *Escrito en la oscuridad*. Mientras «la dama de las mil caras» se dedicaba a recoger los despojos de todos los seres atrapados en la caja, «la jardinera de ánimas», una poderosa hechicera, se afanaba en cultivar almas en un invernadero de cristal, oculto a medio camino entre la dimensión de la vigilia y la del sueño, con el objetivo de devolver la esencia y la identidad a todos los habitantes huecos de la caja que corrían el riesgo de desaparecer. «La escultora de palabras» y «la jardinera de ánimas» sólo se cruzaron una vez. Fue un encuentro breve que llenó a ambas de esperanza. «La jardinera» vio en «la escultora» a alguien con la fuerza de voluntad necesaria para salir adelante y «la escultora» encontró en «la jardinera» a un ser capaz de ayudar a salir adelante a aquellos a los que ya no les quedaba fuerza de voluntad.

Carol se detiene un momento y piensa en la relación entre Abril y Sonsoles. ¿Sería así en la vida real? ¿Acaso sus esporádicos y breves encuentros no ayudaban sólo a Abril sino que significaban algo importante para ambas? Ojos brillantes, voz acongojada, largos y profundos silencios. Por el modo en que la psiquiatra leía el viernes anterior la última obra de Abril, la inspectora diría que el vínculo entre ambas mujeres traspasaba las fronteras de la relación terapeuta-paciente. Ellas eran mucho más que conocidas; eran buenas amigas, y estaban unidas por un profundo cariño y un férreo respeto.

Por último está «el hombre evanescente», que, para Carol, es tan protagonista de esta historia como la propia «escultora de palabras». Fue él quien creó la caja para borrar el sufrimiento, para hacer del mundo un lugar menos hiriente, menos decepcionante. Al principio todo fue como él siempre había soñado. La caja sólo se alimentaba de dolor y de tristeza, de miedo y de rabia. Sin embargo, al cabo de un tiempo «el hombre evanescente» se dio cuenta de que la caja prefería engullir el núcleo del que emanaban los sentimientos, los recuerdos y las identidades, en lugar de conformarse con simples y desnudas emociones. Intentó destruirla por todos los medios a su alcance, pero la caja se había hecho mucho más fuerte que él devorando almas. Tras siglos de constantes derrotas, se sentía tan cansado de luchar, tan arrepentido, tan agotado... Justo cuando estaba a punto de rendirse y permitir que la caja devorara el mundo entero, apareció «la escultora de palabras».

Carol vuelve al instante en el que ambos se conocen:

«Un, dos, tres, cuatro. Un, dos, tres, cuatro. Un, dos, tres, cuatro. Cuatro... Cuatro... Cuatro...»
«Aún tienes alma», dijo.

«Aún tienes alma...», repitió.

«Y corazón», pronunció en un profundo, doloroso lamento.

«La escultora de palabras» era la única habitante de la caja que, después de lustros de cautiverio, aún conservaba el alma. Y lo más sorprendente de todo, dentro de su pecho también seguía latiendo, lleno de fuerza y de vida, un pequeño corazón. Ese corazón acabó convirtiéndose en el centro de todas las esperanzas del «hombre evanescente». En la última oportunidad de salvar el mundo y resarcirse de todo el mal que había cometido.

«¿Qué falta?», se pregunta Carol cuando está a punto de llegar al final de la historia.

—¿Qué es lo que falta? —repite en voz alta.

Y de pronto se topa con un par de preguntas que encuentran por sí solas respuesta:

¿Quién encerró a «la escultora de palabras» en la caja?

¿Quién metió al asesino de Abril en su casa?

A *Escrito en la oscuridad* le falta un personaje importante, un personaje astuto y escurridizo, que logró permanecer oculto entre las sombras hasta el final de la historia, sin que la escritora se diera cuenta.

ME LO MEREZCO

Plano fijo de una amplia habitación de hotel.

La luz es tenue, lo que provoca que la imagen pierda un poco de detalle.

Alguien llama a la puerta.

Ginés Lapedriza rodea la cama y acude a abrir.

Entra una mujer rubia y menuda. Pelo largo y ondulado. Pecho prominente.

Lapedriza parece disgustado al verla.

Le pide que espere junto a la puerta un momento.

—Tiene que haber algún error —se lo oye decir a lo lejos.

A continuación, rodea la cama de nuevo y coge su móvil de la mesilla de noche.

Se acerca tanto al objetivo para hablar que lo único que se ve en pantalla es su camisa de lino beige, pulcramente planchada, y su brazo izquierdo, cuyo puño está tan apretado que los nudillos han perdido todo su color.

—No se parece a ella —se queja—. ¿Dónde está la chica de la última vez?

La respuesta no se oye.

—Pues mándame a otra, no me importa el precio.

Silencio.

Lapedriza se mueve impaciente delante de la cámara. Debe de ser muy discreta. ¿Dónde estará colocada? ¿Sobre el mueble del televisor? ¿En la pared? ¿Sujeta con una pinza a uno de los pliegues de las cortinas?

—Ya veo. Sí... No... Entiendo.

Suelta el teléfono. Su respiración es agitada.

Cuando se aleja del objetivo, se aprecia con claridad que está contrariado.

Duda unos segundos, pero finalmente parece dispuesto a adaptarse a las circunstancias.

—Todo lo que puedes decir está en esa hoja, sobre la mesilla de noche —informa a la chica, invitándola a pasar. Ella cierra la puerta—. En la tableta hay un vídeo, quiero que te comportes como ella.

¿Cuántos años puede tener? ¿Dieciocho? ¿Veinte?

Se la nota incómoda; aun así, la joven se dirige hacia la mesilla de noche. Primero coge el folio, doblado por la mitad, y le dedica unos segundos.

—¿Estás seguro? ¿No quieres algo más fogoso? Más...

—Limítate a interpretar tu papel, por favor —la corta Lapedriza—. Tienes ropa en el armario. Puede que te venga algo pequeña por... —Señala con un gesto de desdén los pechos de la chica.

Ella hace como que no se ha dado cuenta y camina hacia el armario. Se demora unos segundos, después saca una prenda de color rosa palo y empieza a desnudarse allí mismo.

—Aquí no, en el baño. Y cárdate un poco el pelo, ella lo tiene más voluminoso.

Cuando la joven desaparece, Lapedriza se tumba boca arriba sobre la cama y se cubre la cara con el brazo derecho.

¿Lo hará así siempre? ¿Se tumba, cierra los ojos y, al volver a abrirlos, encuentra en esa prostituta a la mujer de sus sueños?

Cuando la chica regresa a la habitación parece otra. Lleva puesto un vestido del mismo estilo de los que Abril solía usar y, aunque le queda demasiado estrecho en el pecho, la postura que ha adoptado, el modo en que se ha atusado el cabello, la seriedad en su semblante... ¿Estará acostumbrada a recibir peticiones como ésa o simplemente es buena actriz? En cualquier caso, no deja de ser una burda copia de la escritora, un sucedáneo barato de la realidad.

Lo siguiente que capta la cámara es triste y decadente. Insultantemente desagradable.

Ginés Lapedriza castigando a una falsa Abril por sus desdenes, sodomizándola, humillándola en un vano intento de aplacar su enfermiza atracción hacia ella. Penetrándola con violencia, con tanta energía que acaba venciendo la fragilidad de los brazos y las piernas de la chica y dejándola tendida boca abajo.

«Perdóname.»

Ginés Lapedriza apretando el cuello de la chica una y otra vez, privándola de respiración cada pocos segundos.

«Tú tenías razón.»

Ella, fiel a su papel, no deja de pronunciar sus frases.

«Haz conmigo lo que quieras.»

Como si fuera una muñeca de trapo con voz.

«Me lo merezco», pronuncia, con la voz ronca por el esfuerzo y sin apenas respiración cuando Ginés se rompe en un angustioso y descontrolado orgasmo en medio de llantos de niño pequeño.

Carol ve el vídeo hasta el final, hasta que la chica emerge de debajo del cuerpo de Ginés Lapedriza, con el vestido rasgado, el rímel corrido y el labio inferior ensangrentado, y se refugia, aterrada, en el cuarto de baño mientras él sigue llorando sin encontrar consuelo. Cuando termina, la inspectora vuelve a ponerlo desde el principio, ante la incómoda mirada de la Hiena. Quiere que Lapedriza sufra, que sienta sobre él todo el peso de la vergüenza, que se arrepienta desde hoy y para siempre de haber conducido a Abril Zondervan hasta la muerte por mantener oculto su deleznable secreto.

Mientras las imágenes se suceden una tras otra de nuevo, el asistente personal de la escritora llora y llora como un maldito crío. Se disculpa entre balbuceos y trata de explicar, en vano, por qué se sentía obligado a hacer cosas como ésa. Hernández mira a la inspectora expectante, impaciente por zanjar el desagradable prefacio. Pero no dice nada, respeta los tiempos que ella ha escogido, el ritmo de esta peculiar tortura.

—Te diré lo que haremos —interviene al fin la inspectora, sin pulsar el botón de la pausa. Sólo se limita a bajar un poco el volumen—. Vas a contarme cómo consiguió Teodoro Castillo estas imágenes y cómo se puso en contacto contigo. Luego vas a detallarme, con pelos y señales, lo que pasó el día diecisiete por la tarde en el Muelle Uno y lo que ocurrió al día siguiente en la casa de Abril. Me lo contarás absolutamente todo, y si tu historia nos satisface evitaremos que estas imágenes lleguen a la prensa. ¿Qué me dices? ¿Te parece un buen precio para mantener en secreto tu asquerosa intimidad?

Hernández sonríe levemente. Resulta irónico que la policía acabe utilizando la misma estrategia de manipulación que un vulgar asesino. Algo que no habría ocurrido si este jodido imbécil no hubiera antepuesto su imagen pública a la seguridad de la persona que, según él, más quería en la vida.

EL ASPECTO DE UNA SUICIDA

Jueves. Catorce de septiembre. Siete y media de la tarde.

Hoy, por primera vez en España, y gracias a la profunda huella que Abril Zondervan ha dejado al marcharse, toda la prensa celebra el día Internacional de los Escuchadores de Voces. Carol sabe que eso no significa que el poderoso estigma que marca a las personas que sufren algún tipo de enfermedad mental desaparezca de la noche a la mañana; sin embargo, le parece un buen comienzo.

—¿Agua o cerveza?

—¿De verdad, niña?

—Ay, no sé por qué pregunto. Agua, claro —concluye Carol, burlona, antes de salir del garaje en dirección a la cocina.

Contraviniendo sus propias normas, la inspectora ha quedado con un compañero de trabajo para pasar el rato. Aunque no le queda muy claro que un perfil como el de la Hiena esté incluido en esas normas. Ha venido para ayudarla con el cableado de la vieja Scrambler de Max. Motor rectificado, carburador limpio, suspensiones reparadas, neumáticos nuevos... Pretende salir a dar una vuelta con la moto el fin de semana para comprobar que todo marcha como debe antes de volver a desmontarla para llevar las piezas a pintar. Carol ha decidido conservar la estética original, con el tanque y los guardabarros en color naranja, tal como lo habría hecho su abuelo.

—¡Y tráete unos frutos secos! —grita Hernández desde el garaje. La Hiena huele hoy que apesta.

—¡No tengo! —responde ella desde la cocina—. ¿Te valen unas patatas rancias?

—¡Me valen!

La nevera vuelve a estar en las últimas, aunque al menos hay agua fresca. Y botellines de Voll Damm Doble Malta suficientes para dormir durante un mes. Carol ya no tiene pesadillas con tanta frecuencia, pero prefiere seguir tirando del líquido ámbar para conciliar el sueño. Por si acaso.

Coge una cerveza y una botella de agua y, antes de regresar al garaje, siente que se olvida de algo.

«El móvil», piensa.

Espera una llamada importante y no lleva el móvil encima.

¿Dónde lo habrá dejado?

En el salón. Debe de haberlo dejado en el salón.

A pesar de que el tema del sicario escapa a su competencia, la inspectora ha estado al corriente del caso desde que lo llevan los de la UDYCO. Los de Crimen Organizado lograron identificarlo gracias al retrato robot que hicieron después de que se produjera la agresión a la familia de Paco Sánchez, el transportista. Al parecer, era un delincuente muy famoso en Nápoles debido a su pasión por las bolsas de congelados. También por su excesiva crueldad y por su afición a rematar las faenas con un tiro en cada ojo. Cada cual tiene sus manías, ¿no? Carol piensa que, en este caso, la palabra «sicario» no es más que un eufemismo. Ese tío es un jodido psicópata.

Una, dos, tres... Esta vez se tambalean bajo sus pies once baldosas. Pero será por poco tiempo porque la próxima semana le arreglarán el suelo. Y las paredes. Y los muebles de la cocina. Y el aire acondicionado. Y muchas más cosas de las que ni siquiera se acuerda ahora. Tendrá que pasar una temporada en un hotel.

Su nombre: Enzo. Su apellido: De Luca. Su escudo de niñez: la Camorra. Hasta que decidió montárselo por libre. Huido de Italia y con una orden de detención internacional emitida por la Interpol. Parece que vino a refugiarse a la costa del Sol, como tantos otros de su gremio, para sentirse como en casa. Turismo de playa, fiesta, folclore y mafias de todos los colores. ¿Qué más se puede pedir?

El móvil está sobre la mesa. No hay llamadas perdidas, pero sí un mensaje de WhatsApp.

DIEGO UDYCO: Se acabó. Era él.

A la inspectora le habría gustado que le proporcionara algún detalle sobre el momento de la detención, pero se conforma con saber que lo han cogido. Pretendía subir a un avión en el aeropuerto de París-Charles de Gaulle. Carol se pregunta con qué destino. Luego cae en la cuenta de que el hecho de que lo hayan detenido no devolverá a Ricitos de

Oro la compañía de su padre. «Paco, me llamo Paco» sigue en coma y no parece que vaya a despertar.

«¿No lo había guardado?», duda la inspectora al toparse con el borrador de la novela que los ha ayudado a resolver el caso Saldaña-Zondervan aún sobre la mesa. «Escrito en la oscuridad», lee Carol en la primera página. Acto seguido, lo ocurrido las semanas anteriores regresa a su cabeza en un fogonazo.

Como resumen, una simple frase: todo el mundo tiene una razón para matar.

Hay quienes matarían por supervivencia o por proteger a las personas a las que quieren. Éste es el caso de Carol. La inspectora no se arrepiente de haber apretado aquel gatillo hasta vaciar el cargador, aunque hubiera preferido toparse a solas con el asesino y reventarle la cabeza de un solo disparo.

Algunos como Enzo, el sicario, lo hacen por puro y simple placer.

Y otros matan por dinero.

En el caso de Teodoro Castillo, por mucho dinero.

Por lo que han descubierto en sus cuentas de correo, Castillo pretendía quedarse con la patente de Marcos Saldaña, venderla a una multinacional china, líder en el mercado del grafeno, y hacerse millonario.

Pero el plan se le frustró.

Cuando la mente de Carol trata de reconstruir los últimos minutos de vida del ingeniero bioquímico, en su cabeza surgen demasiadas preguntas. ¿Qué pretendía Saldaña al ir aquella noche a hablar con su socio? ¿Decirle que lo que le había robado no servía para nada? ¿Que le había dejado como señuelo un material incompleto y plagado de errores?

¿Por qué no acudió directamente a la policía?

Carol supone que se enfrentaron y que Castillo salió ganando. Pero ¿cómo consiguió vencer? ¿Por superioridad física? ¿O acaso el ingeniero se desvaneció en el momento álgido de la pelea? La psiquiatra le explicó que Saldaña solía sufrir síncopes vasovagales cuando su nivel de estrés era demasiado elevado. Igual que una zarigüeya. De cualquier forma, Saldaña acabó muerto en las instalaciones de GrafeMed, y a su socio no se le ocurrió otra cosa que limpiar a conciencia su cuerpo con un desinfectante industrial —se supone que para eliminar posibles rastros biológicos—, descuartizarlo y meterlo en una maleta. Manos y cabeza por separado, en un intento de evitar que la policía lo identificara. Tanto esfuerzo para nada. ¿Es que no sabía que el mar es caprichoso y que devuelve a sus orillas gran parte de lo que se arroja a sus aguas? Hace una semana apareció la segunda mano, desnuda y medio comida por los peces. De lo que no hay ni rastro es de la cabeza. ¿Quizá Castillo la guarda como un tesoro, o aún bucea por las profundas aguas del Mediterráneo?

Todo esto, por supuesto, no es más que un montaje de Carol, cuya cercanía a la realidad sólo podría ser contrastada si Teodoro Castillo confesara los asesinatos. Él aún sostiene que es inocente, y todo parece indicar que ésa será la línea de su defensa. La inspectora espera que acabe devorado por un jurado popular.

Le habría gustado ver la cara de Castillo al darse cuenta de que Saldaña se había llevado de GrafeMed todo lo referente a su investigación.

También le habría encantado que la escritora no hubiese

aparecido por el laboratorio para encararse con él. Puede que aún siguiera con vida si se hubiera mantenido alejada de allí. Porque si hay algo que saben con certeza es que Abril Zondervan y Teodoro Castillo no se habían visto antes, lo que significa que se metió solita en la boca del lobo.

La inspectora supone que Castillo intuyó, o supo por boca de Abril, que esta última era quien guardaba el material de Saldaña. Fue entonces cuando decidió acercarse a ella. ¿Y qué mejor forma de hacerlo que contratando a un investigador privado para buscar debilidades a su alrededor? Ginés Lapedriza no tardó en demostrar que era un gran candidato: su obsesión por la escritora lo llevaba a hacer cosas de lo más reprobables. Durante sus vacaciones, dedicaba el día a pasear por el puerto y por los rincones emblemáticos de Málaga con mujeres de las que intentaba en vano enamorarse. Durante la noche, desahogaba sus frustraciones con falsas Abriles en uno de los mejores hoteles de la ciudad.

Cuando el asistente personal de la escritora recibió el primer vídeo, se quedó sin palabras. El segundo lo volvió loco. El tercero lo llevó a volcarse por completo en ayudar a Teodoro Castillo a recuperar el material que Abril tenía en su poder.

Carol se sienta en el sofá. Suelta la cerveza y el agua sobre la mesa y se seca la humedad de las manos contra la pernera del pantalón. Luego tira del borrador de la novela hasta el borde de la mesa. Por su cabeza discurren una tras otra las escenas que el propio Lapedriza detalló hace dos semanas en su declaración.

«Yo no sabía qué era lo que buscaba, lo único que quería

era que esos vídeos desaparecieran», dijo el asistente cuando Carol le preguntó al respecto.

Según él, todo tendría que haber sido muy sencillo. Lapedriza se incorporaba a trabajar al cabo de un par de días, así que lo único que debía hacer era buscar esos documentos y entregárselos a Castillo a cambio de la destrucción de los vídeos. Con lo que no contaban era con que Abril apareciera en el puerto y los viera hablando en un rincón discreto, protegidos de los objetivos de las cámaras de vigilancia.

«Castillo y yo estábamos discutiendo y, de repente, apareció ella, como salida de la nada. ¿Cómo iba yo a saber que Abril estaba en el Muelle Uno?», se defendía Lapedriza, consciente de que, después de confesar aquello, iba a tocarle contar todo lo demás.

Tras la reacción de Abril al verlos juntos —«Me miró como si yo fuera un monstruo y luego se marchó de allí a toda prisa»—, se vieron obligados a improvisar.

Castillo porque no podía permitirse perder la patente que le arreglaría la vida hasta la jubilación.

Lapedriza porque no quería arriesgarse a que esos vídeos se hicieran públicos.

Y el resto puede resumirse en el más triste y desafortunado cúmulo de casualidades. El día dieciocho de agosto, Esteban y Abril despertaron juntos e hicieron el amor por última vez. Él estaba feliz porque por fin podría disfrutar de la mujer a la que quería durante meses, de una costa a otra del Atlántico. Ella estaba feliz, también; y nerviosa y asustada, pero, sobre todo, llena de determinación.

«Si no se hubieran separado...», se lamenta Carol.

Esteban dejó la finca antes que ella para solucionar un par de temas pendientes. Abril planeaba salir poco después, cuando llegara el transportista para llevarse el borrador de la novela con las claves para encontrar el legado de su querido amigo Marcos. Nunca se sabrá con certeza, pero Carol piensa que la destinataria de aquel sobre marrón era Sonsoles Martín. «La jardinera de ánimas» era quien mejor la conocía.

Ella habría sabido «aprender a leer».

Pero ¿por qué optó Abril por una estrategia tan sutil y complicada? ¿Por qué no pidió ayuda a la policía? ¿Es que creía que Saldaña había robado la patente? ¿O acaso temía que cayera en malas manos? ¿La sumieron sus voces en un estado paranoico ajeno a la realidad? Carol ha dado mil vueltas a este asunto y no ha logrado encontrar una respuesta mínimamente coherente. A menudo recuerda lo que Esteban Zubeldia le dijo aquel día en el despacho: «Actuaba de un modo distinto a como lo habría hecho cualquier otra persona». Pero esa afirmación no satisface sus dudas. Le habría encantado conocerla en vida, deambular por la cabeza de la escritora para comprender sus mecanismos. Estas últimas semanas las voces de Abril han estado tan cerca de Carol que casi las ha hecho suyas.

El móvil vibra sobre la mesa. Es un mensaje de Sonsoles Martín. Le confirma que puede atenderla el viernes de la próxima semana. Carol aún no se siente cómoda con la idea de acudir a terapia, pero puede que Hernández tenga razón, puede que sea lo que necesita para liberarse del peso de sus tres muertes.

De pronto, una nueva escena acapara su mente. Según el

testimonio de Lapedriza, Abril caminaba por el puente en dirección a la cabaña cuando Teodoro Castillo y él aparcaron el silencioso Toyota Prius frente a la casa. Ella no los oyó llegar. Fue el asistente quien la llamó. Abril, en lugar de huir, dio media vuelta y avanzó hacia ellos. Y esta vez Carol sí que entiende por qué. Quería alejarlos de la cabaña. Quería proteger el borrador de la novela de las garras de Castillo.

Lo que le gustaría saber es cómo se sintió la escritora en ese momento.

¿Traicionada?

¿Sola?

¿Indefensa?

Lo único que sabe, por la declaración del asistente, es que Abril luchó hasta el último momento.

Castillo la obligó a entrar en la casa y la amenazó de mil formas diferentes para que le entregara el trabajo de Saldaña. Al principio ella permaneció impasible y se limitó a mirar con los ojos llenos de rabia y de odio al hombre que la había traicionado. Pero después...

«De repente se puso muy nerviosa y empezó a hablar sola. Como si conversara con sus voces. Decía algo de una caja, de personas sin alma, del secreto de un amigo. Se abalanzó sobre Castillo gritando que nunca lo tendría, y él la apartó de un manotazo y la tiró al suelo. Cayó de espaldas y... Y su cabeza hizo un sonido horrible al golpear contra el mármol. Yo... pensé que estaba muerta.»

Pero no lo estaba.

No obstante, tras aquel incidente Lapedriza y Castillo supieron que habían cruzado la línea de no retorno.

Subieron a Abril a su dormitorio, la tendieron en la cama, aún inconsciente, y, mientras Castillo bombardeaba al asistente con las terribles consecuencias de lo que acababa de pasar, con lo importante que era que no perdieran la calma y que pensaran cómo iban a solucionar el problema, Lapedriza abrió el cajón de la mesilla de noche y sacó la caja de haloperidol. Luego salió de la habitación para no ver el resto.

«Jodido cobarde», piensa Carol de nuevo mientras visualiza mentalmente la película que ha montado en su cabeza a raíz del testimonio del asistente. La actitud de Lapedriza le parece tan ruin que ha llegado a creer que actuó así para liberarse de la profunda obsesión que lo ataba a la escritora.

«Ella estaba... estaba...»

Cuando regresó a la habitación, encontró a Abril con medio cuerpo fuera de la cama y llena de vómitos. Sobre la mesilla de noche, además del haloperidol, localizó el frasco de Noctamid. Lo que significa que la escritora padeció una muerte agónica. Castillo lo intentó primero con las pastillas y, cuando no fueron suficientes para arrebatarle la vida, la obligó a tragarse sus propios vómitos junto con el hipnótico que ella tomaba de vez en cuando para dormir.

«La dejó allí tirada, como si fuera un trapo sucio, y se fue a por lo que había ido a buscar», se quejó Lapedriza, como si el único culpable de todo fuese Castillo.

Mientras este último registraba la casa inútilmente en busca de la patente, Lapedriza se dedicó a adecentar el escenario. Colocó a Abril en el centro de la cama, la desnudó y la aseó a conciencia. Luego cambió las sábanas, le puso ropa limpia y eliminó todo resto de una muerte violenta.

¿Qué sentiría al hacerlo? ¿Culpa? ¿Desesperación? ¿Placer? ¿O todo al mismo tiempo?

«Se puso como una fiera al verlo. Me dijo que ése no era el aspecto de una suicida, pero a mí me dio igual. No podía permitir que nadie la viera así —declaró Lapedriza, con un punto de locura en la mirada—. Luego me dijo que tenía que marcharme, que era muy importante que nos ciñéramos al plan. Yo debía permanecer el resto del día paseando por Málaga con alguien, para tener una buena coartada, y regresar a la finca alrededor de las ocho.»

Mientras Lapedriza estaba ausente, Castillo se encargó de eliminar las pruebas. Carol cree que el transportista debió de llegar a la finca justo cuando él salía para esperar a que lo recogieran. Sobre cómo abandonó Castillo la finca, no se sabe nada.

Lapedriza regresó horas más tarde. La idea era encontrar el material de Saldaña antes de llamar a la policía, pero, de nuevo, la cosa salió mal.

Temiendo que se presentaran en la finca, Abril había cambiado la alarma de la cabaña, así que, cuando Lapedriza entró e intentó desconectarla, no pudo evitar que saltara. Llamó al 112 de inmediato para intentar protegerse y, mientras buscaba la mejor forma de explicar a la policía lo ocurrido, regresó al dormitorio de Abril para despedirse por última vez de ella.

«La abracé», confesó con los ojos anegados en lágrimas.

Y tras el abrazo, cambió de postura el cuerpo provocando la doble lividez que hizo saltar todas las alarmas.

Luego volvió a llamar al 112, pensando que así daría credibilidad a su versión.

Carol recorre con la mirada las páginas de *Escrito en la oscuridad* y una súbita emoción la recorre por dentro. Aunque Abril perdió la vida aquella mañana de agosto, gracias a su valentía y a su determinación el legado de su amigo Marcos ha acabado en buenas manos.

Tras cinco días frente al ordenador, Viola Montero logró descifrar el mensaje oculto entre las páginas de la misteriosa novela. Todos los capítulos que Julia Moll había marcado por tener un estilo diferente al habitual en la escritora ocultaban el mismo mensaje: las coordenadas de un punto geográfico cercano a la cabaña. Bajo tierra, oculto dentro de una caja impermeable, Abril Zondervan, «la escultora de palabras», había escondido el último gran hallazgo de Marcos Saldaña, «el hombre evanescente».

Harto de no encontrar la estrategia adecuada para regenerar tejido nervioso usando grafeno como andamio, harto de ver cómo se consumían sus reservas económicas por los elevados costes del material, decidió cambiar de estrategia. Si lo que la terapia de regeneración celular necesitaba para avanzar era una fuente abundante, económica y sostenible de un grafeno con características determinadas, ¿por qué no buscar la forma de producir ese grafeno a gran escala?

Y la encontró.

Ahora, esa patente que Saldaña había registrado a su nombre y a nombre de Abril Martínez Melero, y que el ingeniero bioquímico entregó a la escritora el mismo día que fue a enfrentarse a Teodoro Castillo, pertenece a la Fundación Zondervan. Julia Moll, «la dama de las mil caras», está estudiando la posibilidad de liberarla, con ciertas condiciones, para que la producción y el uso de ese grafeno tan especial se extiendan por todo el mundo. Para que el sueño de Marcos Saldaña de ayudar a la humanidad con sus descubrimientos se haga realidad aun después de su muerte.

—¿No venías a por unas cervezas? —pregunta la Hiena desde la entrada del salón. Tiene las manos llenas de grasa y la cara bañada por la curiosidad.

Carol sonríe, todavía sentada en el sofá.

—Han detenido a nuestro sicario —le informa.

—Mira qué bien, la de cosas de las que podrás presumir como nueva jefa de grupo —le suelta él con un toque de orgullo en la voz—. Anda, tira para el garaje, que esa moto no va a montarse sola.

Carol se levanta, coge la cerveza y el agua y echa a andar hacia la puerta con la amarga sensación de haber hecho un buen trabajo.

LAS ÚLTIMAS LÍNEAS

Sábado. Dieciséis de septiembre. Diez de la mañana.

—Hola, pequeña. Ya sé que no soy quien esperabas, pero algo me dice que vamos a llevarnos bien —susurra Carol, acariciando el tanque de la vieja Scrambler, que aguarda desde hace horas frente al portón de la calle a que su nueva dueña se decida a dar el gran paso.

Esta mañana está nerviosa. Es como si cientos de insectos deambularan por sus entrañas, como si miles de patas quitinosas recorrieran las paredes de su tubo digestivo descomponiéndola por dentro. Si no logra liberarse de la incómoda sensación, acabará vomitando de nuevo.

Carol cierra los ojos y respira hondo varias veces. Luego vuelve a abrirlos.

—Venga, va, no puede ser tan difícil, ¿no?

Lo que pretendía ser una frase para insuflarse ánimos acaba rebotando en su cráneo y llenándola de dudas. En el bolsillo de su chaqueta late con ímpetu el anillo que Max compró antes de morir, ese que aguardaba en un cajón desde hacía años a que Carol reuniera el valor suficiente para devolvérselo a su dueña. Hace tan sólo una hora, cuando cogió la cajita de terciopelo negro y la sostuvo con mimo en la palma de la mano, se creyó con la entereza suficiente para ir en busca de Rebeca, entregarle la joya y pedirle perdón por haberla apartado del lado de Max en su lecho de muerte. Ahora no se siente tan valiente. En realidad, está muerta de miedo. Lo único que la mantiene en pie junto a la moto, dispuesta a salir en algún momento, es la inscripción que Max mandó grabar en el anillo y que se repite una y otra dentro de su cabeza.

«El resto de mi vida es para ti.»

Esa mujer tiene que saber hasta qué punto había llegado a quererla su abuelo.

Se lo debe a Rebeca.

Se lo debe a Max.

Y, sobre todo, se lo debe a ella misma, porque ya está harta de huir de su realidad, de esa sensación de muerte que la devora por dentro desde hace meses. Así que ha optado por reengancharse a la vida.

«Si no lo hago ahora, no lo haré nunca», piensa, y esta vez su frase sí surte el efecto deseado.

Se pone el casco y se sube a la moto. Luego se ajusta los guantes, acciona el contacto, se apoya con ambas manos en el manillar y usa el pie izquierdo para pisar la palanca de arranque.

Al primer intento no ocurre nada.

Al segundo emerge del motor un tímido y bronco sonido que se extingue enseguida.

Al tercero lo único que consigue es tener el cuerpo engarrotado y la respiración entrecortada.

¿Cómo es posible? Ayer arrancaba a la primera.

Es normal, está demasiado nerviosa.

Carol envuelve con ambas manos los extremos del manillar, toma aire y se prepara para intentarlo de nuevo.

Al cuarto empellón el motor de la vieja Ducati Scrambler del sesenta y ocho empieza a ronronear entre sus piernas con su característico sonido a roto.

Carol respira hondo y se deja embargar por una extraña mezcla de emociones, algo a caballo entre el cariño, la ternura, la añoranza, la congoja, el asombro, el temor...

Estas últimas semanas han sido realmente duras para ella. Ha sentido demasiado a menudo que estaba perdiendo el control... Las riendas de su cordura. Hasta que, como diría la escritora, decidió empezar a escuchar sus voces. La voz de su conciencia, que le pedía una y otra vez que saliera del agujero en el que se había metido. La voz de la Hiena, que con su desagradable compañía y sus torpes consejos la ha traído de vuelta a la vida. La voz de «la escultora de palabras», que con su relato la ha animado a seguir adelante.

«¿Veré algún día la última novela de Abril Zondervan en el escaparate de una librería?», se pregunta.

Ha leído tantas veces *Escrito en la oscuridad* que ha acabado memorizando muchos de sus párrafos. Algunos le encantan. Otros le recuerdan tanto a ella misma que apenas puede soportarlos. Si le dieran a elegir, se quedaría con el final. Gracias a las últimas líneas, Carol se ha dado cuenta de que ella y la escritora no se parecían tanto. Abril, «la escultora de palabras», eligió escapar. Ella, en cambio, no piensa acabar su historia encerrada en su propia caja. Por eso ha escogido otro camino, uno un poco más difícil.

También más doloroso. Aun así, no se le ocurre mejor opción que enfrentarse a sus propios fantasmas. Empezando, por supuesto, por los que la atemorizan menos.

—¿Preparada? —pregunta a la moto. También a ella misma.

Mientras termina de abrirse el portón que da a la calle, Carol vuelve a comprobar que el anillo sigue donde lo ha puesto. Luego presiona el embrague, mete la primera marcha y se adentra en las calles de Málaga, más viva que nunca, a lomos de la moto de Max.

Desde que la caja hizo desaparecer al hombre evanescente, mi existencia se ha convertido en un éxodo constante. La caja ya no puede verme ni oírme. Tampoco puede sentirme. Y eso la enloquece. Me busca con desesperación a través del tiempo y el espacio. Deshace, fusiona, multiplica, retuerce sus paredes con ansiedad. Porque lo sabe. Sabe que mientras yo siga con vida, ella corre peligro. Y yo, hasta que logre descifrar el mensaje que el hombre evanescente dejó grabado en lo más profundo de mi corazón la última vez que lo vi, yo, seguiré huyendo.

Abril Zondervan
Málaga, 31/07/2017-17/08/2017

AGRADECIMIENTOS

Esta novela es el resultado de tres apasionantes años de trabajo a lo largo de los cuales he deambulado por jardines muy diversos. En todos ellos he encontrado gente maravillosa que ha compartido conmigo parte de sus conocimientos y de su experiencia para que *Las voces de Carol* sea lo más realista posible. Estas palabras son para todas las personas que me han acompañado de un modo u otro en el proceso.

Del jardín de la salud mental quiero dar las gracias a la psicóloga Gloria Roldán, a los habitantes de la unidad de día del centro Licinio de la Fuente, en Granada, y a la asociación SAPAME (en especial a Susana) por lo mucho que me han enseñado. Sobre todo, por abrirme las puertas a una realidad muy poco comprendida, la de miles y miles de personas que, tras ser marcadas por el estigma de la enfermedad mental, día tras día se esfuerzan por defender (o recuperar) aquello que les pertenece: una vida normal. Una vida digna.

Del jardín del Cuerpo Nacional de Policía mi agradecimiento es para Mila Olmo García, Manolo Pérez Carmona (ochenta por ciento Carbonero), Eusebio Vázquez Fernández, Luis Hombreiro Noriega y Rubén Martínez Moreno. Gracias a todos ellos he podido acercarme a los entresijos de la comisaría provincial de Málaga y aprender cómo se enfrentan a su trabajo jornada tras jornada, cuáles son los pasos a seguir en el escenario de un crimen, de qué forma se hacen inspecciones técnico-policiales, cómo trabajan a pie de calle y en el laboratorio. Me han enseñado muchas cosas que me han ayudado a dotar de realismo a la trama, aunque, he de confesarlo, en ocasiones he aderezado ese realismo con ciertas dosis de ficción y fantasía para hacer más llamativas determinadas escenas. Por ello, además de darles las gracias, pido disculpas por anticipado por haberme saltado algunas reglas. Además de la investigación policial, donde hay un homicidio hay un médico forense. En este caso, una médico forense, aunque no aparezca como tal en la novela (ella es mucho más linda que Silvia). Mil gracias a Elena Galarraga por mostrarme el camino del muerto en el IML y por ayudarme a poner sobre una mesa de autopsias a la escritora Abril Zondervan.

Del jardín de la restauración de motos clásicas mi agradecimiento es para Daniel Gimeno. No habría sido capaz de desmontar la vieja Scrambler de Max sin aquellas interminables horas de conversaciones telefónicas grabadas. ¡Gracias!

Por último, del jardín de la ingeniería informática quiero dar las gracias a una buena amiga por dejarme utilizar en la ficción el tema central de su tesis doctoral. La novela de

Abril Zondervan habría sido muy aburrida sin los mensajes secretos y esa idea no se me habría ocurrido sin la ayuda de Chelo Justicia. Ella me llevó a adentrarme en los entresijos de la esteganografía y tuvo toda la paciencia del mundo al explicarme en lenguaje computacional, cómo funcionaría el descifrado de un mensaje oculto en un texto mayor.

Gracias también a la Asociación de Vecinos de Pedregalejo por contarme la historia de su barrio. Siento de corazón no haber podido plasmar la belleza del lugar en el que viven tanto ellos como Carol. Espero que me crean si les digo que la propia trama de la novela no me ha dejado.

El resto, como hacemos todos los escritores, lo he aprendido en libros y artículos de investigación, lo que no significa que se me hayan acabado los agradecimientos.

Gracias a mi familia. Gracias a Paco, mi compañero de vida. Gracias a Jarita, amiga, hermana. Gracias a Justyna, mi agente literaria, nada que ver con Julia Moll. Gracias a Carmen, mi nueva editora (es un gustazo trabajar contigo). Gracias a Marién, mi correctora desde que empecé a escribir novelas a nivel profesional. Gracias a Juan, por creer en mí. Gracias a todas las personas que hacéis posible que yo pueda seguir escribiendo.

Y, por último, gracias a ti, por haberme prestado tus ojos palabra tras palabra, línea tras línea, párrafo tras párrafo, hasta haber terminado la novela. Sin ti esta historia no tendría sentido.

ÍNDICE

Línea roja. 9
Yo ya tengo un caso 15
Claramente muerta 21
Muy mal, inspectora. Muy mal 28
Era una escuchadora de voces. 35
Vete de aquí 50
No tenemos miedo 57
No se puede ser infiel a un muerto 63
Sólo es una mala racha. 70
Mi dulce muñequita 79
¿Saben cómo ha sido? 88
Bragas limpias 100
Una pequeña torpeza 113
La oscuridad de su cráneo 115
Tornillos desperdigados. 122
El circo de la muerte. 135
Dedos enguantados 145
Menudo tesoro. 152

¿Alcohólica?	165
El puzle de la agente literaria	176
Grilletes de lazo	180
¡Alto, policía!	187
No se mueve	192
Una gran responsabilidad	196
Un buen puñado de nada	207
Esto no debería estar así	224
Ve con cuidadito	233
¿Pertenece al cadáver de la maleta?	235
Escrito en la oscuridad	239
Uno: la caja	250
Ni hablar	252
Dos: las visitas	264
Mentiras	266
¡Que se joda!	269
Entrar y salir	271
Ricitos de oro	273
Ataque de pánico	276
Falta algo	285
Tres: la verdad	290
Para leer	292
Se le ha ido la olla	302
Rueda de prensa	307
Ocho: un amigo	310
Marcos Saldaña	312
Intento a la desesperada	320
La abandonó	323
¿Eso ha sido un cumplido?	333
A oscuras en medio de la lluvia	339

Está bien como está 342
Pequeña lámina transparente 348
La verdadera Carol Medina. 350
No soy la persona a quien usted busca 353
La última oportunidad 363
Me lo merezco 370
El aspecto de una suicida 375
Las últimas líneas 388
Agradecimientos 393